풍수 ❸

나남
nanam

김 종 록 (金鍾祿)
1963년 운장산에서 나서 마이산과 전주에서 성장했다.
전북대 국문학과와 성균관대 한국철학과 대학원을 마쳤으며
청오 지창룡 박사에게 풍수사상을, 동원 남탁우 선생에게
《주역》을 배웠다. 한국인의 얼을 소설화하는 데 주력한 작가는
이 소설을 쓰기 위해 백두산에서 한라산까지는 물론,
만주벌판, 알타이, 홍안령, 바이칼, 히말라야, 카일라스, 세도나 등을
장기간 여행했고, 동서양 고전과 천문학, 물리학을 공부했다.
저서로《바이칼》,《장영실은 하늘을 보았다》,《내 안의 우주목》등
다수가 있다.

김종록 소설 풍수 3

2006년 8월 25일 발행
2006년 8월 25일 1쇄

저자 … 김종록
발행자 … 趙相浩
발행처 … (주)나남출판
주소 … 413-756 경기도 파주시 교하읍
        출판도시 518-4
전화 … 031) 955-4600(代)
FAX … 031) 955-4555
등록 … 제 1-71호(79.5.12)
홈페이지 … www.nanam.net
전자우편 … post@nanam.net

ISBN 89-300-0579-9
ISBN 89-300-0576-4 (전5권)

책값은 뒤표지에 있습니다.

김종록 소설

풍수 ❸ 땅의 마음

나남
nanam

차례

풍수 ❸
땅의 마음

9. 명당 찾아 삼천리 … 11
조영수는 신분상승 욕구가 강한 사람들을 상대로 본격적인 명당 장사치로 나선다. 한편, 득량은 하지인의 사랑을 바람에 새긴 채 명당순례의 첫발을 내딛는다. 달아매 놓은 치마형상(縣裙形) 마을에서는 어떤 일이 벌어졌을까?

10. 이 강산 지킴이 … 66
선산 해평 도리사, 그곳에는 생불이라 칭송 받는 동타스님과 이 땅의 지킴이 무성거사가 있다. 일본은 조선민족의 뿌리를 흔들어 놓겠다며 고승들의 법력을 약화시키려고 미인계를 동원하는데….

11. 동기감응의 숨은 이치 … 116
명당발복에 남녀유별할까? 며느리를 명당에 묻으면 복은 어디로 가는가? 숙호형(宿虎形) 대지에 조상을 모신, 형형한 눈빛의 소년 박정희는 과연 군왕이 될까? 태을과 득량의 발이 닿는 곳마다 풍수와 관련된 흥미로운 이야기가 펼쳐진다.

12. 어디서 살 것인가 … 183
조영수는 사이비교주 차 천자를 상대로 금혈장사를 해 큰돈을 얻으면서 성공가도를 달린다. 이제야 명당바람이 시작되는 것일까? 명당도둑 집안은 성하지만 득량은 속세의 권력과는 담을 쌓고 명문가의 집성촌을 찾아가며 큰 인물이 나오는 명당의 이치를 깨닫는다. 큰 인물을 낳기 위해 10년간 벙어리 흉내를 낸 류성룡의 어머니, 도깨비가 인정한 천하대명당에 묘를 쓴 동래정씨의 시조… 과연 명당에서 인물이 나는가, 사람이 명당을 만드는가?

13. 인연풀이

반상의 개념이 무너지고 토지가 일본인에게 넘어간 세상, 조영수는 난세에 신분을 상승시키고 재물을 모으기 위해 고단하게 몸과 머리를 굴린다. 한편, 득량은 이숙영과 서둘러 혼인하고 하지인은 그리움을 가슴에 묻는데…. 엇갈린 인연과는 별개로 득량은 스승과 호남땅을 답사하다 스승에게서 '우규'라는 호를 받는다. 바람을 타고 드높은 구름길에 오른 기러기의 아름다운 비상을 어느 누가 어지럽힐 것인가.

14. 다시 떠도는 바람결에

조영수의 놀라운 변신! 서울에 입성한 조영수는 엿장수 노릇을 하며 헐값에 골동품을 수집하고 이것을 비싼 값에 되파는 골동품 수집상이 된다. 득량은 다시 길을 나선다. 이하응은 하늘이 이제껏 누구도 허락하지 않던 천하대명당에 아버지의 묘를 써서 아들을 왕으로 만든다. 풍수에 담긴 욕망의 끝은 어디인가.

15. 조 풍수 집안의 훈풍

정말 명당바람이 부는 것일까, 그날이 오는 것일까. 골동품 사업을 하는 조영수의 집에 돈이 쌓이며 승승장구한다. 그러나 구한말 뱁새둥지 같은 우리 땅의 슬픔을 온몸으로 느끼며 미래를 걱정하는 태을과 득량이 있었으니….

16. 그리운 저 만주벌판

골동품 사업으로 돈을 번 조영수는 이제 땅장사로 눈을 돌린다. 명당바람을 타고 부자가 된 그에게 새로운 사랑이 찾아오고…. 태을과 득량은 일본의 풍수탄압으로 허리가 끊긴 호랑이 형국의 산하에 가슴 아파한다.

17. 스승을 길에 묻고

태을은 득량과 함께 서둘러 자하도인을 만나고 자하도인은 학의 다리뼈로 만든 피리를 득량에게 건네고 선화한다. 기나긴 풍수답사를 마친 태을은 임진강에서 하염없이 눈물을 쏟은 후 숨을 거두는데….

풍수 제5권 인간의 대지

18. 집단무의식의 원형질
강 박사는 죽은 윤서가 남긴 파일을 정리한다. 그 속은 세속도시와 대자연 사이에 낙원을 세우려는 계획과 빛나는 아포리즘으로 채워져 있는데…. 9·11테러를 계기로 영적 세계에 눈을 뜬 미국인 억만장자 앨빈이 한국에 세우려는 이상향이 점점 실체를 드러낸다.

19. 혼자 가는 길
스승을 묻은 득량은 상실감을 뒤로한 채 공부를 시작한다. 비밀의 문을 열려고 애쓰는 구도자의 고독은 더해만 가고, 가문을 뒤흔들고 자신을 풍수의 길로 이끈 무안 승달산의 호승예불혈 정혈을 찾는 것은 쉽지 않은데….

20. 풍운의 땅
태을이 죽은 지 10년 후, 득량은 자배기에 담긴 별로 영성을 체험하며 정진하다 백두산에 올라 운명처럼 하지인을 만난다. 한편, 조영수는 아내와 자식이 있음을 속이고 최민숙과 결혼해 달콤한 생활에 젖지만….

21. 불멸의 혼
해방, 조선의 산하는 다시 일어선다. 산에서 떨어져 죽을 뻔한 득량을 조 풍수의 큰아들 조민수가 구해줘 정씨가문과 조씨가문의 긴 악연을 마무리한다. 한편 득량이 제자로 받아들인 지청오는 동작동의 국립묘지 터를 잡으면서 국사가 된다. 지청오는 이승만과 박정희와의 인연을 어떻게 풀어갈 것인가.

22. 천하명당은 어디에
앨빈과 정한수, 강 박사는 정득량 재단을 설립하고 이상향을 구체화한다. 정치나 이념, 종교, 가족을 넘어선 세계정신과 우주정신이 서린 공간, 세계평화도시로서의 이상향은 실현될까? 정득량의 삶과 사상을 체득한 세 사람의 인생은 크게 변하는데….

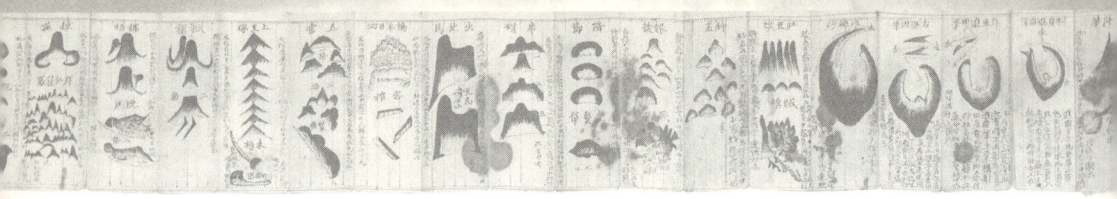

풍수의 등장인물

…**진 태 을** 구한말 전설적 풍수. 묘를 파보지 않아도 땅속의 조화를 알고, 순간순간 내뱉는 말들은 그대로 예언이 된다. 정도령의 출현을 믿는 정 참판의 무안 승달산 호승예불혈 사건을 계기로 정득량을 제자로 맞은 후 바람의 얼굴과 물의 마음을 찾아 풍수답사를 떠나 우리 강산 곳곳에서 동기감응의 한국적 체험을 같이한다.

…**정 참 판** 자신의 후손 가운데 왕이 나기를 바라는 마음으로 천하대명당을 찾는 야심가. 수십 년의 노력 덕분에 명풍수 미후랑인이 남긴 천하대명당 무안 승달산 호승예불혈의 지도가 그의 손에 들어온다.

…**정 득 량** 정 참판의 둘째 손자로 경성제국대 법학부에 재학중인 수재. 정 참판이 묻힌 천하대명당 때문에 미치광이가 된다. 전설적 풍수 진태을이 명당에 얽힌 계략을 밝혀낸 후 그를 스승으로 모신다. 풍수의 삶을 시작한 우리의 주인공 득량은 바람의 얼굴과 물의 마음을 보기 위해 고군분투하는데….

…**조 판 기** 정 참판댁 풍수였으나 천하대명당에 눈이 멀어 군왕지지를 훔친다. 결국 초주검이 되어 쫓겨났으나 아무도 모르는 또 하나의 비밀을 명당에 묻어놓고 조씨 집안에 훈풍이 불기를 기다린다.

…**조 영 수** 명당도둑 조판기의 둘째 아들. 구한말과 6·25 등 난세에 풍수를 이용해 날이 갈수록 부를 축적한다. 훔친 명당의 바람 때문일까? 철저히 은자로 살다 간 득량과 완벽한 대조를 이루며 소설 《풍수》의 또 다른 중심축이 된다.

⋯하 지 인 정득량을 사랑하지만 태을의 반대로 이어지지 못하고 평생 그리움을 안고 사는 신여성. 그녀가 키우는 아들 하득중은 과연 득량에게 이르는 무지개 돌다리가 될까?

⋯지 청 오 은자의 삶을 택한 득량을 대신해 현대의 국사가 된다. 국립묘지의 터를 잡고, 청계천 복개공사를 반대하며, 이승만, 박정희 대통령을 비롯한 역대 정치인과 삼성가 등 재계인사들의 묘를 소점한 실존인물로 이야기에 생동감을 더한다.

⋯정 윤 서 정득량의 증손자로 미국 유학중 바다에서 자살하는 사람을 구하려다 젊은 나이에 생을 마감한 비운의 청년. 그가 남긴 파일에는 낙원은 없다고 단언하고 세속도시와 대자연 사이에 낙원을 세우려는 계획이 담겨 있는데….

⋯앨 빈 뉴욕의 성자라 불리는 억만장자. 9·11테러를 온몸으로 겪은 후 인위적인 고통이 없는 이상향, 무릉도원을 꿈꾼다. 정치나 각종 종교로부터 중립적이고 진화된 영혼만으로 구성된 마을이 죽은 윤서가 남긴 파일과 강 박사, 윤서의 아버지 정 교수의 도움으로 현실화된다.

⋯강 박 사 죽은 정득량이 남긴 자료를 바탕으로 그의 삶을 복원하는 이 소설의 화자격인 인물. 명풍수 진태을의 외손자이자 동양철학 박사다.

9
명당 찾아 삼천리

새로운 인연

득량의 진심어린 참회에 태을은 노여움을 풀었다. 시대적 아픔을 겪어내는 방식이 서로 달랐을 뿐 둘 사이에 감정은 없었다. 비온 뒤에 땅이 굳어진다고 태을과 득량은 더 아끼고 존경하는 사제지간이 돼 있었다.

전주 본가에서 설을 쇠려고 득량은 산을 내려왔다. 형 세량은 깎은 서방님처럼 양복을 지어 입고 있었다. 보천교 차 천자도 더 이상 떠받들지 않는다고 했다. 조선과 중국, 일본을 통튼 삼국천자 등극시기를 자꾸 늦추는 대다가 철마(鐵馬)사건 이후로 신도가 급격히 줄었다.

상식을 벗어난 종파의 수장들은 허황된 예언을 한다. 그들은 반드시 신의 계시를 들먹인다. 언제 이변이 일어나네, 하늘로 올라가네, 어쩌네 하면서 미욱한 사람들을 현혹시킨다. 사람 심리가 이상해서 평상시에는 계란 한 줄 값도 따지고 깎는 사람들이 신과의 약속이나 믿음이라는 허울을 씌우면 바보가 된다. 하지만 그것도 시간이 지나면서 진실이 드러난다.

보천교 차 천자를 의심하는 신도들이 하나 둘 생겨났다. 차 천자는 여관(女官)이라는 이름으로 미색의 처녀들을 뽑아 시중들게 했다. 속살이 훤히 비치는 야한 옷을 입히고 몸종처럼 부려먹었다. 대개 신도들이 상납한 딸들이거나 가려 뽑힌 여자들이었다. 천자라는 사람이 음주가무에 빠져서 니나노 얼씨구 놀자판으로 변질됐던 것이다. 게다가 곧 망해나간다던 일제는 더 잘돼나가고 살기가 더 등등해지니 신도들이 동요했다.

"의심치 말라. 일본사람들 세상이 다 끝나간다. 당장 저 괴물덩이 같은 철마부터 세워버려야겠다. 이후로 더 큰일도 벌여서 그들을 몰아내고 동양삼국에 차 천자의 나라를 세워야겠다. 신도들은 아무 날 아무 때에 입암산 기도에 모여라. 천지공사의 대시를 알리는 발원기도를 하리라."

전국의 신도들이 하얗게 몰려들었다. 그들은 차 천자의 명에 따라 반드시 흰옷을 입어야 했고 머리를 길게 땋아내려야 했다. 오직 관직을 받은 사람만 갓을 썼다.

입암산 기슭에 수만 명의 신도들이 몰리자, 일본경찰이 긴장했다. 하지만 진압하기 위해서 경찰들을 동원하지는 않았다. 질서유지 차원에서 몇 명이 현장에 나왔을 뿐이다. 이미 차 천자와 거래가 있었던 듯했다.

"기도하라. 내 오늘 하늘의 기운을 모아 철마를 세워버리리라. 이후로 무소부지한 힘을 얻어서 새 세상을 만들어 나가리라."

좌중을 제압하는 높이의 바위 위에 선 차 천자는 곤룡포를 늘어뜨리고 두 팔을 뻗어 태을주(太乙呪)라는 주문을 외웠다. 아리따운 여관들이 그를 둘러쌌다. 신비하고 장엄한 광경이 연출되었다.

"훔치 훔치 태을천 상원군 훔리치야도래 훔리함리 사바하."

그것은 일찍이 강증산(姜甑山)이 만든 주문으로 힌두교나 불교의 만트라나 기독교의 할렐루야 소리에 필적하는 기도문이었다. 차 천자는 강증산의 제자 가운데 하나였다.

신도들도 따라서 외웠다. 근원적 생명을 회복하고 모든 병이 나으며 깨달음을 얻고 이 대우주가 개벽해서 새로 태어나 우주와 함께 영원한 생명으로 새로 태어난다는 내용이었다.

그때 저 남쪽에서 기적이 울렸다. 드디어 시커먼 연기를 뿜어올리며 달려오는 철마가 모습을 보였다. 주문소리가 점점 더 거세졌다. 그러면서도 신도들은 달려오는 철마 쪽으로 시선을 집중시켰다.

차 천자가 몸을 떨며 주문소리를 높였다. 여관들도 몸을 구르며 천자의 몸짓을 따라했다. 신도들도 모두 같은 동작을 해보였다.

이윽고 철마가 바로 산 밑에 왔을 때 차 천자가 재빨리 손을 내리며 주문을 그쳤다.

"사바하!"

거짓말 같은 일이 벌어졌다. 칙칙폭폭 달려오던 열차가 '끼익' 소리를 내며 멈춰 섰다.

"와!"

신도들이 깜짝 놀라며 함성을 질렀다. 그들은 열차와 차 천자를 번갈아 보며 술렁거렸다. 어떤 이들은 차 천자의 발아래 엎드려 감격의 눈물을 흘렸다. 하지만 차 천자는 열차를 노려보며 기합을 모은 채로 미동도 하지 않았다.

기관사가 증기기관차 밖으로 나와 점검하느라 부산을 떨었다. 그는 다시 기관차에 올라 열차를 몰았다. 하지만 전혀 움직이지 않았다. 열차에 탄 승객들도 동요하기 시작했다. 차창 밖에 수많은 사람들이 운집했고 이상한 옷차림의 건장한 사내와 미색의 여인들이 무리를 지휘하고 있었다. 바로 그런 현장에 멈춰선 열차가 움직일 줄을 몰랐다. 그때 차 천자가 다시 양손을 들면서 기합을 풀었다. 주술에서 풀려난 철마가 서서히 움직였다.
"뿌우— 뿌우웅—."
기관사는 기적을 울렸다. 신도들은 만면에 웃음을 띠며 통쾌해했다. 기관사가 거룩한 자기들의 교주에게 감사를 표하는 것으로 생각했다.
현실에서 정신적 평화와 내세적 안정을 추구하는 종교가 그 이상의 몫을 하겠다고 나서면 반드시 폐단을 낳는다. 신의 이름을 걸고 이런 저런 명목의 기도회를 개최하는 것도 알고 보면 교세확장 수단에 지나지 않았다.
장담했던 천자등극 예언이 틀리자 신도들의 신심이 떨어졌다. 이탈하는 기미마저 보이자 차 천자는 국면전환을 시도한다. 호남선 상행열차 기관사를 매수했던 것이다. 아무날 아무때 정읍 입암산 아래서 신도들과 모여 기도하고 있을 테니 내가 신호를 보내면 들판에다 열차를 세워달라는 부탁이었다. 밖으로 나와 점검하고 부산을 떨어도 안 움직이는 척 쩔쩔매다가 손을 치켜들면 그때 다시 출발하라는 것이었다. 막대한 재물을 쥐어주면서 하는 부탁인데 잠시 쉬었다 가는 건 어려운 일이 아니었다. 기관사는 그것이 혹세무민(惑世誣民)하는 일인 줄도 모르고 응했다. 교주나 기관사 모두 이익이었지만 당하는 건 무지한 신도들이었다.
세량이 그런 신흥종교의 그늘에서 벗어난 건 다행이었다. 득량에게 말은 못했지만 이미 막대한 재산을 헌납한 뒤였다. 만석꾼 재산이 새어나가기 시작한 것은 세량의 무능함 때문이랄 수 없었다. 시절이 악한 것이 문제였다. 일제의 수탈이 자꾸 심해져갔고 그러면 그럴수록 마음을 붙잡아 매지 못한 사람들은 종교적인 힘이나 술객들의 혹하는 소리에 넘어가 의지하고자 했다.

"너도 이번 설 쇠면 스물여섯이로구나. 나는 스물에 장가들어 네 나이 때 벌써 형제를 얻었다. 너도 어서 결혼해라. 마침 방학일 테니 서울 하 선생 내려오라고 하자. 부모님들과 함께 와서 양가 상견례부터 하자꾸나."

세량이 득량에게 제안했다. 할머니와 어머니의 요구가 있었던 것이다.

"저도 그렇고 싶지만 선생님께서 탐탁지 않게 여기시니 곤란합니다."

득량이 주저했다.

"아직까지도 결정을 못했구나. 하 선생은 잘 있냐?"

뜸 들이는 그새 시집이나 가지 않았냐는 물음이기도 했다. 지인과는 가끔 편지를 주고받고 있었다. 지인은 이번 겨울방학에는 득량이 서울에 올 거라고 믿고 있었는데 아직 어떻게 될지 알 수가 없었다. 스승 진태을은 곧 전국답사를 떠난다고 했지만 아마 봄이 돼야 나설 듯했다. 하긴 그녀에게 가고자 한다면 지금 당장 전주역에 나가서 열차를 타면 그만이었다. 설 명절을 앞둔 시점이지만 하룻밤 만나고 내려오는 일이었다. 또 설날이면 어떤가. 결혼할 목적이라면 전혀 문제가 없었다. 문제는 자신의 결단이었다.

"그게 참 그렇습니다. 저도 결혼하고 싶은데 선생님께서 저러시니."
"하 선생은 네가 야인처럼 그런 공부나 하고 있어도 상관없다던?"
"기꺼워하지는 않지만 제가 좋다고 했습니다. 전주에 내려와 살라고 해도 그럴 겁니다."

"너도 참 무던하다. 전화 한 번 넣어봐라, 당장."

"그 집에는 전화가 없어요. 방학이어서 학교에는 나오지 않았을 거고요."

전화가 귀한 시절이었다. 전주에서도 관공서 외에 득량네집 정도의 갑부들이나 전화를 놓았다.

"도리가 없구나. 너 내일 선을 봐야 한다. 이따가 어머니께서 말씀해 주실 게다. 전주 이씨 집안 규수인데 전형적인 조선여인이어서 네 스승도 맘에 들어하실 게다. 우린 벌써 규수를 만나보았다. 나는 너를 돕고 싶었는데 일이 좀 엉뚱하게 풀려가는구나."

집안에서는 이미 일을 다 만들어놓고 있었던 듯했다. 세량은 마지막으로 한 번 더, 동생이 원하는 사람과 잘 되게끔 해보려고 하지인 얘기를 꺼낸 것에 지나지 않았다.

다음날 경원동 동문사거리 찻집에서 선을 보았다. 양가 어머니들이 자녀를 데리고 나와서 보는 선이었다.

"두 사람이 얘기 좀 나눠보거라. 두 집안끼리는 더 따져 물을 것도 없다."

득량의 어머니가 일렀다. 규수의 어머니도 인물이 훤한 득량을 익히 아는 터에 연방 싱글벙글 미소를 지었다. 산공부나 하면서 경성제국대학을 마저 다니지 않는다 해도 문제가 아니었다. 평생을 놀고먹어도 축내지 못할 갑부였다. 양가 어머니는 설음식 장만 때문에 바쁘다며 자리를 피했다.

득량은 이숙영이라고 하는 스무 살 처녀와 마주 앉아서 커피를 마셨다. 그녀는 달덩이 같은 얼굴에 오동통한 체상이었다. 학교는 소학교를 나왔고 천자문과 명심보감을 읽었다고 했다.

"취미가 뭔가요?"

득량이 물을 게 없지만 침묵이 멋쩍어 입을 연다는 것이 취미를 물었다.

"집에서 살림 배워요. 설빔 짓는 거 배우고 얌전한 음식 만들어 내고요."

살림이 취미라는 얘기였다. 만일 하지인이었다면 어땠을까? 독서나 시 짓기, 혹은 여행 따위를 따따부따 읊어댔을 거였다. 여자가 집에 들어앉아 살림만 하고 있으면 남편 사랑도 제대로 받지 못하고 자식들 교육도 제대로 시킬 수 없다고 말했을 거였다. 조선이 망한 건 여성이라는 인적 자원을 활용하지 못한 때문이라고 열을 내면서.

득량은 혼자서 재밌게 웃었다. 똑 떨어지는 지인의 언사가 귓가에 울렸다. 이를 드러내고 활짝 웃는 웃음도 눈에 훤했다.

"제가 너무 부족하죠?"

이숙영은 득량이 자기를 비웃는다고 생각했다. 충분히 오해할 만했다.

"아닙니다. 제가 잠시 딴 생각을 했어요."

그렇게 말하면서도 득량은 가슴 속이 짠했다. 그가 진정으로 가슴 속에 담은 사람은 하지인이었다는 걸 이숙영과 마주 앉아있으면서 비로소 깨달았다.

"행복한 가정에서는 행복의 이유가 거의 비슷하다. 그러나 불행한 가정은 불행한 이유가 저마다 다양하다."

"네?"

"아뇨, 혼잣말입니다. 톨스토이의 소설 《안나 카레니나》 첫부분에 나오는 말이죠."

"저도 그 불량한 소설 읽었어요. 매력적인 유부녀 키치(안나 카레리나의 애칭)가 젊은 남자와 사랑에 빠져서 가정도 버리고 열차에 뛰어들어 자살하는 내용이지요. 그 불량스런 여자가 왜 아무렇지도 않게 이해되는지 저 자신이 흠칫 놀랐어요. 그나마 '복수는 나에게 있으니 내가 이를 갚으리라'며 스스로 죗값을 치르니까 이해가 되지 뭐예요."

득량이 흠칫 놀랐다. 이숙영이라는 이 여자 숙맥이 아니었다. 학교를 많이 다니지 못해서 그렇지 바탕은 영리했다. 득량은 달덩이 같은 이 여자의 이마와 눈빛을 주의 깊게 뜯어보았다. 하지인처럼 지성적인 외모는 아니었지만 현숙하고 후덕하며 지혜도 엿보이는 얼굴이었다. 말은 참으로 얄궂다. 속내를 드러내지 않았을 때는 꿔다놓은 보릿자루 같게만 여겨지더니 말 몇마디 터놓으니 사람이 달라 보였다. 득량은 말을 들어보지 않으면 그 사람이 어떤 사람인지 모른다던 공자의 말씀이 생각났다.

"우리 좀 걸을까요?"

두 사람은 찻집을 나섰다. 나올 때 나란히 서 보니, 이숙영의 쪽진 머리끝이 득량의 어깨에 달듯 말듯 했다. 정확히 머리 하나가 작았다. 늘씬한 하지인과 비교되었다.

그들은 전주천을 건너 다가산에 올랐다가 득량이 그녀를 집에 바래다주고 돌아왔다.

"너도 싫지는 않았구나."

세량이 의외라며 반가워했다. 그는 뭔가 다른 생각을 하느라 주춤하더니 차례상에 올려놓을 밤(栗)치는 일에 몰두했다. 밤을 깎는다고 하지 않고 친다고 하는 것은 칼날을 밖으로 향하게 잡고 껍질을 쳐서 날리기 때문이었다. 득량도 해보려 했으나 잘 되지 않았다.

차례상이나 제상에 반드시 밤을 올리는 것은 밤이 신(神)을 불러들이는 음목(陰木)일 뿐더러 밤톨의 생명력 때문이다. 다른 열매들은 땅에 심고 싹이 나면서 썩어 없어져 버리지만 밤은 땅속에서 생밤인 채로 뿌리에 달려 있다가 제 몸에서 나온 나무가 자라서 씨앗을 맺어야만 썩는다. 그래서 밤은 조상과 자손의 영원한 연결을 상징한다. 밤나무로 신주(神主, 위패)를 깎는 이유가 바로 이 두 가지 의미를 담고 있기 때문이다.

까치설날인 섣달그믐날에 웃어른들께 묵은세배를 했다. 설날에는 차례를 지내고 돈 많이 들어오라고 엽전을 닮은 떡국을 먹은 후, 새해 세배를 다시 했다.

설을 쉰 다음날 세량은 남원으로 지프를 내려보냈다. 진태을의 본가에 보내는 선물 보따리를 바리바리 실었다. 그리고 외출해서 친구들과 어울려 놀고 있는 득량을 깜짝 놀라게 할 행사 하나를 마련했다. 돌아오는 차편에 진태을을 모시고 오게 했던 것이다. 그것도 모르고 득량은 친구들과 어울려 노느라고 저녁때가 돼서야 귀가했다. 스승은 점심때부터 와서 사랑채에 묵고 있었다.

"형님, 어떻게 된 일입니까?"

"어서 선생님 뵙고 세배나 올려라."

득량은 사랑채에 들러서 선생님께 절을 올렸다. 며칠 만에 다시 보아도 스승은 반가웠다. 본가 사랑채에서 뵈니 더 그랬다. 돌아가신 할아버지나 아버지를 대하는 느낌이었다.

"올해는 큰일이 많은 해니 몸 건강하여라."

스승의 덕담은 간단했다. 공부할 때나 토론할 때는 장광설을 쏟아놓지만 평소에는 말수가 거의 없었다.

"선생님께서도 옥체금안하소서."

득량은 무릎 꿇고서 스승의 덕담을 기다렸다가 나중에 말씀을 올렸다.
"해동되면 현장답사를 떠나신다고요? 차편은 어떻게 하시겠습니까?"
세량이 옆에 앉아 있다가 물었다.
"풍수공부는 걸어 다니면서 해야 하지요."
태을이 대답했다.
"어르신, 말씀 낮추십시오. 제가 아드님보다 연하일 텐데요."
세량이 겸양했다.
"아니오. 명문가 만석꾼을 어찌 감히."
태을은 단호하게 쐐기를 박았다.
"차편을 만들어드릴 수도 있습니다. 짚차 한 대 더 구입해 보죠."
"아닙니다. 주마간산(走馬看山)이라는 말씀이 있잖습니까? 철마나 짚차를 이용하면 빨리는 보겠지만 제대로 세세하게 볼 수가 없지요. 풍수공부는 느리게 배우는 게 지름길입니다. 주산 산등성이부터 차근차근 밟아 혈판까지 내려오는 게 정석이지요. 그래야 용세도, 국도, 통맥법도, 수법도 일목요연하게 알 수 있습니다."
"정말 그렇겠군요. 여하튼 여비는 넉넉하게 만들어드리겠습니다. 만일 도중에라도 경비가 더 필요하면 아무 때고 다시 찾아주시든지 사람을 보내십시오."
세량이 충분한 지원을 약속했다. 득량은 그런 형이 고맙고 든든했다.
"그나저나 해동되면 득량이 혼례부터 먼저 치러야겠습니다."
"규수의 사주를 보시니 어떻습니까?"
세량의 말에 득량은 당혹스러웠다. 벌써 이숙영의 사주까지 스승께 올렸다면 처음부터 계획된 일이었다. 오랜 만에 남원 본가에 가셨던 스승을 며칠 만에 불러 올린 까닭이 다 있었다.

"둘이 아주 잘 맞아요. 한 번 만나보지요."

"내일 규수가 와서 찾아뵐 것입니다. 저쪽이 더 서두릅니다."

당사자인 득량은 굿이나 보고 떡이나 먹으라는 얘긴가. 일이 일사천리로 진행되고 있었다. 혼사라는 게 본래 그렇다고 했다.

다음날, 이숙영이 부친과 함께 왔다. 진태을은 이숙영을 보자마자 덕과 지혜를 겸비한 규수라고 칭찬을 아끼지 않았다. 하지인을 대했을 때 찬바람이 쌩쌩 돌던 것과는 딴판이었다.

"저 사람은 장차 어려운 공부에 매달릴 사람이오. 옛말에 어진 사람은 재물로써 몸을 일으키고 어질지 못한 사람은 몸으로써 재물을 일으킨다 했지요. 이 정씨 가문이 돈이 더 이상 무슨 필요가 있겠소이까. 저 사람이 경성제국대학 법학부를 다닌 수재요만 그보다 더 큰 공부를 하여 어두운 밤길을 만난 이 나라와 겨레의 빛이 돼줄 거요. 무슨 일이 있어도 변함없는 내조를 해야 하리다."

초면이었건만 진태을은 이숙영에게 당부를 하고 나왔다. 제자 득량을 가리키며 '저 아이'라고 하지 않고 '저 사람'이라고 했다. 나이 어린 제자지만 예사롭게 보지 않는다는 뜻이 담겨 있었다.

"그럼 서둘러서 혼례를 올리도록 하지요. 신랑의 사주단자를 보내주시면 바로 택일하겠습니다."

이숙영의 부친이 반갑게 받았다. 신랑의 사주가 적힌 적바림이 사주단자였다. 신랑집에서 신부집으로 사주단자를 보내면 혼약이 성립된 걸로 보았다.

"해동되면 답산갈 계획이오. 4월 말경에 1차 답산을 마치고 올 계획이니 혼인날은 5월 초가 좋겠소이다. 더운 여름을 집에서 나고 초가을에 2차 답산을 가면 되니까요."

태을이 올해 답산계획을 설명했다. 득량에게도 하지 않던 얘기를 이숙영 부녀 앞에 구체적으로 일러주었다.

"그렇군요. 5월 초로 길일을 잡아보겠습니다."

득량은 스승 태을과 이숙영 부친의 설왕설래 광경을 구경꾼처럼 바라보며 서울의 하지인을 생각했다. 그녀가 이 사실을 알면 어떨지 상상조차 되지 않았다.

어떤 생각이 골똘하면 그 대상에게 감응하여 미친다. 이숙영 부녀가 돌아가고 얼마 있다가 하지인으로부터 서울서 전화가 걸려온 것이다. 그렇잖아도 편지를 쓸까 하던 참이었다.

두 사람은 새해인사를 나누고 방학중에 만나기로 약속했다. 득량은 가능하면 자신이 서울에 올라가겠다고 말했다. 그녀를 만나서 전해줄 얘기가 있었다. 전화로는 차마 할 수 없는 내용이었다.

"곧 산으로 갈 거라면서 언제 시간이 나겠어요. 내일 당장 올라왔다가 내려가면 안 돼요?"

하지인다운 채근이었다. 득량은 좀 주저하다가 "그러마"라고 약속해 버렸다.

명당 장사치, 조영수

가야산 남동쪽 고령 조판기집은 온 가족이 모여 승경도(陞卿圖) 놀이가 한창이다. 승경도 놀이는 상류계급의 젊은이들이나 부녀자들 사이에 행해진 정초의 실내놀이다. 서민들의 윷놀이가 하늘의 28수(宿) 별자리를 도는 것이라면 승경도 놀이는 관직의 품계가 오르고 내리는 놀이였다. 신분상승 욕구를 자극하는 놀이다.

육면체 주사위에 각각 덕(德)·재(才)·근(勤)·감(堪)·연(軟)·탐(貪) 여섯 글자나 숫자가 새겨 있었다. 주사위를 굴려서 나온 숫자와 도판의 내용에 따라 희비가 엇갈린다. 대개 덕이나 재면 품계가 올라가고, 연이나 탐이면 파면당했다. 어떤 경우는 투옥되거나 귀양가기도 하며 사약을 받는 예도 있었다. 관료들의 입신출세와 파란을 담은 인생의 축소판이었다. 중앙관직은 어린 학생인 유학(幼學)을 시작으로 생원·진사·응교·수찬·사간·대사간·6조참의·좌랑·정랑·참판·판서·영의정에 다다르면 끝난다. 외직은 경주부윤·대구목사·강계부사·평안감사 따위의 직함이 열거되었다.

"옳거니! 우리 큰손자가 대사간에 올랐구나. 정3품 당상관이렷다!"

조판기가 빙 둘러앉은 손자들 틈에 껴서 무릎을 쳤다.

"할아버지, 대사간이 뭐예요?"

이제 겨우 천자문을 뗀 일곱 살배기 작은손자가 물었다.

"왕을 가까이 모시면서 정사에 관한 바른 소리를 올리고 신하들의 인사도 담당하고 왕이 학습하는 자리에 참석하는 청요직이니라. 홍문관, 사헌부와 함께 3사라고 하는데 막강한 권력이 있는 직책이야."

"에고, 저는 정5품에 올라갔다가 유배됐어요."

다른 손자 하나가 울상을 지었다.

"실수는 누구나 할 수 있는 거다. 유배 가서 공부하면서 중앙관직에 동문수학하던 연줄을 잡고 때를 노리면 다시 빨랫줄처럼 타고 올라가 영의정도 살아먹을 수 있는 거여."

조판기는 항상 자손들에게 양면성을 가르쳤다. 명분과 실리 양쪽을 얻도록 부추겼고 그게 여의치 않으면 실리를 취하라고 역설했다. 몸을 보존한 다음에 훗날을 기약하라는 뜻이었다.

"나는 대제학이다! 대사간보다 높은 정2품이고."

작은아들 조영수 소생의 손녀였다. 계집애가 샘이 많고 머리가 비상했다. 제 애비가 안 된다고 해도 기어코 대구사범에 가겠다며 밤을 새워 공부했다.
"누나는 여자면서 대제학이 가당키나 해?"
"또 그놈의 여자가 어쩌고저쩌고! 신라 때는 여왕이 셋씩이나 있었다고 이 머시마야!"
저희들끼리 옥신각신 다툼이 벌어졌다. 조판기가 다시 나섰다.
"그건 누님 얘기가 맞다. 세상이 어떻게 바뀔지 누가 알아. 고종황제를 지명하신 조 대비(趙大妃) 할머니를 봐라. 조 대비 할머니는 고종이 등극하고 3년 동안 섭정까지 하셨다. 우리 풍양조씨는 안동김씨들과 세력을 다퉜던 명문가였거든. 과거의 영광을 재현하기 위해서는 남녀를 가리지 말고 어쩌든지 출세해야 한다."
조판기는 기회만 있으면 신분상승 논리를 폈다. 자손들은 이를 당연시했고 실제로 맹렬히 일했고 열심히 공부했다. 두 며느리도 대구 팔공산 갓바위불상을 찾아다니며 기도를 올렸다. 자식들 크게 되라는 발원이었는데 음력 매달 초순에 기도해야 영험이 있다 해서 내일쯤 또 떠날 요량이었다. 조판기는 하늘이건 바다건 바위건 집안 잘되라고 비는 기도는 무조건 좋다며 적극 권장했다. 기도의 효험은 기도 드리는 사람 마음자리에서부터 발생한다고 했다.
"가족들 잘되라고 비는 마음에 이미 복이 들어와 있는 거야."
조판기는 굳게 믿고 있었다. 이미 명당을 썼으니 발복은 시간문제이므로 저마다 최선을 다하면 반드시 때가 온다는 믿음이었다.

그 시간 조영수는 진해 불모산을 타고 있었다. 총독부 직원 대신 의뢰인과 함께였다. 김해 김 부자가 대지를 잡아주면 부르는 대로 폐백을 주겠다고 했으므로 정초부터 산행을 하게 된 것이다.

"어떤 자리를 원하십니까? 부자가 나는 자리요, 아니면 귀인이 나는 자리요?"

"큰 부자는 아니지만 밥술은 뜨고 사니까 귀인이 날 자리를 원하오."

"하긴 귀인이 나야 재물도 보전하지요. 금혈(禁穴)을 보여드릴까요?"

조영수는 사람을 홀리는 말재주가 있었다. 경력은 많지 않았으나 수단은 아버지 조판기보다는 한 수 위였다. 눈치코치가 구단이어서 척 보면 어떻게 요리해야 할지 알았다.

"금혈이라면 군왕지지(君王之地) 말씀이오?"

"군왕이 아니라 천자올시다."

"예? 너무 과하지 않소."

"편안히 살면서 자손이나 이어가는 자리 구하는 것도 아니고 크게 한번 터트리자는 건데 이왕이면 클수록 좋지 않겠습니까? 남들이 뭐라 해도 풍수는 한 방의 대역전극입니다. 빌빌대던 인생 한 방에 깃발 꽂는 거지요. 명나라를 세운 주원장처럼 말씀이오. 떠돌이 중으로 지내다가 당대에 천자에 오른 인물이 주원장인데 그 부모와 조부를 천자지지에 모셨거든요. 저 명사에게 큰돈 주고 쓴 것도 아니고 우연찮게 인연이 닿은 거지요. 남의 산에 몰래 암장하려다가 벼락이 치는 바람에 혼쭐나 쫓겨 내려왔는데 벼락이 자동으로 천자혈에 묻어준 겁니다. 될 사람이니까 하늘이 선물을 내린 셈이지요."

조영수는 아버지에게 들은 풍월을 잘도 기억해냈다. 그야말로 남의 입에서 제 귀로 건너온 말을 꿀 좀 바르고 기름 좀 쳐서 선동하는 데 십분 활용했다. 얄팍한 구이지학(口耳之學)이었다. 하지만 듣는 사람들은 그렇게 생각하지 않았다. 정말로 박식하고 내공이 있는 명사로 모셨다.

"이 약소한 나라, 그것도 남쪽 끝자락에 천자가 날 자리가 있겠소?"

"조선의 지리를 무시하지 마세요. 그리고 큰 열매는 가지끝에 맺는 것입니다. 경상도와 전라도 해변 일대에 명혈이 많습니다. 천자봉이라는 지명이 허투로 붙은 건 아니지요."

"천자봉이라면 진해 불모산 낙맥 시루봉 밑이 아니오?"

"왜 아니겠습니까? 그곳에 아무나 써서는 안 될 금혈이 생지로 남아서 주인을 기다리고 있지요."

"내가 자격이 있는지 모르네만 가봅시다."

그래서 산을 타게 되었다. 곧바로 북부리 쪽으로 천자봉에 오르지 않고 불모산에서 곰메와 시루봉을 따라 내려온 것은 기운찬 산세를 보여주기 위함이었다. 진해 전경과 남해바다가 한눈에 조망되고 가덕도, 거제도가 그림처럼 펼쳐졌다. 동쪽으로 굴암산, 서쪽으로 장복산이 날개를 벌렸으니 명당은 넓고 아름다웠다. 특히 천자봉 정상의 네모반듯한 바위는 천자의 옥쇄가 분명했다.

"이만하면 짐작하시겠지요. 괜히 천자봉이라고 이름 지은 게 아닙니다. 정혈자리가 여기서 멀지 않지요. 쓰시겠다면 내실 폐백을 말씀해 주시오. 주인이 아니면 함부로 혈자리를 구경조차 시켜드릴 수 없습니다. 천기누설이 되니까요."

조영수는 단호하게 말했다. 그가 장차 찍어줄 자리에 한 자리 쓰면 당장 천자가 나올 것처럼 호언장담했다.

"과유불급(過猶不及)이오. 난 구경할 엄두도 안 나외다. 그만 하산합시다."

김 부자는 제풀에 꼬리를 내렸다.

"참으로 겸손하고 소박하십니다."

말은 그렇게 했지만 속으로는 병신 육갑한다고 욕했다. 사내는 뭐니뭐니 해도 기세인데 정초부터 땀 뻘뻘 흘리고 여기까지 올라와서 혈자리 구경도 안 하고 물러나겠다니 사내랄 것도 없었다. 침상에 벌거벗고 누운 미인을 두고 고개 숙이며 돌아 나오는 빙충맞은 꼴이었다.

"천지지간에 물각유주(物各有主)라. 물건마다 주인이 따로 있으니 진실로 내 것이 아니어든 취하지 말지어다."

조영수가 김 부자의 뒤통수에 대고 소동파의 〈적벽부(赤壁賦)〉 한 대목을 읊조리며 조롱했다. 오늘 명당장사는 글렀다. 사람을 잘못 물색한 것이다. 돈푼깨나 있다고 아무나 데리고 와서 애꿎은 다리품만 팔았다. 아무래도 전라도 정읍 차 천자를 찾아가서 쓰라고 꼬드겨야 할까보다 싶었다.

조영수는 하산하여 고령집으로 가지 않고 대구로 갔다. 대구 서모 씨에게 권할 자리가 하나 더 있었다. 지난번 총독부 관리들과 명당을 찾아다니다가 공개하지 않고 감춰놓은 자리 가운데 하나였다.

"새해 복 많이 받으세요. 올해는 필시 좋은 일이 생길 것입니다."

조영수는 서 씨와 맞절로 세배를 하면서 초를 쳤다.

"조 풍수, 좋은 자리 하나 쓰게 도와주시오. 선친 면례도 해야지만 병석에 누운 모친도 오늘내일하외다. 급하오."

조영수는 산도들을 펼쳐놓고 열띤 설명에 여념이 없었다.

"자, 보세요. 이 결록에 나온 자리를 내가 총독부 관리들과 지도를 펴들고 샅샅이 조사하다가 명당을 찾아냈소. 전국에서 찾아들어온 사람들이 여기저기 제 조상뼈를 찔러댔지만 정혈은 그대로 비었어요. 아직 임자를 기다리는 거지요. 원한다면 현장에 가서 혈토까지 파 보일 수 있어요. 이런 자리 하나 쓰면 가문이 다시 열리는 법이오. 억만 금을 줘도 못 사는 무가지보(無價之寶)지요."

서씨가 꿀꺽 하고 입맛을 다셨다. 조영수는 결록에 나온 극도로 축약된 산도와 지도를 바탕으로 자기 나름의 산도를 상세히 그려가지고 다녔다. 산도 옆에는 좌향은 어떻고, 주인은 어떤 사람이며, 발복은 언제 어떻게 되리라며 달필로 기록해 놓았다. 그걸 보면 누구라도 탐이 났다.

"쌀 백 석은 너무 과하네. 쉰 석만 하지?"

달랑 종이 한 장 놓고 흥정이 벌어졌다.

"턱도 없습니다. 이런 자리를 흥정하다니. 인심 후하기로 소문난 경주 최씨 집안에 팔고 말겠소이다."

조영수는 주섬주섬 산도를 거둬들였다. 시간낭비하지 않겠다는 기색이었다.

"거, 사람 성미 급하긴. 좋네. 그럼 중간 잡아서 일흔다섯 가마로 하세. 최씨가 쓸 자리가 있고 서가가 쓸 자리가 있잖은가."

서씨가 산도를 잽싸게 낚아챘다.

"이러시면 안 됩니다. 대를 이어 풍수공부를 해온 우리 집안도 이런 자리는 겨우 두어 개 가지고 있어요. 헐값에 넘길 물건이 아니란 말이오."

말은 그렇게 하면서도 속으로는 쾌재를 불렀다. 그 돈이면 대구에 번듯한 기와집 한 채를 장만할 수 있었다. 집이 마련되면 새끼들을 유학시킬 요량이었다. 고령과 대구는 물이 달랐다. 사람은 큰물에서 놀아야 때가 벗겨졌다. 대구에서 힘을 키워서 서울로, 동경으로 진출해야 인물이 될 기회가 많았다.

"자네는 또 새로 잡으면 되잖은가."

"참 딱하시오. 명당이 무한정 생기는 것인가요?"

조영수는 마지못해 양보하는 척했다. 서씨는 당장 쉰 가마값을 내놓았다. 쌀 한 가마가 5원이니 250원 거금이었다. 나머지는 이장한 다음에 지급하기로 했다.

"그럼 택일하여 부모님 면례해 드리기로 하세. 날씨가 풀려야겠지."
"한식 명절 무렵이 적격이지요. 금년 겨울에는 산주 만나서 내가 찍어주는 자리 일대를 사들이세요. 그깟 민둥산 몇 푼 안 주면 서씨들 산으로 만들 수 있지요 뭐."
"참 자네는 재주가 용하네. 남의 민둥산을 두고 그 산값보다 몇 배나 되는 돈을 벌고 말일세."
"허허허. 하나만 알고 둘은 모르시네요. 진주가 든 조개를 주인이 모르고 판다면 진주값을 주시겠소, 아니면 조개값만 주시겠소?"
"그야 물론 조개값만 주면 되지."
"나는 진주가 들어있다는 것을 아는 거간꾼인 셈이지요. 허나 진주값의 절반도 받지 않았으니 귀하께서는 저보다 더 큰 이득을 취하시는 겁니다."

서씨는 조영수의 말솜씨에 놀랐다. 과연 믿거나 말거나인 풍수술법으로 천금을 벌어먹고 살 만한 위인이었다. 총독부가 하는 일을 도우면서 사례비를 챙기고 대지 한둘을 숨겼다가 명당장사도 멋지게 해냈다. 산의 족보랄 수 있는 명산도를 손수 칠 줄 알았고 그럴듯한 감평도 쓰며 적임자도 잘 찾아 엮어냈다.

조영수는 서씨 집을 나와서 진골목 집주릅을 찾아갔다. 작은 기와집 한 채를 물색해 뒀다가 매입할 생각이었다.
"마침 좋은 집이 싼값에 났다 아입니까. 댁이 임자네요."
집주릅은 당장 가서 내친김에 계약하자고 했다. 언제 팔릴지 시간을 다툰다고 했다. 고색창연한 긴 골목 안으로 따라가 보니 과연 딱 맘에 드는 집이었다. ㄷ자 집인데 전형적인 중인가옥으로 마당도 널

찍했다.

"왜 이런 집을 급매물로 내놓았을까요?"

"모르겠어요. 왜놈들 보기 싫다고 간도로 이주한다나 봐요. 말은 쉬쉬하는데 독립운동하는 집이라 일경(日警)에게 어지간히 들볶이는 모양이오."

일본사람이 조선인들을 못살게 들볶는다지만 경우에 따라서는 복도 베풀었다. 조영수는 은혜를 입는 쪽이었다. 난세를 기회로 삼는 것이야말로 출세가도의 지름길이었다. 평화로울 때에는 그만큼 기회가 적었다.

이별 의식

서울역에서 극적으로 재회한 하지인과 득량은 덕수궁 쪽으로 걸었다. 눈이 녹아서 거리는 질척거렸다.

"안 되겠어요. 다리도 아프고 춥네요. 따뜻한 데 가서 뭣 좀 먹어요 우리."

두 사람은 밴들리살롱을 잡아타고 소공동 조선호텔로 갔다. 요리를 시켜놓고 맥주를 마셨다. 하지인은 득량과 함께 정초의 데이트 시간을 갖는다는 게 꿈처럼 여겨졌다. 호텔에는 주로 일본인들과 나이든 사람뿐이었는데 득량의 인물이 두드러졌다.

"역시 득량 씨는 이런 호텔이 제격이에요. 산골은 절대 아녜요."

하지인은 한 손으로 단발머리를 쓸어 올리며 다른 손으로 건배를 해 왔다. 득량은 잔을 부딪치고 들입다 마셔버렸다. 빈 잔을 스스로 채우고 다시 비웠다.

"천천히 마셔요. 밤새도록 마신다고 누가 뭐랄 사람 있나요?"

하지인 혼자만 말하고 득량은 좀처럼 입을 열지 않았다. 아니, 뭐라고 할 말이 없었다. 아무것도 모르는 지인 앞에서 차마 이숙영 얘기를 꺼낼 수가 없었다. 그녀와 선을 봤고 곧 혼인날짜가 잡힐 거라고 어떻게 말하겠는가.

"득량 씨에게 드릴 선물이 있어요."

하지인은 들고 있던 종이백에서 밤색 카디건 한 점을 꺼냈다. V자형 목에 단추를 채우는 스타일이었다.

"지금 입어보시겠어요? 양복 안에 받쳐입으면 따뜻하고 멋스러워요. 이거 득량 씨 생각하면서 한땀 한땀 제가 뜬 거랍니다."

"지인!"

득량이 뜬금없이 지인을 불렀다.

"네? 득량 씨."

"……."

그러나 득량은 아무 말도 하지 못했다.

"너무 감동할 필요 없어요. 욕도 많이 하면서 떴으니까요. 호호."

그랬다. 많이 무심했고 엉거주춤했다. 욕을 먹어도 싸다. 아니면 아니고 기면 기지 이러지도 저러지도 못하면서 시간만 끌어왔다. 그리고 이제 와서는 다른 사람에게 가야만 한다고 말해줘야 한다. 손으로 일일이 뜨개질하여 카디건을 만들어 온 그녀에게 이별을 통고해야 한다. 너를 사랑하지만 스승님이 반대하셔서 돌아서야 한다고 바보 같은 고백을 해야 한다. 득량은 마음을 다잡았다.

"얼마든지 욕해. 지인, 난 할 말이 없어."

득량은 고개를 숙이며 모로 흔들었다. 하지인은 득량의 심정을 아는지 모르는지 카디건을 들고 건너와서 양복저고리를 벗기고 카디건 으로 갈아 입혔다. 그때 득량의 두 눈에 눈물이 고였다.

"당신 울고 있군요."

"나, 결혼해."

"지금 뭐, 뭐라셨나요?"

하지인은 득량 옆에서 무너져 내렸다. 두 사람은 얼마 동안 서로를 기대며 무너진 채로 있었다. 하지인이 지난가을에 썼던 시 〈두 개의 탑, 하나의 전설〉에서 꿈꾼 모습이었다. 그러나 서로를 향해 무너져 내렸으나 하나로 서지는 못할 슬픈 몸짓이었다. 사실 하지인의 가방 속에는 그 시가 실린 잡지가 들어 있었다. 그녀는 어엿한 시인으로 데뷔한 직후였다.

저녁이 왔다. 두 남녀는 자연스럽게 호텔방을 잡아서 스며들어갔다. 그리고 취기와 아쉬움과 애틋함이 범벅된 혼돈의 밤을 지새웠다.

지인은 애틋한 마음을 시로 달랬다.

내 눈빛을 지우십시오.
나는 당신을 볼 수 있습니다.
내 귀를 막으십시오.
나는 당신을 들을 수 있습니다.
발이 없어도 당신에게 갈 수 있고
입이 없어도 당신을 부를 수 있습니다.
나의 양팔이 꺾이어 당신을 붙들 수 없다면
나의 불붙은 심장으로 당신을 붙잡을 것입니다.
나의 심장이 멈춘다면 나의 뇌수라도
그대를 향해 노래할 것입니다.
나의 뇌수마저 불태운다면

나는 당신을 내 핏속에
실고 갈 것입니다.

사람이 명당이다. 마음이 하나 되어 서로의 몸을 품어줄 때, 그 품속에서 하늘을 느끼고 땅을 느낄 때 그 사람이 명당이다. 나는 너에게 너는 나에게 서로가 명당이 되어준다면 이 세상은 천국이다. 그러나 우리 함께한다 해도 영원을 기약하지는 못하리니 우리 사랑 바람에 새겨두기로 하자. 우리 사랑 구름으로 흘러가다 어느 산 높은 준령에 걸려서 비로 눈으로 내리려나.

득량은 다시 마이산 금당사에 돌아왔다. 세량이 태을과 득량을 절집까지 지프로 바래다주었다. 절집에는 정초 기도를 온 신도들이 아직까지도 묵고 있었다. 고즈넉한 산사가 모처럼 북적댔다.
"아이고, 이제야 우리 제갈량 같으신 진 선생님 오시는구먼."
"우리 식구들 1년 운세 좀 봐달라고 꼬박꼬박 기다렸지 뭐요."
주로 하얗게 센 머리를 쪽진 할머니 신도들이 대부분이었다. 그들은 평생을 식구들 걱정으로 살아온 조선의 여인들이었다.
진태을은 이런 자리를 가리지 않았다. 힘겹게 살아가는 산촌사람들이 해오는 부탁을 거절할 줄 몰랐다. 서안에 책력을 펼쳐놓고 한 사람, 한 사람 정성스럽게 운세를 봐줬다. 한지에 국문으로 풀어서 적어주기도 했다. 그러면 신도들은 너무 좋아했다. 그들을 위해서도 친구 구암선사를 위해서도 좋은 일이었다. 한 해 동안 신세지고 해줄 수 있는 거의 유일한 일이었다. 득량이 양식을 넉넉하게 대왔지만 만일 혼자였다면 식객에 지나지 않았다. 절집에서는 이런 사주장사 따위를 하지 말라고 한다. 그러나 신도들이 원하니까 어쩔 수 없었다. 세월이 험해서 그런지 사람들은 부처님 말씀보다 이런 것에 더 마음을 주었다. 신흥종교가 발흥하는 까닭이 다 그래서였다.

신도들이 썰물처럼 빠지자 산사는 다시 적요했다.

"이불변 응만변(以不變 應萬變)이라는 말을 알지?"

"네, 선생님! 예전에 저희집 사랑채에서 붓으로 써주셨습니다."

"그랬었지.《주역(周易)》을 읽지 않고 곧바로 산서들을 접하면 천생 풍수쟁이밖에는 못 된다. 그래서 너에게 입산하기 전에 역(易)을 공부하라고 한 것이다. 역을 배운 다음 산서를 보면 이해도 빠르고, 술법에 경도된 나머지 이치에 맞지 않는 억측을 하지 않게 되지. 이 세상은 절대 풍수가 전부일 수 없다. 인생이라는 숱한 비밀의 문을 여는 하나의 열쇠일 뿐이야. 일본인처럼 풍수를 전혀 무시한다고 해서 못사는 것도 아니니까."

스승은 참 합리적인 도학자였다. 일가를 이루었고 그만큼 자신이 있기 때문에 그런 것인지도 몰랐다. 대개 초학자나 속사(俗士)들은 자기가 배우고 아는 것으로 온 세상을 재단하려고 든다. 그러니 자꾸 무리수를 두고 점점 더 혼돈세계로 빠져든다. 그러다 사람들에게 사기꾼 소리까지 듣는 것이다.

"《논어》나《중용》을 읽지 않고 곧바로《주역》을 배워도 술객이 되고 만다. 역이 점서(占書)인 것은 사실이나 고대의 일이고, 변화의 원리를 통해서 마음을 수양하는 경전이다. 그래서《주역》을 세심(洗心)이라고도 하는 게다. 때묻은 마음을 씻는 거지.《논어》나《중용》에는 역을 의리로 읽고 해석해야 함을 가르치고 있다. 어느 대목인지 알고 있느냐?"

이제부터는 바야흐로 역을 가지고 문답식 교육이 시작되었다. 득량은 긴장하면서도 경전 구절을 상기해냈다.

"《논어》〈자로편〉에 사람이 항심(恒心)이 없으면 무당이나 의원도 될 수 없다고 했습니다. 하여 불항기덕(不恒其德)이면 혹승지수(或承之羞)라 하니 자왈(子曰) 부점이이의(不占而已矣)니라. 변함없고 한결같은 덕을 지니지 않으면 혹 수치를 입게 되니 공자가 점을 치지 않을 뿐이다, 했고 《중용》제20장에 널리 배우고(博學) 자세히 물으며(審問) 신중히 생각하고(愼思) 밝게 분별하며(明辯) 독실히 행하라(篤行)고 했습니다."

득량은 폭포수처럼 장쾌하게 쏟아냈다. 듣기 좋으라고 수재라 부르는 게 아니었다. 이런 정도의 기억력과 분석력이 있기 때문에 수재라 했다. 구학문이면 구학문, 신학문이면 신학문 일단 배운 것이면 막힘이 없었다.

"잘 얘기했다. 앞으로도 틈틈이 역리를 가지고 토론할 기회를 갖겠다. 나는 가끔 새벽에 일어나 〈계사전〉을 음영(吟詠)한다. 문장도 명문장이지만 철학적 깊이가 이를 데 없이 오묘하다. 세상이치가 그물처럼 페지고 주마등처럼 돌아간다. 너도 나처럼 해보아라."

태을은 눈을 감고 〈계사전〉 첫구절부터 음영을 시작했다.

"천존지비(天尊地卑)하니 건곤(乾坤)이 정의(定矣)요, 비고이진(卑高以陳)하니 귀천(貴賤)이 위의(位矣)요, 동정유상(動靜有常)하니 강유단의(剛柔斷矣)요, 방이유취(方以類聚)하고 물이군분(物以群分)하니…."

시조를 읊는 것처럼 들렸다.

명당순례의 첫발

폭설로 산길이 묻힌 정초 어느날, 읍내 경찰서에서 일경 두 사람이 산사를 찾아왔다. 경찰들의 내방은 가끔 있는 일이었다. 그들이 이 산속까지 와보는 건 무슨 불공을 드리려 함도 아니고 경치구경하러 오는 것도 아니었다. 불순분자가 숨어들지나 않았나 감찰하기 위해서였다. 그네들이 말하는 불순분자란 사고를 치고 달아난 사람은 물론 일정한 주소나 생업이 없이 각 지방을 떠도는 자도 포함되어 있었다. 혹시 독립운동하는 사람이 아닌가 해서였다.
"구암스님, 도 많이 닦으셨습니까?"
양복차림에 체크무늬 헌팅모자를 쓴 겐사부로가 그렇게 깝죽거리며 절집마당에 들어섰다. 옆에서 수행하는 젊은 사내는 제복차림이었다.
"지관 나리도 무고하시오?"
방문을 열며 득량이 모습을 나타낸 건 그 직후였다. 그는 혀 짧은 소리가 귀에 거슬려 본능적으로 눈살을 찌푸렸다. 스승 태을을 지관이라고 부르는 것도 마뜩찮았다.
"정상, 오랜 만이외다. 그때는 많이 취하셨습니다."
겐사부로는 정중히 허리를 굽혔다. 그런 그의 행동에는 다소 과장기가 섞여 있었다. 하지만 놀림은 아니었다. 왕년의 제국대학생이라면 어디 가서도 대접받는 게 현실이었다. 한 도에 하나 있을까 말까 했으니 더 그랬다. 중도에서 그만뒀더라도 무시하지는 못했다. 득량이 어디서 무엇을 하건 최소한 요시찰의 대상이었다.
"공부에 어려움은 없습니까?"

"있다면 그 편에서 대신 해주시려오?"

득량의 말에 거스러미가 일었다. 굳이 거들먹거리며 지난번 술자리를 기억하게 한 것이 거슬렸다. 뿐더러 매번 올 때마다 같은 물음을 하는 그가 달갑지 않아서이기도 했다.

"우리는 정상을 보살펴야 할 의무가 있지요."

겐사부로는 여느 때와 달리 뜸을 들이고 있었다. 그냥 지나치며 들른 자리가 아닌 모양이었다. 아니나 다를까. 그는 마루에 걸터앉더니 부츠에 붙은 흙을 탁탁 털어낸 뒤, 정색을 하고 나왔다.

"지관나리, 곧 경성 총독부에서 누가 출장을 오게 될 모양이오. 이렇게 협조공문을 들고 왔으니 도와주시오. 지관 나리가 워낙 유명하시니 경성으로 불러올리지는 못하고 직접 찾아오는 것이오. 아시겠습니까?"

겐사부로는 주머니에서 서류 한 장을 꺼내 비쳤다.

"무슨 일이라 하오?"

태을이 연유를 물었다.

"잘은 모르오. 아마 산서(山書) 때문인 듯하오."

"산서?"

구암선사가 미간을 좁혔다.

"그렇습니다, 스님. 구암스님도 잘 도와주시오. 아마 이 절집에서 며칠 묵게 될 모양이오. 마이산 일대를 조사할 게 있다나 어쩐다나."

겐사부로는 절밥이 맛있다며 점심을 달래서 먹고 갔다. 그는 탑골에 들렀다가 천왕문을 넘어 읍내로 가겠노라고 묻지도 않은 노정을 말하며 사라져갔다.

일경들이 떠나자 절집에는 한동안 긴장감이 감돌았다. 무엇 때문에 총독부 직원이 이 산사까지 찾아온다는 것일까. 산서 때문이라고는 했지만 산서를 어떻게 하겠다는 것인가. 산서는 불온서적이 아니었다. 억지를 부려 불온서적이라고 한다면 굳이 경성 총독부 직원이 파견될 것도 없었다. 헌병대에서 당장 수거해 갔을 것이다.

"올 것이 오고야 말았군."

태을의 안면 가득 거미줄 같은 게 드리워졌다. 그는 하늘을 멀거니 우러렀다. 공중으로부터 찬바람이 달리는 소리가 들려왔다. 그것은 정녕 바람소리가 아니었다. 이 땅의 영령들의 흐느낌 소리 같은 것이었다. 태을은 눈을 감았다. 나른한 현기증이 쏟아졌다.

"드디어 게까지 손을 댄다는 건가?"

구암선사도 암울한 기색이었다. 두 사람은 벌써부터 이런 때를 예측하고 있었던 모양이었다.

"무슨 일입니까?"

득량이 스승 태을에게 물었다.

"산서 때문에 예까지 날 찾아온다면 그건 이 땅의 풍수를 총정리하겠다는 것이리라. 그리하여 정신개조까지 시키려는 게지. 조상숭배는 조선인의 미풍양속이야. 풍수가 발복 때문에만 있는 게 아니지. 조선의 고유문화를 말살하려는 수작이 뻔하다."

태을은 득량에게 말한 뒤 구암선사를 향했다.

"구암, 아무래도 내일 당장 떠나야 할까 보네. 뒷일 부탁하네. 이번에 우리가 떠나면 얼마가 걸릴지 모르겠네. 5월에 전주 득량이네 집에서 혼례식이 있으니 그곳으로 곧바로 가려네. 혹…."

"혹?"

"아닐세. 무슨 일이 생기면 귀찮다 말고 자네가 나서시게."

"그야 여부가 있겠는가마는."

뒷일을 부탁하는 태을의 어조가 자못 심각했다. 뒷일이란 비단 총독부에서 나오는 사람만을 염두에 둔 것이 아니었다. 그것은 자신이 거둬야 할 모든 것을 가리켰다. 어쩌면 나중에 득량을 돌보는 역할까지도 포함돼 있는 말이란 걸 구암선사는 알고 있었다.

다음날 태을과 득량은 쫓기듯 산사를 떠났다.
"이 사람, 태을장. 잘 가시게."
"구암도 잘 가시게."
잘 있게가 아니었다. 구암선사에게도 잘 가라고 말하는 태을의 고별사에는 비감이 어려 있었다. 두 사람 모두 이미 앞날을 가늠하는 눈치들이었다. 어차피 두 사람의 삶은 이렇게 헤어지는 게 아니었던가.
한겨울에 오르는 장도(壯途)였다. 눈이 내렸다 녹고 그 위로 다시 쌓인 산길은 미끄러웠다. 아무래도 호사로 할 수 있는 답산 삼천리가 아니었다. 아무리 돈이 많아도 두 발로 산을 올라야 했다. 혈자리를 멀리서 볼 수는 없었다.
"《인자수지》에서 이르길, 땅을 다루는 자는 필히 산을 오르고 물을 건너는 수고를 마다지 말라고 했느니라. 《망룡경》에는 또, 구지자 필편력산강(求地者必遍歷山岡)이라 했다. 명당을 찾는 자는 반드시 천하의 산등성이를 편력하라는 말씀이다. 편하게 산공부하겠다는 생각은 처음부터 버려라."
이미 고달픈 행각을 각오한 득량이었다. 노 스승이 몸소 이끄는 현장공부였다. 진기하게 살아 있는 역사 속의 명당순례, 이 날을 얼마나 오랫동안 고대해 왔던가. 명당 속에 풍수의 본맥이 살아 있었다. 절묘하고 실감나는 현장 속에 그의 길이 나 있었다. 비록 길 위에서 쓰러지는 한이 있어도 걷고 또 걸을 작정이었다.
두 사람은 금산 방향 대둔산 쪽을 향해 걸음을 서둘렀다. 험한 산길은 금남정맥 동쪽을 따라 위로 뻗쳐 있었다. 작은 재들을 넘으면 또 재가 나타났다. 산협 사이에 낀 들이 여뀌잎처럼 좁은 산촌을 여러 개 지나쳤다. 운장산, 금산, 영동을 거쳐 백두대간인 추풍령을 넘어 김천으로 빠져서 구미 쪽으로 가볼 작정이었다. 거기서 대구, 부산으로 노정을 잡고 있었다. 부산을 기점으로 영남일대와 소백산, 금강산, 묘향산, 백두산, 평양, 구월산, 개성, 한양, 충청도, 전라도 이렇게 삼천리 방방곡곡을 일주할 계획이었다. 영남일대와 소백산까지를 우선 1차 답산코스로 잡았다. 거기서 전주로 귀환하여 득량의 혼인을 치르고 여름을 난 뒤, 가을에 금강산부터 다시 시작할 요량이었다.

"왜놈들이 아무리 쇠말뚝을 박고 신작로로 지기를 잘랐다고 해도 땅의 기운은 그리 쉽게 쇠하지 않는다. 언젠가 일렀듯 명당은 스스로 자신을 지킨다. 더구나 하늘이 감춘 대길지는 사람이 능히 맥을 자르지 못하느니. 설령 잘렸다 해도 세월이 지나면 다시 살아나느니라."

태을은 장도를 오르면서 그 말을 해주는 걸 잊지 않았다. 득량으로 하여금 열패감에서 벗어나도록 하기 위함이었다.

태을은 풍수 말고도 유서 깊은 곳을 지날 때마다 득량에게 역사 이야기를 들려줬다.

"습제(習齊) 최제학(崔濟學)이라는 지사(志士)가 여기서 머잖은 성수골에 살았느니라. 그곳 태생이지."

습제라면 구한말 호남의병사의 중추적 인물이었다. 구한말의 거유(巨儒) 면암(勉庵) 최익현(崔益鉉)을 도와 호남의병을 일으켰던 그 최제학이 진태을을 찾아왔다. 을사보호조약이 있는 이듬해 늦은 봄이었다.

"선생님, 길을 묻고자 왔습니다."

최제학은 왜병들의 감시를 피해 오느라 한밤중을 택했다.
"아니, 습제 선생이 웬일이시오?"
진태을은 그를 친아우처럼 맞아들였다.
최제학은 이 지방의 젊은 선비였다. 나이 스물다섯이었지만 성품이 강직하고 곧아서 사람들의 존경을 한몸에 받고 있었다. 근래에는 가산을 정리해서 그 돈으로 무기를 사들인다는 말이 있었다. 의병활동을 하기 위함이었다. 그는 최익현 의병대장 수하의 소모장(召募將, 군사를 모집하는 임시직책. 소령)이었다.
"진 선생님, 민종식(閔宗植) 전 참판이 이끄는 의병대가 홍주성에서 패했다 합니다."
"그럴 리가? 승승장구한다는 얘기를 엊그제 들었거늘."
"우리 면암 선생님께서 원병을 보냈지만 역불급이었지요. 다나카 소좌놈이 이끄는 왜병들의 신무기를 당해내기가 어려웠답니다."
"민 참판은 어찌되셨다 하오?"
"가까스로 몸을 피하기는 하신 듯한데 오래가지 못할 것 같습니다."
민종식은 민씨 가문의 대표적인 인물이었다. 일인들이 을사보호조약으로 나라를 집어삼키려 들자, 충청도 홍주(홍성)에서 천여 명의 의병을 일으켰다. 그는 충청도 일대에서 맹위를 떨쳤다.
그즈음 전국 각지에서 수만 명의 의병들이 일어났으니, 전라도 태인에서 봉기한 최익현, 강재천, 고광순, 기삼연, 경상도에서 봉기한 정환식, 신돌석, 관서지방에서 봉기한 우동선, 예성강 연변에서 봉기한 박정빈 등이 대표적이었다. 이들 항일의병들은 거의 맨손으로 왜병들과 맞섰다. 왜병들은 신무기로 무장해 있었으므로 처음부터 승패가 판가름 난 싸움이었지만 죽음을 각오한 의병들의 항전은 치열했다.
"열흘 뒤에 순창 관아를 습격하기로 돼 있습니다."

"그날이라면 천운이오."

"그게 아니옵고 실은…."

최습제는 목소리를 낮추고서 자신의 고민을 털어놨다.

"그것 참, 고민이겠구려. 왜병들의 감시가 등잔불같이 살아 있을 테니."

"거사일은 닥쳐오는데 큰일입니다."

진태을은 한참을 궁리한 뒤 드디어 묘안을 찾아냈다.

"그거라면 내게 좋은 생각이 있소."

진태을이 묘안을 풀어놓자 최습제는 그 자리에서 넙죽 큰절을 올렸다.

"과연 진태을 선생님이십니다. 최익현 선생님이 이 말씀을 들으시면 탄복을 하실 것입니다."

최습제는 그 밤으로 태인을 향해 달려갔다.

며칠 뒤, 태인에서는 커다란 상여 하나가 순창을 향해 움직였다. 요령을 잡고 흔드는 소리꾼의 상여소리가 한없이 처량하게 울렸다.

어화 세상 벗님네야 어화 세상 가소롭다
어—허 어—허
옛 늙은이 하는 말이 저승길이 머다더니
어—허 어—허
오늘 내가 당해보니 대문 밖이 저승일세
어—허 어—허
만당 같은 내 집 두고 천금 같은 자식 두고
어—허 어—허
문전옥답 다 버리고 십이 군정 어깨 빌려

어—허 어—허

만첩청산 들어가니 구척광산 깊이파고

어—허 어—허

칠성으로 요를 삼고 뗏장으로 이불 삼아

어—허 어—허

살은 썩어 물이 되고 뼈는 썩어 진토 되어

어—허 어—허

산혼 칠백 흩어지니 어느 친구 날 찾으랴

어—허 어—허

상여를 멘 사람들은 모두 기골이 장대한 청년들이었다. 하건만 그들은 뻘뻘 땀을 흘리고 있었다. 여름이 다 된 햇살 아래라고는 하지만 장정들이 상여 하나 메면서 비지땀을 흘리다니, 배를 곯아도 한참 곯은 모양이었다.

"날도 더운데 멀리도 가는가 보군."

"하여간 조선놈들 우매하기도 하지. 허황된 명당찾아 묘 쓴다고 저 헛고생들을 하니 말이야."

"그러게 우리한테 망해가지 않나?"

순찰나온 왜병들이 읍내를 빠져나가는 상여를 보고 지껄였다. 그들은 그렇게 빈정거리면서도 진기한 구경거리를 놓치기 싫어서 오래도록 쳐다봤다. 읍내를 벗어나자 상여는 속도를 내며 유유히 사라져갔다.

저녁때가 다 돼서 상여는 순창의 관아가 내려다보이는 어느 야산에 내려졌다. 상여를 해체시키자 관 대신에 나온 건 뜻밖에 총과 화약 따위의 무기였다. 무기를 보자 상여를 멨던 청년들의 눈에서 불꽃이 튀었다. 그들은 의병 정예부대였던 것이다. 사흘 뒤 순창 관아를 습격하기로 돼 있었다. 그래서 미리 무기를 날라와야 했고 상여를 동원해서 감쪽같이 감시망을 따돌렸음은 물론이었다.

의병대장 최익현이 이끄는 수백 명의 의병들은 이 무기를 가지고 싸워서 왜병들을 크게 무찔렀다. 그들은 순창에 이어 곡성까지도 장악하기에 이르렀다. 그리하여 굳이 무기를 숨겨가지고 다닐 필요도 없이 당당하게 맞설 수 있었다. 상여로 무기를 나른 게 밑거름이 됐던 것이다.

"습제 소모장의 지략은 귀신같구려."

최익현을 돕고 나선 전 태인군수 임병찬의 찬사였다. 최습제는 참모진들 앞에서 일의 자초지종을 털어놨다. 그제야 그들은 진태을의 존재를 알게 되었다.

"시신을 나르던 상여가 국운을 날랐구나. 진태을은 이인이다. 내가 장차 그를 얻어 나라를 구하고야 말리라."

최익현의 말이었다. 그러나 면암 최익현은 그 뒤 불과 한 달을 못 넘기고 패하여 붙잡혔고, 나중 대마도 형무소에 갇혀버리고 만다. 그는 왜놈이 주는 밥은 먹을 수 없다며 1906년 11월 16일 끝내 굶어 죽으니, 그 소식을 들은 전국의 학도들은 그 공을 기리고 위도가(慰悼歌)를 지어 불렀다.

습제는 면암의 장례를 모시고 고향에 돌아와 다시 거사를 꿈꿨다. 고산의 윤자신(尹滋臣)과 함께 다시 의병을 일으키려 했으나 뜻을 이루지 못하고 지리산 하동청암에 들어가 은거했다.

"지금도 그 사람은 지리산에 있느니라."

태을은 최습제의 얼굴을 떠올리는 듯 눈을 지그렸다.

득량이 떠나고 서너 시간이 지났을 무렵, 금당사에는 서울에서 손님이 찾아든다. 그 사람은 다름 아닌 하지인이었다. 득량보다 진태을을 찾아온 하지인은 하필이면 오늘 이른 아침에 길을 떠났다는 걸 알고는 억장이 무너져 내린다. 어디로 갔는지 바람 같은 사람들을 무슨 수로 찾는다는 말인가.

 할 수만 있다면 무릎 꿇고 매달리고 싶었다. 자신의 스타일을 바꾸고 직장을 포기하고라도 득량을 내조하겠으니 허락해 달라고 애원할 작정이었다. 하지인답게 대담한 시도였다. 그러나 그 기회는 주어지지 않았다.

 '이것이 운명이라는 거로구나.'

 하지인은 자신도 모르게 찬 하늘을 우러렀다. 그녀는 탑영제 호수에 가서 한나절이 지나도록 내리 물 속만 들여다보다가 산사를 내려갔다. 하지인은 산과 물과 더불어 살아가는 삶을 노래한 어느 옛 선인의 시를 읊조렸다. 두 눈에 촉촉한 물안개가 일고 있었다.

   청산도 절로절로 녹수도 절로절로
   산절로 수절로 하니 산수간에 나도 절로
   그 중에 절로 난 몸이니 늙기조차 절로하리

현군형 마을의 음녀

 득량과 진태을이 오후 늦게 도착한 곳은 진안에서 금산으로 가는 신작로 변의 어느 작은 산촌이었다.

치마를 걸어놓은 형상의 산 (현군형, 縣裙形)

"저 마을을 보거라."

고갯마루 위에서 태을이 손을 뻗었다. 손가락 끝에 열린 마을은 작고 평화로웠다. 마을은 눈 덮인 산협 속에 조갯살처럼 박혀 있었다. 올망졸망한 초가집들은 질화로에 묻혀서 익어가는 노란 군밤을 연상케 했다. 저곳에서 하룻밤을 묵게 될 모양이었다.

"백호 쪽의 산세를 봐라."

"저건 현군형(縣裙形)입니다!"

득량이 놀라 외쳤다. 현군형이란 달아매 놓은 치마형상의 산을 가리켰다. 백호 쪽에 이런 흉산(凶山)이 있으면 집안에는 음란한 자가 속출하고 마을은 아녀자들의 음행으로 풍기가 문란하다는 걸 산서에서 읽은 바 있었다. 득량은 당장 마을로 달려가 그걸 확인하고 싶었다.

"맞느니라. 현군사다. 저 마을에서 하룻밤을 묵어가자. 재미있는 일이 벌어질 게다."

태을은 타박타박 고갯마루를 내려가기 시작했다. 득량은 머리 속으로 온갖 상상을 달리며 뒤를 쫓았다. 굴뚝에서 밥 짓는 연기가 머리 센 여인의 머리칼처럼 풀어지고 있었다.

"시킨 대로 해놨군."

마을 초입에 들어서면서 태을이 읊조렸다. 태을의 시선은 서낭당 아래를 더듬고 있었다. 허리끈처럼 새끼줄을 친 몇 아름드리 당산나무 아래 커다란 돌기둥 하나가 서 있었다. 둥글게 깎인 그 돌기둥은 아이들의 키만 했다. 흡사 수컷의 물건을 연상케 하는 민망한 모양이었다. 득량으로서는 처음 보는 남근석(男根石)이라는 석물이었다.

"아이고 선생님, 어인 걸음이십니까?"

태을과 득량이 마을 안길에 들어서자 우물가에서 물을 긷던 아낙네 하나가 행주치마에 손을 닦으며 반갑게 뛰어나왔다. 귀 밑에 서리가 내린 것으로 봐서 환갑은 넘은 듯했다. 우물가에는 젊은 아낙네들이 두엇 더 있었다. 그녀들은 시래기나 보리쌀을 씻거나 지푸라기를 엮어서 만든 똬리를 입에 물고 물동이를 이다 만 채로 낯선 두 사람을 뜯어보았다.

태을은 나이든 아낙의 영접을 받으면서 기억의 숲을 헤쳤다. 벌써 25년 가량 지난 일이었다. 그간 발길을 들여놓지 않았으므로 태을 쪽에서는 희미해진 아낙의 얼굴이었다. 하지만 아낙 쪽에서는 결코 잊으려야 잊을 수 없는 사람이 바로 진태을이었다.

"쇤네 점순이올습니다요, 선생님."

"그랬구먼."

그제야 태을도 아낙을 알아보았다. 서로의 눈빛에 만감이 교차했다.

'미인은 늙지 않는단 말도 허사로고.'

태을은 속으로 두런거렸다. 점순이라는 이 여인이 누구던가. 30여 호 되는 이 벽촌마을을 열두 폭 치마에 감쌌던 여인이었다.

"꼭 한번 더 뵙게 되리라 믿었답니다."

"이젠 그 일도 못치를 나이거늘."

"고목에도 꽃이 핍니다."

"허허, 여전하군."

"실은 여전치 못하답니다. 좌우간 저희집으로 가시지요."

아낙은 물동이를 이고 두 사람을 안내했다. 젊은 여인네들이 늙은 아낙에게 "어머님, 들어가셔요"라고 인사말을 건넸다. 아마 분가한 며느리나 출가한 딸이라도 되는 듯했다. 구불구불한 토담길을 지나자 담도 대문도 없는 집이 하나 나타났다. 집은 예전 그대로였다.

"추우셨을 테니 어서 방으로 듭시오. 곧 진지를 해 올리지요."

아낙은 안방으로 두 사람을 들게 했다. 혼자 사는 과부인지 식구는 아무도 없었다. 세간을 둘러봐도 혼자 사는 여인네가 분명했다.

저녁상에는 푸짐한 고기가 올라왔다. 아침에 아들이 잡아온 산토끼라 했다. 산촌에 흔해빠진 게 산토끼여서 겨우내 비린 것이 안 떨어진단다. 어미 섬기는 아들들 덕에 남의 살맛 보는 재미로 노년을 산다고 했다.

"어머님, 술 내려왔어요."

아까 우물가에서 들었던 듯 귀에 익은 목소리였다. 아낙이 나가서 술병을 받아들고 들어왔다.

"따뜻하게 데워 왔구먼요."

아낙이 곱게 늙은 입가로 웃음을 흘렸다. 득량이 보기에 한창 때는 사내들 속깨나 태웠을 절색이었겠다 싶었다.

"만년을 호강하며 보내는 것 같네 그려."

"호강은 무슨 호강을…. 그 많은 새끼들이지만 아직까지 그저 속 썩이는 일은 없지요."

"젊어서 액땜을 단단히 하더니…."

"워낙 센 팔자를 타고 나놔서요. 하오만 포원(抱冤)은 없답니다. 사람 잡아먹는 여편네가 이만하면 복받고 사는 거지요, 뭐."

아낙이 득량을 언뜻언뜻 살펴가면서 말했다. 두 사람의 얘기를 듣 노라니 득량은 밥숟갈이 제대로 넘어가지 않았다. 대체 이 양반들이 무슨 얘기들을 하는 것인지 감이 안 잡혔다.

"동구에 남근석은 언제 세웠누?"

"뜸들일 경황이 있던가요. 떠나신 뒤 바로 세웠답니다."

"효험은 봤소?"

"그때 선생님이 이 마을을 십몇 년만 더 빨리 지나가셨어도 그런 비극은 없었을 겝니다. 그전에 그랬던 다른 아낙들이야 도리가 없었을 테지만 적어도 쇤네는 괜찮았겠지요. 동구에 그걸 세우고는 마을에서 색귀(色鬼)가 빠져 달아났으니까요."

아낙이 다시 득량 쪽을 일별하더니 술잔을 쭉 기울였다. 술이 넘어가는 목이 희고 길었다.

"이 아인 산공부를 배우는 제자라오. 팔도를 유람시키려고 이제 막 걸음한 길이지요."

태을이 득량을 소개했다.

"그러시군요. 참 잘난 대장부다. 그 스승에 그 제자일 테니 우리 같은 촌것들과는 씨가 다르시겠지요. 참 재주 많게 보입니다. 다니시면서 좋은 일 많이 하시오."

나이가 좀 젊었으면 어떻게 수작 붙여보겠다는 투였다.

"정득량이라 하옵니다."

"부탁이오. 잘 배우셔서 선생님처럼 좋은 일 많이 하시오. 이편이 말 안 해도 벌써 아실 테지만 선생님은 영통한 지술로 온 나라 사람들을 돌보신 분이지요."

말하는 투로 봐도 천박한 아낙은 아니었다. 기품이랄 것까지야 없어도 여하튼 막돼먹지는 않아 보였다.

상을 물리고 나자, 젊은 남정네들 몇이 와서 진태을에게 절을 올렸다. 아낙이 어느새 그러라고 한 모양이었다. 남정네들은 아낙을 어머니로 모시고 있었다. 아들들이 얼굴이 다 제각각인 게 특이했다. 눈이나 코가 좀 크거나 작은 정도가 아니고 얼굴형 자체가 완연히 다른 행색들이었다. 그 가운데서 가장 젊어 보이는 갸름한 얼굴의 젊은이가 득량에게 말했다.

"우리와 함께 가시지요. 따로 술상을 봐놨으니까요."

득량이 스승 태을을 보며 머뭇거렸다.

"그러려무나. 모처럼 취해 보는 것도 좋으리."

"그러시오. 젊은 선생."

태을과 아낙이 사전에 짠 것처럼 입을 모아 장단을 맞췄다. 득량은 자신이 자리를 비켜준다는 생각이 들었다. 남정네들이 숫제 완력으로 득량의 팔목을 잡아 이끌었다.

남은 두 사람은 밤이 이슥토록 옛일을 더듬었다. 그런 뒤 자리를 깔고 한방에 누웠다. 깊은 겨울, 오래된 나무에 봄꽃이 다시 피어날 것인가. 만약 꽃이 핀다면 그것은 눈 속에서 꽃이 핀다는 설중매(雪中梅)가 아닐 수 없었다. 빠른 게 아니라 맨 나중에 피는 꽃이었다. 붉은 해당화나 능소화는 이제 다시 피워낼 수 없는 젊은 날의 꽃들이었다. 두 사람은 이미 늙은이들이었다.

밤이 깊어가는 산촌에 눈이 내리기 시작했다. 눈은 세상에 알려지지 않은 이 산협마을의 기구했던 사연들을 더 깊이 감추려는 듯 밤새도록 솜을 틀어서 두껍게 덮어놓고 있었다.

  25년 전, 발길 닿는 대로 떠돌던 태을은 우연찮게 이 마을을 지나게 되었다. 그는 버릇처럼 마을 주변의 산세를 살폈다. 그는 백호 쪽의 특이한 산세를 발견하고는 야릇한 흥분에 발목을 잡혔다.
  저건 현군형(縣裙形)이 분명하군. 저곳에 치마를 걸어놓았으니 속곳차림의 여인네는 부지런히 사내들을 끌어들이겠군.
  태을은 강한 음기를 느끼며 마을로 들어섰다. 아직 여름 해가 두어 뼘 남아 있었다. 태을은 몇 집을 지나쳐서 드디어 울타리 없는 어느 집에 이르렀다. 누가 부른 것도 아닌데 이상스레 그 집으로 발길이 끌렸다. 길손이 마당으로 들어서자, 마당에다 금을 그어놓고 뛰어놀던 고만고만한 꼬맹이들이 뜨악한 표정들을 지었다. 그 중 한 아이가 부엌 쪽으로 달려갔다.
  "엄니, 엄니. 손님 왔어, 손님."
  부엌에서 나와 얼굴을 내민 여인은 그야말로 꽃이 무색할 정도의 천하절색이었다. 나이는 서른두어 살이나 됐을까. 포대기에 갓난아이를 둘러 업고 있는데 복사꽃 두 뺨에 좀 크다싶은 입을 가지고 있었다. 태을은 약간 치켜 올라간 눈꼬리에다 물기가 반짝거리는 눈동자를 발견하고는 쯧쯧 혀를 찼다. 코밑 인중에도 수염이 감실감실 나와 있었다.
  '이 여인이로군. 내가 제대로 찾아온 게야.'
  태을은 여인의 얼굴과 몸피에서 풍기는 음기(淫氣)를 직감했다. 하필이면 왜 이 집을 찾아왔을꼬. 하지만 내친 김이었다. 공부거리 삼아서 확인하고 싶어했으니 겉돌 필요가 없었다. 오히려 잘된 일이었다.

"주막이 없는 마을 같아서 예까지 왔소이다. 하룻밤 신세를 질 수 있을는지요?"

"누추한 방이 있긴 한데…."

여인은 사람을 빨아들이는 눈빛을 하고 있었다. 이 날까지 관상을 봐왔지만 이런 상은 처음이었다. 태을은 자기 쪽에서 먼저 눈길을 피했다. 그러지 않으면 여인의 눈빛이 온몸을 태워버리고 말 것만 같았다.

"밤이슬만 피할 수 있으면 됩니다."

"그러시면 윗방을 쓰시지요. 애들을 아랫방에 재우겠어요."

방이 달랑 두 개뿐인 집이었다. 그 가운데 하나를 빌리려니 염치가 없었다. 하지만 지금 찬밥 더운밥 가릴 처지가 아니었다. 길손을 선뜻 받아주는 여인이 너무 고마웠다.

"애들 아버지는?"

"곧 돌아오시겠지요."

"그럼 먼저 실례하겠소이다."

태을은 윗방에 들어가서 여장을 풀었다. 서둘러 재를 넘어왔더니 다리가 팅팅 부어 있었다.

"씻으시지요."

여인은 부엌일을 하는 와중에도 대야에 세숫물을 떠다 바쳤다. 싹싹한 데가 있는 여인이었다.

"이거 너무 신세가 많습니다."

태을은 돈을 꺼내 마루에 놓았다. 그 나름으로 계산한 하룻밤 숙박료였다. 여인은 가타부타 말없이 돈을 챙겼다. 발을 씻고 기다리니 곧 저녁상이 올라왔다. 개다리소반 위에는 조밥 한 그릇, 더덕장아찌, 새우젓, 상추쌈이 전부였다. 남루한 산촌의 살림살이가 한눈에 짐작되었다.

　아랫방 마루에는 식구들 밥이 바가지에 담겨져 나왔다. 아까 마당에서 놀던 꼬맹이들은 죄다 이 집 자식들이었던지 큼지막한 바가지 둘레로 벌떼같이 모여들었다. 주인양반은 아직 오지 않고 있었다. 여인은 바깥양반을 기다리는 기색도 없이 아이들과 함께 커다란 상추쌈을 싸서 우물우물 씹어 넘겼다. 누가 형이고 누가 아우인지 분간이 안 갈 만큼 고만고만한 아이들은 수저를 들기가 바쁘게 배를 채우고 일어섰다. 그들은 곧장 마당에 나가 뛰고 야단이었다. 저희들끼리 숨바꼭질을 하려는 속셈이었다.
　"뛰지 마, 이것들아! 배 꺼져."
　바가지에 붙은 밥풀을 긁어먹던 여인이 버럭 화를 냈지만 아이들은 들은 체도 하지 않고 마당과 뒤뜰을 빙빙 돌았다.
　어둠이 짙어져서야 아이들은 안방으로 기어들었다. 그들은 이내 잠잠했다. 방에 들어가자마자 곯아떨어진 것이다. 여인은 마당에 모깃불을 놓았다. 매캐한 연기가 방으로 뻗쳐왔다. 여인은 마루 끝에 앉아서 아이에게 젖을 물리더니 태을이 모르는 새 안방으로 들어가고 없었다. 불이 꺼진 집안을 모깃불이 안개처럼 휘감았다. 초저녁까지도 개 짖는 소리, 고함치는 소리가 왕왕 들려오던 마을은 곧 물 속 같은 정적에 휩싸였다. 태을은 그 정적 속으로 잦아들며 곤한 잠에 빠져버렸다. 걸어온 길이 너무 멀었다.
　"흐으윽ㅡ."
　한밤중에 아랫방 쪽에서 들려오는 울음소리였다. 태을은 비몽사몽간에 그 울음소리를 들었다. 한데 여인의 울음소리는 오래도록 가녀리게 이어졌다. 아직까지도 남편이 돌아오지 않은 것일까. 고요한 밤에 여인의 흐느낌 소리를 듣고 누워 있노라니 객수심(客愁心)이 더했다.

태을은 몸을 뒤채다가 다시 잠에 빠져들었다. 그러나 태을은 다시 잠에서 깨어나고 말았다. 풀썩, 육중한 무엇이 마루를 내려가는 느낌이었다. 여인의 흐느낌도 더 들리지 않았다. 어디로 밤마실을 가는 것일까. 흐느낌 대신에 마당을 가로지르는 발자국 소리가 점점 멀어졌다. 태을의 의식도 바닥 없는 혼곤한 잠 속으로 떨어져갔다. 더위를 무릅쓰고 먼길을 걸어온 여독이 그를 짓눌렀다. 짓누름은 야릇한 무게를 지니고 있었다. 물결에 흔들리는 배 같기도 하다가 점점 조여 오는 굴레 같기도 했다. 태을은 서서히 그 흔들림을 따라 어디론가 흘러가고 있었다. 물살은 여울을 만나면서부터 아주 빨라지기 시작했다. 태을은 싫지 않은 기분이 되었다. 오랜 만에 경험하는 이 기분 좋은 흐름을 타고 한없이 떠내려가고 싶었다. 이게 꿈은 아니겠지.

그랬다. 분명 꿈이 아니었다. 태을은 미끈한 감촉을 인지하고서 눈을 떴다. 누군가가 있었다. 그의 몸 위에 누군가가 올라앉아 있었다. 여인이었다. 여인은 물 위에 뜬 호리병처럼 출렁거리고 있었다. 이제 막 시작된 여명(黎明)이 그런 여인의 자태를 희미하게 그려내고 있었다.

'이 무슨 짓이오.'

그러나 태을은 그 말을 입 밖으로 내뱉지 않았다. 여인은 이미 불이 붙어 있었다. 아니, 깨어나면서부터 태을 자신이 그 불에 태워지고 있었다. 어느덧 두 사람은 물 위에서 벗어났다. 그리고 활활 타오르는 불꽃 속으로 휘몰아가고 있었다. 태을이 자리에서 일어서고 여인이 그 자리에 누웠다.

심지가 다 타서 불꽃이 잦아들자, 여인은 바람처럼 방을 나갔다. 아무런 말도 남기지 않았다. 태을은 그제야 아까 마당을 빠져나가던 발자국 소리가 여인이 아니고 여인을 찾아온 어느 남정네의 것이 아니었던가 하는 생각이 들었다. 그렇다면 이 새벽 태을은 간밤에 이미 한 번 탄 여인의 몸을 다시 태워준 것밖에 안 됐다. 무서운 여자였다.
 아침상을 올리면서도 여인은 좀처럼 입을 열지 않았다. 뿐만 아니라 눈길조차 주지 않고 있었다. 언제 그런 일이 있었느냐는 듯 태연하기만 했다.
'사내깨나 잡아먹었겠군.'
 태을은 멀건 된장국을 뜨며 떨떠름해졌다. 간밤에 마당을 빠져나가던 발자국 소리가 귓바퀴에 헛돌았다.
'그 사내와의 은밀한 방사로도 다 태우지 못한 나머지 불꽃을 자신이 새벽녘에 태워줬구나', 자꾸 그 생각뿐이었다.
"야, 이 잡년아! 우리 서방 살려내라, 이 화냥년!"
 상을 물리기도 전에 마당에서 꽥 소리가 났다. 내다보니 눈에 불을 켠 아낙네 하나가 득달같이 달려오고 있었다. 아낙은 주인 여자의 머리채를 그러쥐고 넘어졌다. 입에 게거품을 물고 있었다.
"왜 이래요?"
"몰라서 묻냐, 이년아! 이 개 같은 년! 너 죽고 나 죽자, 이년!"
 제 어미가 버둥대며 당하고 있자, 아이들이 엉엉 울음을 터뜨렸다. 곧 동네사람들이 몰려들었다. 모두들 그저 구경만 할 뿐, 누구 하나 나서서 말리려 들지 않았다. 태을은 입장이 난처해졌다. 이유를 알아야 껴들 수 있으련만 아직 어떻게 돌아가는 판인지 분간도 안 섰고 아녀자들의 싸움이라 남정네가 나설 일이 못됐다. 구경꾼들의 시선이 이따금씩 꽂혀왔다. '당신도 놀아났지' 하고 조롱하는 것만 같아 보였다.
 두 여인은 곧 지쳐가고 있었다. 머리끄덩이를 감아쥔 여인네나 붙잡힌 여인네 모두 기를 쓰다가 제풀에 지쳐버린 것이다. 구레나룻 사내가 뛰어든 건 그 무렵이었다. 사내는 다짜고짜 머리채를 감아쥔 여인의 머리를 솥뚜껑만한 손으로 냅다 후려쳤다.
"아악, 사람 잡네. 저놈이 사람 잡아!"
여인이 뒤로 벌렁 나가떨어지며 발악을 했다. 구경꾼들이 어느 편도 들지 못하고 저희들끼리 수군댔다.
"다 꺼져! 살판났어, 구경질이게?"
사내가 헛간으로 가서 몽둥이 하나를 쥐어들고 구경꾼들 앞에서 휘둘렀다. 그 사품에 구경꾼들이 우르르 쫓겨나갔다. 머리를 얻어터졌던 여인도 엉금엉금 기어서 꼬리를 감췄다. 그제야 주인 여자가 정신을 차리고 땅바닥을 치며 대성통곡하기 시작했다.
"아이고, 아이고. 내 팔자야, 내 팔자야."
여인의 울음소리는 비통하기 짝이 없었다. 쫓겨갔던 구경꾼들이 저만치 멈춰 서서 쯧쯧 혀를 차며 안됐다는 말을 연발했다. 전들 그러고 싶어서 그랬겠냐는 동정들이었다. 이 마을 사람들에게 이런 분란은 결코 남의 일이 아니었다.
"시끄러, 쌍! 밑구멍 더럽게 놀리는 여편네가 뭘 잘했다고 생지랄을 떨어."
사내는 부엌문 앞에 놓인 물동이 쪽으로 가더니 바가지로 찬물을 떠서 벌컥벌컥 소리내 마셨다. 드러난 가슴 부위에도 시커먼 털이 무성해서 꼭 덤불 같았다. 힘깨나 쓸 장골이었다.
"한 번만 그런 소리가 내 귀에 들렸다간 니년부터 죽여버릴텨."
기둥서방이라도 되는 듯한 사내는 못마땅한 눈으로 태을을 스쳐보고는 씩씩거리며 휑하니 사라졌다. 여인네 몇이 그 틈을 노렸다가 달려왔다.
"점순아, 언년이 아버지 영 병신 됐다더라. 그 털보놈이 개 패 듯 패뻐렸는가벼. 해장에 논물 보러 갔다가 작살났다누만."

"에구, 넘보는 사내놈들이 문제지. 여자가 무슨 죄인가?"
"이게 어디 남 일이여?"

여자들은 진심으로 주인 여자를 위로했다. 태을의 눈에는 여간 별스런 게 아니었다. 화냥년이 확실한 이상 멸시를 퍼부어야 했다. 뿐만 아니라 마을에서 내쫓으려 들어야 마땅했다. 그런데도 동병상련처럼 함께 걱정을 해주는 풍경들이었다.

점순이라는 주인 여자는 마당에 퍼질러 앉아서 신세타령을 해댔다. 듣고 보니 기구한 팔자였다.

점순이는 이 마을 토박이였다. 열아홉에 동네총각과 혼인했는데 남편은 유복자 하나를 남기고 꺾여버렸다. 그때부터 사람들 사이에는 이상한 소문이 퍼져갔다. 멀쩡하던 사람이 죽어나갔으니 점순이에게 그 요망한 색마(色魔)가 붙었음에 틀림없다는 말이었다.

이 마을에는 옛날부터 색마가 떠돌았다. 색마는 여자들에게 붙어서 마을의 풍기를 문란하게 했다. 가끔은 두엇이 동시에 색마가 되기도 했지만 주로 한 여자가 고스란히 받곤 했다. 뭐가 그리 장한 유산이라고 끊어지지 않고 계속 이어졌다. 색마가 붙은 여인이 늙거나 죽게 되면 다른 여자에게 옮겨 붙었다. 정숙하던 여인이 하루아침에 화냥년으로 돌변했다. 모를 일은 남정네들이었다. 색마가 붙은 여인을 독차지하려고 밤낮 기회를 넘보는 건 예사고, 서로 다투다가 심하면 칼부림까지도 마다하지 않았다.

벌써 십여 년째 점순이를 두고 벌여온 동네 남정네들의 사투는 끔찍했다. 점순의 남편이 잠자리에서 죽어나가고 한 달쯤 지나면서부터 일이 벌어졌다. 기운 센 털보가 재빨리 점순을 차지했다. 점순과 첫날밤을 보내고 난 털보는 뭐가 그리 좋았던지 동네방네 으름장을 놓았다.

누구든지 뼈도 못 추리려면 자기 꿀단지에 손대며 집적거려 보라고.

그렇다고 해서 다른 사내들이 고분고분 물러선 건 아니었다. 사내들은 발정난 개처럼 점순의 집을 빙빙 돌았다. 털보는 엄연히 가정을 거느리고 있었다. 다른 사내들도 그랬다. 동네 사내들은 모두 미쳐 있었다. 부부 금실이 좋던 치들도 점순을 어떻게 하지 못해서 안달이었다. 점순이는 사내를 녹여버리는 재주를 지녔다는 말이 사내들 사이에 퍼져갔다. 털보한테 붙잡혀 골병이 들더라도 남자라면 한 번 점순이를 품어봐야 한다는 호기어린 말들이 오갔다. 꿀단지는 돌려가면서 먹어야지 한 놈이 독차지하고 먹는 게 아니라고도 했다.

그네들이 그런 엉뚱한 용기를 품은 건 점순의 태도에 있었다. 점순은 털보 하나로 만족하지 못했다. 제아무리 털보의 감시가 등잔불 같다 해도 밤낮 뒤꽁무니 따라다니며 지킬 수는 없었다. 점순도 부지런히 일을 해야 먹고 살았다. 밭도 매야 하고 산나물도 뜯어야 하고 길쌈도 해야 했다. 기회는 얼마든지 있었다. 꼭 밤이라야만 되는 것도 아니었다. 맘만 먹으면 시도 때도 없었다. 음녀란 대개 뽕나무밭이나 보리밭, 심지어는 벼를 베다가도 치마를 까주는 법이었다.

하여튼 점순은 남편이 없는데도 한 해가 멀다하고 아이를 생산했다. 아이의 얼굴은 제각각이었다. 애비가 다르기 때문이었다. 씨 다른 새끼들이 호박처럼 주렁주렁 열렸다. 털보가 쌍심지를 켜고 장도칼을 들이대며 야단을 쳤지만 다 소용없었다. 도둑질은 말릴 수 있어도 화냥질은 못 말린다는 말이 옳았다. 오죽했으면 털보가 거기다 자물통을 채울 궁리를 다 했을까.

여인네들은 점순을 대놓고 미워하지 못했다. 하루아침에 생긴 일도 아니고 마을에 오래 묵은 근심거리였기 때문이었다. 다만 자기 남자가 쌀자루를 들고 밤마실을 나간다거나 털보에게 된통 당할 때면 더 참아내지 못하고 점순에게 달려가서 드잡이를 하는 등 해코지를 했다. 의례적인 화풀이였다. 그런다고 점순에게서 색마가 떨어지는 게 아니었다. 그녀들도 그걸 다 알고서 해보는 수작에 지나지 않았다.

점순 자신도 힘겨워하는 눈치였다. 온 동네사내들을 다 거느려도 끝내 채워지지 못하는 화냥기가 부담스러울 수밖에 없었다. 속곳에 부적을 넣어 꿰매도 여전했다. 한 번은 하도 귀찮아서 부젓가락으로 허벅지를 지지기도 했던 그녀였다. 쓰린 와중에도 사내가 그리웠다. 그녀는 뻣뻣하게 익은 보리밭을 맨몸으로 치달렸다. 하초가 금방 시뻘겋게 부어버렸다. 그래도 한 번 불붙은 화냥기는 다스려지지 않았다.

"아이고, 나는 살아도 못 살아. 살아도 못 살아."

그녀는 창피한 줄도 모르고 보리밭 버덩에 벗은 몸으로 퍼질러 앉아서 울부짖었다. 동네똥개들이 다 모여서 구경을 했다.

"오죽하면 저러겠는가."

"쯧쯧. 못된 색마가 붙어서는."

"큰일이로세. 동네가 편할 날이 없으니."

아예 봇짐을 싸고 이사가는 집도 생겼다. 아이들 교육상 살 동네가 못 된다고 봤기 때문이었다. 그러나 대부분의 사람들은 이러지도 저러지도 못했다. 삶의 터알을 바꾼다는 게 말처럼 간단한 게 아니었다.

"이보시오들, 어서 동네사람들을 모이게 소리하시오! 마침 지나던 길손이오만 일찍부터 풍수와 역학 공부를 한 사람이오. 분명 나쁜 조홧속 때문이니 동네사람들과 의논해서 액막이를 해줄까 하오."

태을이 여인네들에게 말했다. 그제야 여인네들이 아까부터 좀 거슬리던 낯선 사람을 진지하게 뜯어봤다. 행색을 보니 실없는 떠돌이는 아니었다. 의관을 갖춘 것이 양반이었고 가볍지 않은 언행에도 위엄이

실렸다.

"어설프게 나설 일이 아니오. 수백 년간 이어진 고질을 무슨 수로 액막이를 한단 말이오. 점쟁이, 중, 별의별 사람들이 다 나서봤지만 말짱 허사였응께 괜히 바람 넣지 마시오."

한 아낙이 말리고 나왔다. 다른 아낙들도 고개를 끄덕였다. 웬만큼 속아봤다는 표정들이었다.

"한 번 더 속아보시오. 무슨 대가를 요구하지는 않을 것인즉!"

"액막이한다는 데 왜 돈이 안 드우?"

"그려, 다 뭣 좀 챙기려고 지청구 부리는 말들이지 뭐."

아낙네들이 저희들끼리 쑥덕공론을 했다.

"간단한 것이외다. 사람들이 모이면 내 명쾌하게 풀어보일 것이니 어서 소리나 하시오들!"

그제야 아낙네들의 표정이 다소 달라지고 있었다. 뭘 바라는 게 없는 눈치니 한 번 들어나 보자는 쪽으로 얘기가 모였다. 이윽고 사람들이 모여들었다. 마침 점순이 집마당이 전망이 트여서 좌우산세가 그림처럼 눈에 들어왔다. 태을은 산들을 가리켜 보이며 쉽게 이치를 설명했다.

"내 어제 낮에 이 마을을 그냥 지나칠 수도 있었소이다. 하지만 산세가 아무래도 심상치 않아서 형편을 알아보려고 부러 묵었던 것이오. 그랬더니 과연 탈이 나고 있더이다."

듣고 있던 사람들이 웅성댔다. 다른 사기꾼들이 쓰던 방식과는 사뭇 다르다는 표정들이었다.

"내 비록 재주는 대단치 못하나, 이십여 년이나 산공부를 해오는 중이오. 산공부를 해오면서 삿되게 치부를 한 적도 없고 그저 덕이나 쌓을 셈으로 동가숙 서가식하고 있소. 여러분에게 묻겠소. 여기 모이신

분 가운데 풍수가 돈 모았다는 얘기 들어봤소?"

잠시 뜸을 들인 태을이 다시 말을 이었다. 무리 가운데 누구도 선뜻 나서는 사람은 없었다.

"내 말을 잘 들어보시오. 저기 저 오른쪽 백호는 매우 특이한 산이오. 저런 산을 어디서 본 적 있소?"

"대처에 못 나가본 우리 같은 우물 안 개구리들이 뭘 알까마는 저 산이 괴이하다는 것 정도는 아오."

그들 중 연장자로 보이는 노인이 말했다.

"그렇소. 저 산의 형상은 꼭 치마를 걸어놓은 것과 같소."

"치마를 걸어놨는지는 몰라도 주름진 건 맞소. 그래서 써레골이라고 부릅니다요. 써레처럼 골이 여럿 졌다고 해서."

이번에는 젊은 사람 하나가 나섰다. 써레란 모내기 전에 물댄 논을 고르는 여러 갈래진 농기구였다.

"그렇게 볼 만하오. 여하튼 저런 모양의 산이 보이는 마을에는 엄처시하(嚴妻侍下)거나, 마을이 떠들썩한 음행이 일어나게 마련이오. 이 마을도 저 산 기운 때문에 그런 것이오."

"그런개벼."

"맞아. 산 기운이 아니고선 장근 이럴 리가 없구먼."

아낙네들도 수군거리기 시작했다.

"그렇다면 어떻게 액막이를 한다는 말씀이시오?"

아까의 노장이 물었다.

"풍수에서는 그걸 진압, 혹은 염승(厭勝)한다 하오. 이를테면 이 나라 도성인 한양의 관악산이 불꽃처럼 뾰족뾰족한 화성(火星)이기 때문에 걸핏하면 궁중에 화재가 나곤 하지요. 그래서 광화문에다 불을 먹고산다는 상상의 동물, 해태를 세우고 남대문 현판을 세워 거는 것이오."

"그 얘긴 들은 바 있지요."

"정읍 백암리나 고창 흥덕, 경상도 남해 가천리에는 영락없는 남근 모양의 돌을 세워서 풍수적으로 효험을 얻고 있소. 이 마을도 저 현군형 산에서 뿜는 강한 음기를 염승해야 하오."

"무엇으로 음기를 막는다는 게요?"

"물론 음기는 양기로 다스려야지요."

"저 산 쪽에 대고 오줌이라도 누라는 거요?"

"바로 그것이오."

"예?"

장난삼아 말했던 젊은이가 어안이 벙벙해졌다. 아낙네들이 자글자글 웃음을 터뜨렸고 성급한 꼬맹이들은 벌써 바지를 까 내리고 산 쪽을 향해 일제히 쉬를 해댔다.

"지리는 오묘한 이치는 음양 외에 다른 것 없소. 마을 서낭당이 동구 밖 아니오?"

"그렇습니다요."

"서낭당 느티나무 밑에 돌을 깎아 남근을 세우시오. 남근석은 클수록 좋소. 방향은 저 산을 향하게 해야 하오. 그리고 해마다 대보름날 왼새끼줄을 꼬아 감아놓고 고사 지내는 걸 잊지 마시오. 분명 효험을 보게 될 것이오."

마을사람들은 긴가민가했다.

"음양은 생명의 근원자요, 아름다운 것이지요. 하지만 조화를 잃으면 추하게 되고 세상이 시끄러워지는 법이오. 음기가 양기를 능가해서 너무 쎄도 분란이 생기고 양기가 음기를 능가해도 그렇소. 음과 양이 화평을 이룰 때 세상은 미풍양속을 이어가는 것이지요."

말을 마친 태을은 괴나리봇짐을 둘러메고 다시 길 위에 올랐다. 긴 가민가한 마당이라 사람들은 안녕히 가시라는 인사말도 제대로 건네지 않았다. 그러나 남근석을 깎는 일은 바로 손댔다.

기가 막힌 일은 곧 일어났다. 아니, 그 뒤로 색마가 사라지고 더 이상 아무 일도 일어나지 않게 된 것이니 효력이 제대로 나타난 셈이었다. 점순이의 색마는 더 이상 맥을 추지 못했다. 멧돼지같이 힘 좋은 털보조차 출입을 끊고 제 마누라만 안고 돌았다. 마을은 평온해졌고 틈만 나면 둘셋이 모여 이름도 모르는 나그네 풍수 얘기를 하곤 했다. 세월이 흐르면서 그 얘기도 뜸해졌고 떠돌이 풍수는 사람들의 기억 속에서 잊혀져 갔다. 그러다 25년이 지난 오늘 태을이 제자를 거느리고 다시 마을에 나타난 것이었다.

"선생님 오늘밤 쉰네 한 번 안아주시오. 그날 떠나가신 뒤로 이날 입때껏 줄곧 독수공방이었다면 믿으시겠습니까?"

어둠 속에서 점순이가 가만히 태을의 손을 끌어당겼다.

"허허, 내심으론 날 원망했나 보군."

태을은 점순을 안았다. 캄캄해서 분간이 안 됐지만 점순의 곱상한 얼굴에 쓸쓸한 미소가 흐르고 있으리라 짐작되었다. 쓸쓸한 게 어찌 점순뿐이겠는가. 태을도 이젠 시들어버린 인생이었다. 잠든 중에도 방사가 가능했던 옛날이 아니었다. 두 노인은 메마른 가슴을 열어젖히고 오누이처럼 서로의 온기를 나눌 뿐이었다.

태을과 득량은 그곳에서 하루를 더 묵었다. 다음날 점순네가 음식을 장만했고 기억을 상기해 낸 마을사람들이 무릎을 치며 모여들었다.

"선생님의 고명하신 이름을 나중에야 들었습니다."

"의원은 한 사람의 병을 고치지만 선생님 같은 풍수어른은 한 마을의 재액을 고치셨으니 어찌 영통타 않겠습니까요. 선생님은 우리 마을의 미륵님이십니다요. 암먼요."

방에 들어서는 사람마다 엎어졌다 일어서며 찬사가 걸쭉했다.

"허허허, 돌 하나 세우게 하고 너무 후한 대접을 받습니다 그려."

태을은 젊은 축들을 바라보며, 이 사람들이 그 전에 일제히 괴춤을 까 내리고 써래골을 향해 오줌을 갈겼던 꼬맹이들인가 싶어 감개가 무량했다.

다음날 아침, 태을과 득량은 마을을 나섰다. 마을 사람들은 얼마 남지 않은 겨울을 마저 나고 떠나라고 애원했지만 가야 할 길이 너무 멀었다. 그 길은 득량보다 태을에게 훨씬 멀고 바빴다. 그걸 득량은 전혀 모르고 있었다. 그저 부지런히 식견을 넓혀주려는 것이려니 여길 따름이었다.

"넌 무엇을 느꼈더냐?"

"명당만 잡는 게 풍수가 아니라는 걸 배웠습니다, 선생님."

"명당만 찾아다니면 명당 아닌 곳에서는 누가 살겠느냐? 명당이 아닌 곳도 다 사람이 살 수 있는 땅이니라. 일찍이 이중환(李重煥, 1690~?)이 팔도를 유람하고 사람이 살 만한 곳을 가려 《택리지(擇里志)》를 썼다만, 엄밀한 의미에서는 《택리지》가 옳지 않느니라."

"살 만한 땅을 고르지 말고, 살고 있는 땅을 사람에 맞게 가꾸라는 뜻이옵니까? 도선국사처럼."

"어디나 살다보면 그게 우리 몸에 가장 잘 맞는 곳이 되느니. 그래서 제아무리 잘 사는 타관이라도 못 사는 고향만 같지 못하느니라."

"그래도 터를 내릴 때는 좋은 땅을 골라야 하겠지요?"

"그야 더 이를 말이 있겠느냐."

"선생님, 그런데 참 신기합니다. 그깟 돌 하나 깎아서 세운다고 음기가 다스려질 수 있습니까?"

득량은 뭔가 억지스러움이 있는 것 같았다.

"니가 저간의 내력을 다 전해 듣고도 그러느냐?"

"그게 참 믿기가 ⋯."

태을은 조용히 웃었다.

두 사람은 걸어놓은 치마 형국의 산으로 난 신작로에 묻혔다. 거기서 돌아보니 마을은 더없이 평화롭기만 했다. 음녀가 끊이지 않고 나타나 온 마을 남정네들을 치마폭에 감던 일도 옛날 얘기가 되고 있었다. 저런 마을을 남근석으로 염승하지 않고 마을만의 특별한 동헌(洞憲)을 만들어 질서를 잡는다면 그야말로 원시 모계사회가 되지 않겠는가.

득량은 점순이라는 노파의 얼굴 다른 아들들을 떠올리며 스승의 걸음을 쫓았다. 우두둑 우두둑, 언 길이 발 밑에서 내는 소리가 묘하기만 했다.

10
이 강산 지킴이

그 집 앞

 진태을과 득량을 만나러 왔다가 헛걸음하고 돌아서는 하지인.
 마이산 금당사에서 전주로 나온 그녀는 저물녘 풍남문 근처를 배회하고 있었다. 저만치 손가락으로 가리킬 만한 곳에 솟을대문이 서 있었다. 바로 득량의 본가였다. 자신도 모르게 그쪽으로 발길이 닿았다. 멀리 떠난 그의 집앞 골목을 서성거리자니 처량하기만 했다. 을씨년스런 겨울바람만 외투 깃을 파헤치고 들어와 속절없이 가슴패기를 후려쳤다.
 지인이 전주역에서 곧바로 상행선 열차를 타지 않고 여기까지 온 것은 득량을 향한 그리움을 달래보려는 자구책이었다. 스승과 함께 명당 순례길에 올랐으므로 언제 돌아올지도 모르는 득량이었다. 야속한 사람이라고 원망할 수도 없었다. 주지스님 말에 의하면 총독부에서 내려온다는 사람들 때문에 쫓기다시피 떠난 순례길이었다. 생급스레 떠나는 바람에 편지 한 장 띄울 여유도 없었을 것이었다. 더구나 득량은 마음이 복잡할 때였다. 지인과 나눈 사랑, 이숙영과의 약혼과 다가오는 혼인식 날짜 때문에 이러지도 저러지도 못했으리라. 게다가 한참 풍수공부에 몰두해 있었다. 지금 지인이 득량에게 미쳐 있다면, 득량이 미쳐 있는 건 바람과 물과 용이었다.

득량은 확실히 엉뚱한 남자였다. 본래 그러했던 건 아니지만 현재 처한 상황이 그랬다. 그처럼 엉뚱한 남자를 위해 여자의 길을 포기할 수 있을까. 언제까지나 그를 기다리며 지내다가 그와 만나 이 한몸을 바칠 수 있을까. 그가 무엇을 하든, 바람과 물을 잡으러 다니든, 다른 여자와 혼인하여 살든 너무 가까운 곳도 너무 먼 곳도 아닌 거리에서 그를 바라보며 살아갈 수 있을까. 그녀의 나이 벌써 스물셋이었다. 시집을 보내고자 하는 집안 식구들의 성화가 보통이 아니었다. 한데 기약도 없이 떠나버린 득량을 언제까지고 기다릴 수 있을까. 기다려본들 자기사람도 아니질 않는가.

하지인은 득량의 집이 보이는 곳에 여관을 얻었다. 곧 푸짐한 저녁 상이 들어왔다. 맛과 멋을 숭상하는 이 고을 특유의 반찬들이 눈에 들어왔다. 산과 들, 바다에서 나는 반찬들이 즐비했다. 한데 점심도 거른 판이라 시장기가 돌아야 하건만 저녁 생각이 없었다. 그녀는 몇 번 수저질을 하다가 상을 물렸다. 몸을 녹이고 있다가 새벽이 되면 상행선 열차에 오를 셈이었다.

여정

걸어서만 좁혀야 하는 산길은 고달팠다. 여비도 넉넉했고 차량도 확보할 수 있었지만 태을은 굳이 걷는 걸 고집했다.

아침나절에 무릉도원 같은 산협 입구에 도착했다. 계곡물이 청량한데 양쪽은 깎아지른 석벽이다. 이른바 관쇄(關鎖)라 해서 청룡백호가 물구멍만 남겨놓고 꽉 막아놓은 곳이다. 계곡은 5리나 이어졌고 길은 반공중에 걸린 석경(石經, 바위 위로 난 좁은 길)이었다. 바위벽에 사철 구름이 걸리고 해가 짧아 금방 이운다는 운일암 반일암 계곡이었다.

"우리가 좀 일찍 왔다만 춘삼월에 이 석경을 지나노라면 신선이 따로 없다. 절벽 사이사이에 영산홍이 붉게 피고 그 꽃그늘이 저 옥구슬 구르는 듯한 계류에 비치면 선경이 연출된다."

두 사람이 교차해서 걷기도 어려운 비좁은 바위벼랑길 위에서 태을이 말했다. 바위벼랑 쪽에 삼실을 엮어 맨 줄이 늘어져 있었다. 중간에 요령이 매달렸다.

"저 놋쇠방울을 왜 매달아놓은 줄 아느냐?"

득량이 고개를 갸웃거릴 때 때마침 방울이 울렸다. 태을이 득량을 절벽 쪽에 바투 붙게 이끌었다.

"저쪽 보이지 않는 곳에서 이쪽으로 사람이 건너가니 대기하라는 신호니라. 도중에 벼랑길이 너무 좁아서 왕복으로 다닐 수 없을 정도다."

과연 노새에 짐을 싣고 걷는 행인이 이쪽으로 돌아오는 게 보였다.

"고맙구면요."

"살펴 가시오."

서로 인사를 건네고 나서 이번에는 태을이 요령줄을 흔들고 건너갔다. 아슬아슬한 벼랑길을 통과하자 비좁아 터졌던 산협이 열리면서 평지가 나타났다. 반 마장쯤 가서 길이 둘로 나뉘었다. 오른쪽은 무릉리로 가는 길이고 왼쪽은 대불리 가는 길이다.

태을과 득량은 대불리 중리 부락에 들어섰다. 냇가 너머로 들판이 드넓게 펼쳐졌다. 입구는 좁지만 안은 펑퍼짐하게 넓은 호리병 속에 들어온 느낌이었다. 벌판 남쪽 하늘에 거대한 기와지붕 같은 산괴가 인상적이었다. 운장산이라고 했다.

냇가 양편에서 수백 명의 사람들이 노래를 하며 춤을 추고 있었다. 학춤 같기도 하고 체조 같기도 한데 높이 뛰는 사람들은 반 길 이상을 뛰었다. 보기 힘든 장관이었다.

"음─, 아─, 어─, 이─, 우─."

소리는 길게 여울졌다.

"소리에도 오행이 있다. 저 소리는 오음주(五音呪)라는 것으로 소리를 통해서 오장육부를 단련하는 것이다. 일테면 '소리 선'(禪)이라고 할 수 있다. 어느 경계를 넘으면 저절로 뛰어오르며 춤을 추게 되는데 그것은 무의식적으로 나오게 되는 동작이다. 영가무도(詠歌舞蹈)라고 하는 거다."

태을은 수십 개의 방이 있는 집으로 득량을 데리고 들어갔다.

"사돈 어서 오시오."

두 사람을 맞은 건 철따라 마이산 정명암에 와서 머물던 명봉 선생이었다. 영가무도 수행을 지도하는 금강불교의 지도자였다. 학처럼 야윈 몸피에 백발이 청수(淸秀)했다. 길게 늘어진 흰 눈썹이 도골 선풍이었다.

"아버님, 잘 오셨어요."

명봉의 며느리이자 진태을의 딸이 들어와서 절을 올렸다. 사위는 운장산 오성대 수련장에 가 있다고 했다.

득량은 태을의 딸과 인사를 나눴다. 정확히 말하면 태을의 조카딸로서 의병운동을 하다가 꺾였다는 태을 아우의 소생이었다. 태을은 친딸처럼 거두고 혼사까지 주선하여 여의였다.

"명봉 선생님, 먼 길 떠나면서 문안이라도 여쭙기 위해 들렀습니다. 저승길 받아놓은 사람이 이제 언제 뵐지 누가 알겠습니까."

딸이 점심을 준비하겠다고 나가자 태을이 명봉에게 말했다.

"한참 때인 청년께서 어인 말씀을요. 이 사람은 곧 팔순이오."

명봉이 태을보다 10년 가량 연상이었다. 그는 이제 삶을 정리해야 할 때라고 했다. 세상은 바뀌었고 자신들이 부르짖던 후천개벽(後天開闢)이 제대로 오기 전에 일본제국에 의해 나라가 망가졌다고 통탄했다.

"우리 계원들도 사방으로 흩어졌소이다. 이상촌을 찾아 제주도로, 만주로 다 떠버리고 무지렁이들만 일부 남았지요. 나는 저들에게도 집안일에 충실하라고 말합니다. 살림살이를 잘하면서 수도하는 도리밖에 없어요. 무리를 지어봤자 총독부 사람들만 자극합니다."

명봉은 '신도들'이라는 표현 대신 '계원들'이라고 했다. 신흥 종교집단 냄새를 거의 맡을 수가 없었다. 교주의 집도 소박했고 차 천자처럼 곁에서 시봉하는 여관들도 전혀 없었다.

점심상이 들어왔다. 사삼(沙蔘, 잔대, 딱주)을 넣고 삶은 오골계가 푸짐했다.

"사돈, 이거 뜯어보세요. 아직 해토머리도 아닌데 먼길을 가시려면 근력이 필요하지요. 사삼은 산삼보다 근골강화에 더 좋다는 영약이오."

명봉이 몸소 오골계 다리를 하나 들어 태을의 접시에 놔준다. 도학을 공부하는 학인들의 우정이 남다르게 여겨졌다. 다른 다리 하나는 굳이 사양하는데도 득량의 접시에 올려놓아 주었다.

"선생님께서 드실 게 없잖습니까?"

"이가 성치 못해서 국물이면 그만이오. 이 사삼이 닭고기보다 낫지요."

오골계 한 마리에서 양쪽 다리 빼고 나면 먹을 게 없었다.

"젊은이 좋겠구먼. 훌륭한 스승 모시고 산공부하니까 말일세. 차차 좋은 세상 올 것이네. 아까 밟고 온 그 바위벼랑길도 나중에는 한껏 넓어지고 검은 비단이 깔리거든. 나는 탁영(濯纓, 김일손, 1464~1498)의 자손으로 본래 청도 사람인데 이 도가니에 들어와 도학을 일으키고자 했으나 힘이 부쳐 문도들을 뿔뿔이 흩어지게 하고 말았네. 차라리 잘됐지. 삿된 욕심은 없었으니까."

노 도학자는 딴 세상을 보는 것처럼 눈을 지그렸다.

진태을은 점심상을 물리고 다시 행전을 쳤다. 한가롭게 도담(道談)이나 나눌 계제가 아니었다. 복장은 한복 두루마기였지만 신발은 가죽 등산화였다.

"시어른들 잘 모시고 건강하여라."

태을은 눈시울을 붉히고 선 딸의 손에 얼마간의 지전을 쥐어주었다. 새끼들 옷감이라도 끊어서 지어 입히라고 했다. 딸은 중리에서 진등마을까지 따라오며 배웅했다.

진태을과 득량은 금산으로 길을 잡았다.

"얘야, 너는 아까 그 산협마을을 어떻게 생각하느냐?"

"글쎄요. 들어가는 입구가 그렇게 좁고 험했는데 안쪽에 그처럼 넓은 들판이 있을 줄은 정말 몰랐습니다. 명봉 선생님 말씀처럼 도가니라는 표현이 옳은 듯합니다."

"철광석을 용해하는 도가니처럼 수행자가 들어와 도 닦기에는 정말 좋은 곳이지. 신선들이 들고 다니는 호리병 속 같기도 하고 말이다. 옛날 구봉 송익필(宋翼弼) 선생과 이서구(李書九) 선생, 청림도사(靑林道士)나 이연담(李蓮潭) 선생도 들어와 수도하고 제자들을 가르쳤다. 내 사돈인 명봉 선생은 그런 도맥(道脈)을 이은 분네인데 도의 실천을 중시한다. 유교건 불교건 생활 속에서 찾아야 한다는 거지. 행할 때 행하고 그칠 때 그치셨으니 군자가 아니겠느냐. 네가 읽은 《주역》 간괘(艮卦) 단사(彖辭)에 시지즉시(時止則止)하고 시행즉행(時行則行)한다는 말씀이 있지."

"그쳐야 할 때 그치고 행해야 할 때 행한다는…."

"그렇단다. 우리 사돈은 그런 분네다. 하여 허물이 없는 삶을 사셨다."

두 사람은 진악산 밑에서 유숙하고 다음날 일찍 금산을 지나쳐 영동 방향에서 금강을 건넜다. 강물이 기다랗게 감돌아나가는 강변 마을이 제원 천내리(川內里)였다.

"다리가 많이 아프지? 길 걷는 것도 도가 터야 한다. 옛날 보부상들은 하루에 200리 길도 주파했다. 우린 사흘 동안 고작 150리밖에 못 걸었구나."

산을 완상하며 들러볼 곳을 들러가며 걷는 길이었다. 득량은 발가락에 물집이 생겼다. 절집에 살면서 산도 꽤 탔는데 발바닥에는 아직 굳은살이 박이지 않았던 터이다.

"좀더 걸어도 됩니다."

"됐다. 쉬어 가자."

그들은 천내리 주막집에 여장을 풀었다. 아직 해가 이울려면 두어 식경이 더 있어야 했다.

"따라 나서라. 뒷산을 한 바퀴 돌고 와서 저녁 먹자."

진태을은 주막집에 어죽을 부탁하고 뒷산으로 향했다. 말이 산이지 평퍼짐한 구릉이었다. 인삼밭과 보리밭이 넓게 펼쳐졌고 황토가 드러나 보였다. 마을은 강을 바라보며 서향을 하고 있는데 강을 낀 농촌마을들이 그렇듯 평화롭고 아름다웠다. 낙안평(落雁坪)이 드넓어서 살림살이도 제법 가멸어 보였다.

"넌 여기 이 자리가 무엇으로 보이느냐?"

구릉 위에서 태을이 물었다. 네모난 바위들이 곳곳에 늘어서 있었다.

"천연 바위들은 아닌 것 같고요. 인공 조형물인가요?"

"맞다. 고대 청동기인들의 무덤이다. 지석묘(支石墓), 혹은 고인돌이라고 하지. 고창이나 강화도, 만주벌판에도 이보다 훨씬 큰 것들이 아주 많다. 여기 봐라. 여기 이 판석 밑에 이렇게 지석, 곧 받침돌이 있지 않느냐."

태을이 넓적한 돌 밑의 고인돌들을 가리켰다.

"네? 이게 무덤이라고요?"

"오랜 옛날부터 이 강촌에 사람이 많이 살았다는 징표다. 이만한 돌들을 깎고 옮겨왔다면 장정이 수십 명 동원됐을 테니까. 이 근처에는 바윗돌이 없고 저 뒤 월영봉에서 떼어내 운반해 왔을 게다."

"판석 위에 이 구멍들은 뭐죠?"

득량이 뭔가 짚이는 게 있는 듯한 눈빛을 지었다. 구멍들은 총알을 맞은 것과 흡사한데 돌로 갈아서 만든 것들이었다.
"그런 걸 여러 군데서 봤다만 뭔지는 잘 모르겠다."
"성혈(性穴)이라는 건가 봅니다. 다산과 풍요를 기원하는 감응주술 같은 거요."
"많이 아는구나."
"역사시간에 스쳐들었던 것입니다. 교과 선생님도 자세히 가르쳐주지는 않았습니다."

태을은 구릉을 넘어 더 안쪽으로 들어갔다. 길을 사이에 두고 움푹움푹 개간한 밭들이 나타났다. 이 구릉은 동쪽 월영봉 낙맥으로 평양(平洋)하게 떨어졌는데 본맥은 백두대간인 민주지산에서 서쪽으로 갈라져 나왔다.
"넌 이 구릉이 어떤 형상으로 보이느냐?"
"이 빠진 얼레빗처럼 보이네요."
"재미있는 표현이로구나. 얼레빗이라면 두 개가 등을 마주 대고 있는 셈이지. 자, 그럼 여기서 저 마을 뒤쪽까지 봐가며 자리 하나를 잡아볼 테냐? 너무 어려운 곳이라 웬만한 속사(俗士)들은 눈앞이 깜깜해지는 자리다. 분명히 말하지만 큰 자리가 나란히 셋인데 모두 고스란히 비어 있다."

태을이 햇병아리에게 혈을 잡아보라고 권했다. 물론 큰 기대는 하지 않는 눈치였다. 좌청룡 우백호 자락이 분명하게 솟구친 것도 아니고 지각조차 잘 구별되지 않는 평양한 곳이었다. 고수가 아니면 혈증 자체를 찾지 못했다.

득량은 온 길을 도로 내려가다가 고인돌 지점에서 북쪽으로 갈아탔다. 일대에 수많은 묘지들이 다닥다닥 붙어 있었다. 저마다 혈이라고 생각해서 쓴 자리였을 것이다. 신작로가 난 지점까지 몇 차례 오고 갔지만 득량은 자리를 잡을 수가 없었다. 물이 환포하는 지점이어야 할 듯하고 안산과 마주해야 할 듯한데 어디를 안산으로 삼아야 할지 막막했다. 또한 뒤쪽 월영봉을 회룡고조(回龍顧祖)로 돌아다보는 자린지 아니면 앞을 보는 자리인지도 알 수 없었다. 다만 마을 위쪽이어야 할 것 같긴 했다.

"이 근처일 듯한데 도무지 모르겠습니다."

"무엇을 보고 이 근처라고 하는 것이냐?"

"물과 마을의 향을 보았습니다. 강 건너 지세도 보고요."

"많이 좁혔구나. 그럼 이 〈만산결(萬山訣)〉을 참조해 보거라. 선인부사도강(仙人枎槎渡江)이라는 혈형이 붙었구나. 신선이 뗏목을 타고 강을 건너는 모양으로 동방에서 두 번째 가는 대지대혈이다. 주문공(朱文公, 주자, 1130~1200) 같은 명현이 셋씩이나 나며 문무장상이 끊이지 않는다고 한다."

태을은 봇짐에서 미리 준비해온 첩지를 꺼내보였다. 형국이 얼레빗이 아니라 뗏목이었고 회룡고조가 아니라 낙안평을 앞에 둬야 했다. 결록 끝에도 하유천기(下有千基)라 했으니 마을 뒤가 혈자리였다. 혈 아래에 천 년을 영위하는 집터가 있다는 뜻이었다.

"제가 처음에 본 곳에서 많이 빗나가지는 않을 듯합니다."

"맞다. 재혈(裁穴, 혈자리를 찾음)해 보거라. 자세히 살펴보면 훈(暈) 같은 혈증이 보인다. 토색도 잘 보면서 찾아봐라."

그러나 득량은 끝내 재혈하지 못했다. 거기가 거기고 섬세한 눈이 필요한 훈을 찾을 수 없었다. 그것은 너무 당연한 일이었다. 이런 자리는 고수라도 정확히 찍을 수 없는 곳이다.

"전 소질이 없나봅니다. 도저히 못 찾겠습니다."

득량은 보물찾기에 실패한 아이처럼 낙담했다.

"이 정도로도 충분히 잘했으니 실망하지 마라. 형국이란 혈을 미화하고 혈자리를 바로 찾기 위해 붙이는 이름이라서 그리 집착할 건 못된다. 그러나 이 자리를 나무토막을 엮어 만든 뗏목으로 본 것은 아주 잘 붙인 형국이다. 뗏목은 어디가 가장 중요하냐?"

"삿대질하는 앞부분이겠지요."

"그래서 이 근방이라는 얘기가 맞다. 큰 용맥이 평지로 달리다가 옆으로 대혈을 지었으니, 대저 작은 혈은 가까운 산들이 긴밀하게 짜여 속사들의 눈에 금방 띄지만 이런 대혈은 먼 산들이 봉황처럼 혹은 호랑이나 사자처럼 이 혈자리를 보호하며 공조하니 얼치기들의 안목으로는 되레 혈이 맺히지 못했다고 버리는 자리다. 잘 봐라. 일대에 수많은 묘지를 썼지만 아직 누가 건들지 않아서 천작(天作)으로 선익(蟬翼)이 잘 보존돼 있다. 여기 이렇게 매미날개처럼 좌우로 벌려 있지? 이 가운데를 조금 파보아라."

득량은 배낭에서 작은 꽃삽을 꺼내 땅을 팠다. 토질이 워낙 좋아서 잡석이나 잡물은 전혀 없었다. 토색은 황토였는데 한 자쯤 파 들어가니 기름진 혈토가 나타났다. 여자들이 쓰는 화장용 분 같았다.

"덮어둬라. 아직 임자가 없는 대혈이니까. 앞으로도 백 년은 지나야 주인이 나타나고 제 자리를 찾을 게다. 그 옆으로 두 자리가 더 있는데, 이 자리를 쓰게 되면 금시발복이다. 세계적 대학자가 출현하여 이름을 떨치리라."

동방에서 두 번째 가는 명혈이 비어 있었다. 수백 개의 묘지가 여기저기를 쑤시고 자리잡았지만 진혈은 그대로 비어 있었다. 자리를 쓸 때는 저마다 이름깨나 얻은 지사를 동원했을 터이다. 그러나 그들은 모두 엉뚱한 데를 잡아주고 돈을 받았다. 주인은 발복을 기다렸지만 될 까닭이 없었다. 배꼽이나 허벅지, 혹은 등에다 씨를 뿌려놓고 잉태하기를 바라는 것이나 다름없었다. 제 혈자리에 똑바로 찔러 넣어도 시운이 맞지 않으면 기다려야 하는 게 자리였다. 마치 암컷이 아무 때나 교배한다고 수태가 되는 것이 아니고 발정기에 교배해야 새끼를 배는 것과 똑같았다. 할아버지 정 참판의 승달산 묘가 그랬다. 대혈이었지만 시운이 맞지 않아서 도로 토해져 나올 수밖에 없었다. 득량은 그렇게 믿고 있었다. 스승 태을은 뭔가 더 있는 눈치인데 좀처럼 언급을 피했다. 득량은 무안지역을 답사할 때 현장에 가서 자세히 물을 생각이었다.

구릉을 내려오면서 득량이 혈자리를 익혀두기 위해 한참을 뚫어보다가 노간주나무 하나를 꺾었다. 나름의 표식이었다. 진태을이 그 광경을 놓치지 않았다.

"지금 무슨 짓을 했느냐?"

"워낙 어려운 자리라서…."

"표식을 해뒀다는 것이냐? 부질없는 짓이다. 네 생전에는 이 자리를 쓸 수도, 다른 이에게 잡아줄 수도 없다."

득량은 머쓱했다. 그들은 주막에 돌아와 어죽으로 저녁을 들었다.

태을은 일찍 잠자리에 들었고 득량은 낙안평 모래사장으로 나왔다. 아까 구릉에 올라가서 지리를 설명하던 스승의 모습이 떠올랐다. 그때는 미처 몰랐지만 선인이 뗏목을 타고 강을 건너는 광경 그 자체로 보였다. 그랬다. 스승은 그 자리에 서는 게 너무 자연스러웠다. 얼마쯤 지리를 공부하면 이런 평양(平洋)한 곳에서 선인부사도강(仙人桴槎渡江)이라는 형국을 그려내 이름을 붙일 수 있고, 혈자리에 서면 선인처럼 보이는 경지에 들어갈 수 있을까. 까마득한 일이었다. 머리를 드니 별들이 총총했다. 득량은 별밭을 우러르다 조용히 자리에 들어와 잠에 빠졌다.
 이른 새벽밥을 먹고 두 사람은 강촌을 벗어났다. 물안개가 자욱이 피어올라와 선경이 따로 없었다.

 다 다음날, 둘은 추풍령 고갯마루에 섰다.
 "선생님, 이 추풍령은 경부선 철도의 한 중간이랍니다."
 득량이 도로 위에 서서 저쪽 철로를 가리키며 말했다. 때마침 부산에서 올라오는 열차가 헐떡헐떡 숨을 토해내는 게 보였다.
 "그렇구나. 신라 때부터 중원이라 불리더니."
 태을이 철마를 응시하며 말을 받았다.
 1905년 추풍령에 철로가 놓이고 철마가 다닌 후로는 걸어서 고개를 넘는 인적이 드물었다. 옛날부터 내왕하는 사람이 많았던 추풍령은 소백산맥을 넘는 고개 가운데 가장 낮고 평탄했다. 단양의 대재와 문경의 새재는 이보다 훨씬 높고 험준했다.
 "선생님, 예전에는 말이나 가마를 타고 넘던 고개를 저렇게 철마가 다니고 있으니 풍수도 달라지는 거겠지요?"
 득량이 궁금하여 물었다.
 "그게 그거 아니겠느냐. 철마나 자동차가 말이나 가마를 대신한다고 보면 되는 게지. 철마가 등장했다고 지기(地氣)가 달라지지는 않는다. 철로를 내느라 무리하게 혈자리를 끊어서 기운을 상하게 한 것 말고는…."
 "이 험준한 고갯길 대신 빠르고 편하게 갈 수 있는 이점을 얻었으니 하나를 잃고 하나를 얻은 셈이로군요."
 "자꾸 편리만 좇다보면 자연적인 삶과 멀어지게 된다."
 "그렇다고 언제까지나 걸어다닐 수만은 없잖습니까. 일본인들이 이 땅을 집어삼키기도 전에 철로를 놓은 까닭은 분명 흑심이 있었지만 달리 보면 문명의 세계사적 조류이기도 했습니다. 근대화 작업의 일환이었단 말씀이죠."

대학에서 신학문을 공부한 득량의 수용적 논조에 태을은 잠시 생각을 달렸다. 제자의 말마따나 부정적으로만 볼 일은 아니었다. 일본인이 아니었대도 언젠가는 철로를 놓아야 했을 거였다. 다만 우리 스스로 했다면 부러 혈맥을 자르지는 않았으리라. 태을은 앞으로 간단없이 밀려오게 될 신문물과 그에 따른 풍수적 대응이 여간 염려스럽지가 않았다. 옛날에는 임금이 국사지관을 가까이 두고 그에게 길을 물었다. 그러나 지금 일본인들은 좀 안다 하는 풍수들을 불러들여 그것을 악용하고 있었다. 조선의 앞날에 도움이 되는 길을 묻는 게 아니라 조선민족을 멸망시키고 일본화하려는 삿된 길을 취하고 있었다. 이런 때, 어찌 문명의 발전에만 눈이 팔린단 말인가. 태을은 화나는 대로라면 당장 철로를 걷어버리고 싶었다.

"임진왜란 때 명나라 군대가 이 추풍령의 기운이 넘치자 숯불로 뜸을 떠서 인물이 나오지 못하게 했다는데 사실일까요?"

"그런 말이 있지만 확인할 수 없구나. 이여송 휘하의 명나라 도독들이 많은 풍수를 거느리고 와서 진을 치는 데 활용하고 조선의 명혈자리를 끊었다고 하지. 그런 민간전설이 생긴 걸 보면 뭔가 있었던 듯하지만 단정지을 수도 없다. 어떻든 남의 나라 군대가 들어오면 소중한 것이 깨지게 마련이다. 득량아!"

"예, 선생님."

"넌 내가 왜 하필이면 금남정맥을 타고 오다가 이쪽 경상도 태백산 낙맥 쪽을 먼저 찾는지 그 까닭을 알겠느냐?"

태을의 표정과 말에는 엄숙함이 배어 있었다.

"……?"

"남녘에서는 태백산 낙맥이 가장 중하니라. 장차 이 민족이 번창하는 날이 되면 모르겠으되, 환난의 연대에는 이 태백산 낙맥의 힘으로 버티게 되리라. 인물들도 이 추풍령과 조령의 남쪽인 영남에서 쏟아져 나올 게야."

득량은 스승 태을의 이 말을 가슴 속에 새겼다. 그는 이 역시 스승이 무의식중에 내뱉은 예언이라고 헤아렸다.

"…넌 내 말을 꼭 기억해라. 장차 시절이 더 어려워져 피비린내가 나거든 태백산 낙맥에 몸을 의지해라. 이쪽 땅은 평야가 넓은 경기나 호남과 달리 첩첩산중이지만 목숨을 보전하고 끝까지 버텨낼 수 있는 힘을 지니고 있느니. 산세를 봐라. 얼마나 중후하냐."

그래서던가. 그래서 스승은 명당 순례길을 영남 쪽으로 먼저 잡은 것인가. 지금도 일본에 나라를 빼앗기고 고초를 겪고 있지만 앞으로도 이 땅에 시련은 더 계속된다는 것이고 그걸 버텨내는 곳이 태백산 낙맥이라는 의미를 감추고 있었다.

득량은 태을의 말뜻을 가늠하다가 문득 스승의 손을 붙잡고 싶은 강렬한 충동에 사로잡혔다. 이는 스승 태을이 예언할 때마다 느끼던 충동이었다. 그 예언이 맞을지 틀릴지는 아직 알 수 없었다. 다만 스승이 이런 예언을 할 때면 득량은 스승에게서 사뭇 다른 기품을 느꼈다. 스승의 자태에 신비로운 기운이 감도는 듯했다. 때문에 이 분이 정말 사람일까 싶기만 했던 것이다.

영을 내려오니 지대가 낮은데도 이상하게 추위가 더 심했다.

"이곳 금릉 고을은 위쪽의 고을보다 겨울에는 더 춥고 여름에는 더 더운 지방이다. 모두 바람 때문이지."

소백산맥에 부딪친 계절풍의 영향을 받아서였다.

김천으로 가는 길목에서 황학산 자락을 살피는 태을의 가슴 속에는 아련한 추억이 피어올랐다. 산에 미쳐 쏘대던 젊은 시절에 이 황학산에 들어갔다가 경을 친 일이 있었다. 하지만 끝은 좋았다. 막힌 데서 통함을 얻는다더니 그곳에서 귀인을 만났던 것이다. 지금 이 순간도 사실은 그때 만났던 그 귀인을 찾아가는 길이었다. 여기서 꼬박 하루가 더 걸리는 거리였다.

황학산은 동쪽 기슭에 직지사(直指寺)를 품고 있는 산이었다. 손가락으로 가리켰다는 뜻의 절 이름이 생겨난 유래는 이곳에서 멀지 않은 동북쪽 선산 해평 냉산(태조산) 밑의 도리사(桃李寺)와 관계가 있었다. 불교가 신라의 국교로 공인되기 전, 위나라에서 온 중 아도(阿道)가 해평 송곡동 냉산 중턱에 도리사를 짓고 절 서남쪽 망대에 서서 금릉 대항의 황학산 중턱을 손가락으로 가리키며 저곳에 좋은 절터가 있다고 말했대서 연유한 이름이라는 설이 전한다. 그러나 사실은 《불조직지심체요절》이라는 불경 가운데 '직지인심(直指人心) 견성성불(見性成佛)'이라는 구절에서 따왔다. 참선하여 사람의 마음을 직시하면 본성을 깨달아 부처가 된다는 뜻이었다. 하지만 손가락으로 가리켜서 터잡기를 했다는 얘기가 전하는 걸 보면, 아도화상은 풍수에도 대단한 식견이 있었던 듯했다. 이 직지사 역시 아도가 세운 것이었다.

태을은 제자 득량을 데리고 지금 선산 해평 도리사를 찾아가고 있었다.

기세 찬 냉산의 중턱에 위치한 도리사는 힘을 상징하는 사찰이었다. 고려를 세운 태조 왕건이 견훤을 맞서 싸운 곳이기도 한 이 사찰은 조선조 초엽 때까지만 해도 스님이 수백 명이나 되는 대사찰이었다. 그러나 풍수를 무시했기에 지금은 쇠락할 대로 쇠락해버렸다. 이름을 숨긴 고승 동타(東陀)가 젊은 행자 몇 명을 거느리고 수행하고 있을 뿐이었다. 중도 아니고 속인도 아닌 거사 하나 역시 이 도리사에 몸을 의탁하고 있었다. 바로 무성거사(武聖居士)였다.

"진태을 선생님! 소승 문안드리옵니다."

태을이 득량과 함께 아름드리 소나무가 늘어진 절 마당에 들어서자 물을 긷던 젊은 스님 하나가 반갑게 뛰어나와 합장했다.

"얼굴이 좋아진 걸 보니 공부가 잘 되는 게로군."

"아직 소를 보지 못했습니다."

"발자국은 찾았다는 말 아닌가."

주지스님이 있는 방 쪽으로 걸어가면서 태을과 젊은 학인스님이 선문답 같은 말을 주고받았다. 득량으로서는 소가 심오한 불법을 말하는 것이리라고 막연히 짐작할 따름이었다. 도를 찾고 얻는 것을 소를 찾는 일에 비유하고 10단계의 그림으로 그린 심우도(尋牛圖)라는 선화를 알고 있었다.

"스님, 진태을 선생님이 오셨습니다."

학인스님이 방문 앞에서 고했다. 댓돌 위에는 두 켤레의 검정고무신이 정답게 옆구리를 맞대고 있었다.

"허허, 그 중생 얼굴 잊었네."

"어서 모시게나."

방 안에서 음색 다른 두 목소리가 차례로 터져 나왔다.

학인스님이 문을 열었다. 태을의 뒤를 따라 득량이 방으로 들어섰다.

"그새 방울을 해달았군 그래?"

작은 체구에다 얼굴이 둥글둥글한 동타스님이 가부좌를 틀고 앉아 말했다. 옆에 앉은 사람 역시 백발의 노인이었으나 아직 기백이 넘치는 얼굴이었다. 두 눈에서 뻗어 나오는 빛이 '쨍그렁' 하고 쇳소리를 낼 것만 같았다.

"무심한 사람 같으니."

눈빛이 예리한 노인의 말이었다. 이 노인이 바로 무성거사였다.

"스님, 그새 편안하셨습니까. 이 아이는 얼마 전에 얻은 후학입니다. 끼쳐두고 갈 것도 없는 일천한 재주올습니다만 그렇다고 이 몸을 끝으로 문을 닫아버리는 건 무책임한 처사가 아니겠는가 해서요."

태을이 정중하게 읊조렸다. 여간 어려운 자리가 아닌 모양이었다. 태을이 이렇게 깍듯한 예를 갖추기는 운장산 명봉 선생 말고 처음이었다. 동타스님은 겉으로 드러나 보이는 세속 나이로 본다면 태을과 무성거사보다 그리 많지 않을 것 같았다. 한데도 태을이나 무성거사나 스님 앞에서 언행을 무겁게 하고 있었다.

"어쨌든 잘 왔어. 급하더라도 겨울을 나고 가게나."

세세한 얘기를 나누기도 전에 저녁공양이 들어왔다. 공양을 마치자 동타스님은 법당으로 예불을 하러 갔고 태을과 득량은 무성거사의 처소로 와 여장을 풀었다.

백발이 치렁치렁한 무성거사의 방에는 검과 활이 모셔져 있었다. 그는 무예를 하는 사람이었다. 무성거사는 이 땅의 무인, 곧 지킴이의 후예였다.

저간에 있었던 신상에 대한 이야기가 오고간 뒤, 종당에는 예정처럼 나라 걱정으로 돌아오고 있었다.

"이젠 이 땅의 사찰들도 곧 맥을 못 추게 될 것이네."

"무슨 말인가?"

무성의 말에 태을이 물었다.

"좀 닦았다 하는 고승들은 다 파계하고 장가를 드느라 난리 아닌가. 1600년 민족불교의 혼이 다 달아나는 판이야."

무성거사의 말은 태을의 귀에 설기만 했다. 태을이 관자놀이를 당기자 무성거사가 다시 말꼬리를 이었다.
"아직 모르고 있었던가? 하긴 몇 해 전부터 시작된 일이라네."

생불, 동타스님

조선민족의 뿌리를 흔들어 놓겠다는 일본인들의 공략은 치밀했다. 풍수탄압을 함과 동시에 사찰에 주석하고 있는 고승들의 법력을 약화하려고 갖은 꾀를 다 짜냈던 것이다. 이 일 역시 총독부가 배후에서 조장하고 각 지방경찰서가 일선에 나섰다.

선산 일대에 있는 고찰 가운데서 이 도리사는 단연 으뜸이었다. 뿐더러 주석하고 있는 고승 동타스님은 생불(生佛)이라는 말이 나돌 만큼 법력이 높았다. 다섯 살 때 출가하여 외도를 모르고 불도만 닦아온 스님이었다. 세속 나이 일흔에 법랍(法臘)이 예순 다섯이었는데 음양을 전혀 모르고 화두만 캐서 살아 있는 부처님이라는 말을 들었다.

이런 동타스님을 파계시키려고 경찰서에서는 미색을 뽑아내느라 숫제 혈안이 됐다. 선산에 있는 논다니들을 다 물색해 봐도 적임자가 없었다. 결국 멀리 진주에서 이름난 기생을 데리고 올 수밖에 없었다. 진주 기생 유란이는 어떤 사내건 사흘 안에 코피를 쏟아내게 하고 마는 천하 명기(名器)였다. 인물도 절색인 데다 사람을 녹이는 애교가 입에 살살 녹을 지경이었다. 이러니 일단 합방했다 하면 아무리 기가 센 사내도 업혀 나오게 마련이었다.

이 유란이에게 왜놈 서장이 미끼를 던졌다. 만약 도리사 동타스님을 파계시킨다면 자기들이 그럴 듯한 기생집을 차려주겠다는 거였다. 말로만 해서 들을 유란이가 아니었다. 그녀는 서장을 불러들여 베개 밑 공사를 해 선돈을 챙겨 넣었다. 그러면서 큰소리를 뻥뻥 쳤다. 조선 기생의 명예를 걸고 그깟 중놈 하나 파계(破戒)시키지 못하면 돈을 되돌려 주는 건 물론 이따위 기생노릇 당장 그만두겠노라고. 유란은 고승 파계시키는 걸 뭐 대단한 벼슬로 알고 있었다. 본래 요망한 계집들은 세간남자보다 수행자를 표적으로 삼았다. 청정한 사내를 품속에 넣고 녹여내야 제 맛이었다. 안 넘어 오는 물건을 뺏어야 보배지, 지가 먼저 침 흘리는 것들 찍어내 봐야 재미가 없었다. 그래서 마구니였다. 면벽참선하는 수행자를 꺾어놓는 색마였다.

유란이 경찰 나부랭이의 호위를 받으며 봄날 버드나무가지마냥 낭창낭창 몸을 흔들면서 도리사에 온 것은 작년 여름 어느날 하오였다. 눈꼴신 젊은 스님들이 개똥 대하듯 하는데도 유란이는 일일이 눈길을 주며 추파를 던졌다. 경찰놈은 법당마루에 퍼질러 앉았다. 혹시 무슨 일이 벌어지면 유란이의 뒷배를 봐주고자 함이었다.

이윽고 주지스님 방 앞에 온 유란이가 간드러지게 말했다.

"쉰니임, 이 여름이 되도록 못다 터진 모란이 예 왔사와요."

절집에서 여태껏 들어보지 못한 아름다운 목소리에 동타스님은 결가부좌를 풀었다. 꽃봉오리가 터지는 것 같은 반가움이 앞섰다. 동타스님은 문에 드리운 발을 걷어붙이고 나왔다. 동타의 눈이 번쩍 뜨인 건 말할 필요도 없었다.

관세음보살의 화신이런가.

순진한 스님의 눈으로 아무리 봐도 지상에서 사는 여인이 아니었다. 분명 천상에서 내려온 보살이었다. 이날까지 여색을 모르고 정진만 해왔더니 부처님께서 관세음보살을 보내 위로하는 모양이라고 생각했다.

들어오라고 할 것도 없었다. 여인은 속이 훤히 비치는 옥색치마를 길게 끌며 스님을 얼싸안고서 방 안으로 들어갔다.

마주 앉고 보니 여인의 얼굴에는 분이 발라져 있었다. 동타스님은 그제야 여인이 속인임을 알아차렸다. 하지만 이런 미색과 마주 대하니 영문도 모르고 벙글벙글 웃음이 나왔다.

"너 참 어여쁘구나."

동타스님이 아이마냥 유란이의 고운 얼굴을 매만졌다.

"어디가 말이옵니까? 얼굴보다 더 어여쁜 곳이 여기 있는데요."

유란이가 반쯤 드러난 가슴을 내보이며 뇌쇄적으로 몸을 배배 틀었다. 그 사품에 연적 같은 젖통이 출렁거렸다. 동타스님의 손은 그 연적을 놔두지 못했다. 숫제 안기다시피 하고서 젖가슴을 만졌다.

"야, 보드랍구나. 유란이라서 유들유들한가? 연꽃잎은 턱도 없을 게야."

"더 보드라운 곳이 있는데 이걸 가지고 놀라시면 어떡합니까, 쉰니임?"

"그게 어디지?"

그때 유란이가 자세를 바로 했다. 이쯤부터는 단단히 뜸을 들일 생각이었다. 목이 탈 정도로 마르게 해놓고서 물을 줘야 그 물맛이 달다는 걸 알았다. 그것만 알게 해주면 그 다음부터는 불도고 지랄이고 삼수갑산이요 만고강산이었다.

"아이, 쉰니임도! 그건 이따 저녁에…."

"오, 그래?"

동타스님은 완전히 얼이 빠졌다.

문 밖에서 사태를 가늠한 대중스님들은 저마다 한마디씩 함부로 내뱉었다. 살아 있는 부처라는 칭송을 한몸에 받던 분이 이렇게 맥없이

나가떨어질 줄은 너무도 몰랐던 그들이었다. 그들은 묘한 감정의 소용돌이에 말려들었다. 분통이기도 했고 시샘이기도 했다.

"쳇, 저런 걸 고승이라고 뼛골 빠지게 시봉했으니!"

"에잇! 생불이 아니라 생잡놈이었구먼."

"그러게 옛날부터 중은 여자를 붙여봐야 도력을 시험할 수 있다지 않았나? 이왕 무너질 거 천하절색하고 놀아나니 좋겠군 그래."

어떤 스님은 무성거사에게로 달려가 비보를 전하기도 했다. 일의 자초지종을 전해들은 무성거사는 몇 번이나 뛰쳐나갈까 말까 망설였다. 당장 달려나가 왜놈 순사를 때려눕히고 여자를 패대기치고 싶었다. 뒷일이야 어떻게 되든 놈들이 동타스님을 파계시키는 게 너무 분했다. 그러나 무성은 참을 인(忍)자를 마음에 새겼다. 화가 치밀면 또 새기고 새겼다. 그러면서 무성은 동타스님을 더 지켜보기로 했다. 그는 동타스님을 믿고 싶었다.

드디어 저녁이 되었다. 유란은 스님들을 물리치고 자신이 손수 공양간에 나와 겸상을 봐가지고 들어갔다. 동타스님은 여느 때와 다른 입맛을 느꼈다. 찬이야 그대로였지만 마주 앉은 미녀 때문에 회가 더 동했다.

저녁 공양을 맛있게 든 동타스님은 천연덕스레 법당에 나와 예불을 주도했다. 대중스님들은 거의 형식적으로 예불에 임했다. 동타스님의 뒤꼭지에 대고 욕을 하듯 목탁을 두드리는 스님, 눈을 감고 예불하는 스님, 아예 참석조차 안 하는 스님까지 있었다. 그러거나 말거나 동타스님은 전과 다를 바 없이 차분하게 예불을 마치고 자기방으로 들어갔다.

"야, 그 늙은이 이제 보니 뻔뻔하군."

"그래놓고 어떻게 부처님을 대하는지 모르겠어?"

또 한마디씩 볼멘소리가 터져 나왔다. 당장 바랑에 짐을 꾸리는 스님도 있었다. 저런 망할 늙은이와 한 절에서 살 수 없다는 뜻이었다.
동타스님의 방에서는 머리칼이 전혀 없는 남자와 머리가 긴 여자가 드디어 마지막 순간을 향해 치닫고 있었다. 스스로 옷을 떼어낸 유란이가 동타스님의 가사를 벗겨낸 것이다. 유란이 스님을 품에 안고 자리에 쓰러졌다. 스님은 아이마냥 유란의 풍만한 품속을 찾아들었다.
"어서, 어서."
유란이 고개를 뒤로 젖히며 재촉했다. 스님의 대꾸가 걸작이었다.
"유란아, 어디 아파?"
배탈 난 사람에게 묻는 말이나 똑같았다. 유란은 자신의 귀를 의심했다. 누운 채로 기다리자니 스님은 품속에서 소꿉장난만 하고 있었다. 그제야 유란이 스님의 하초를 더듬었다.
"아!"
유란의 입에서 비명이 터져나왔다. 동타스님의 하초는 깨끗이 말라붙어버리고 흔적도 없었다. 갓난아기의 그것보다도 더 작아서 배꼽과 혼동할 지경이었다. 그저 오줌이나 겨우 누는 작은 돌출부였다. 누진통으로 양기를 다스린 고승이었던 것이다.
"너 우리 절에서 나랑 같이 살자."
동타스님은 아이처럼 보챘다. 그저 좋아만할 뿐, 숨이 거칠어진다거나 교접할 자세를 보이지 않고 있었다. 음양을 전혀 모르는 천진불이었던 것이다.
"스님!"
유란이 몸을 일으키고서 무릎을 꿇었다. 자신이 아니라 천녀가 내려온다 해도 이 동타스님을 파계시킬 재주가 없었다. 그녀는 한낱 고깃덩어리에 지나지 않는 육체를 가지고 생불(生佛)을 어떻게 해보려

했던 자신이 너무 부끄러웠다. 사람이 한세상을 살면서 고작 그 짓거리나 하며 보낸다는 게 참으로 어리석다는 생각이 번갯불처럼 뇌리를 강타했다.

"스님, 저에게도 길을 가르쳐 주십시오!"

여자의 뜬금 없는 외침을 듣고 대중스님들이 몰려 나왔다. 동타스님은 아닌 밤중에 알몸으로 보여주는 설법을 한 셈이었다.

"절집에서 살아라. 벗어버리면 모두 부질없느니."

그제야 대중스님들이 맨발로 내달아와 동타스님의 방문 앞에 꿇어 앉아 합장했다. 그들이 여태껏 모신 스님은 속단했던 것처럼 생잡놈도 아니었고 하릴없이 밥이나 축내며 똥이나 퍼질러 놓는 노인도 아니었다. 생불이자 천진불이었던 것이다.

유란은 새벽쇳송에 참석하고는 대중스님들과 아침공양을 함께 한 다음, 산을 내려갔다. 그녀의 품속에는 동타스님이 써준 천서(薦書)가 접어져 있었다. 청도 호거산 운문사 비구니 도량을 찾아가는 길이었다.

그녀를 해코지 못하도록 뒷배 봐주러 왔던 왜놈 순경은 어안이 벙벙해서 되돌아갔다. 대체 이걸 서장에게 어떻게 설명해야 할지 그 방법을 찾느라 고심하는 걸음이었다.

"동타스님답군."

무성거사에게 이야기를 다 들은 태을이 밝은 표정이 되어 말했다.

"내가 그런 스님과 함께 이 절에서 지내게 된 것도 다 태을 자네의 덕이 아니던가?"

"무슨 소릴."

무성거사는 태을을 만났던 때를 반추해냈다. 어언 30년이나 지난

옛일이었다.

◯ 지킴이 무성거사

무성은 조선 지킴이의 후예로서 본래 소백산 형제봉에서 살았다. 무성의 집안은 대대로 전통무예를 해오면서 산전을 일구거나 사냥을 해서 먹고살았다. 그러다가 나라가 어지러울 때면 여지없이 산을 내려가서 다른 지킴이들과 합세하여 나라를 지켜내는 데 한몫 했다. 누가 알아준다거나 상을 받고자 하는 일이 아니었다. 이 땅에 살고 있으니 이 땅을 지켜야 한다는 소명감 외에 아무것도 없었다.

몽골군이 내려왔을 때도, 왜구가 올라왔을 때도 지킴이들은 산에서 나와 침략자들을 벴다. 그러다 적들이 물러가고 나라가 안정되면 제 삶터로 돌아와 심신을 단련하며 은자의 삶을 살았다. 무예가 있다고 민초들의 양식거리나 돈을 뺏는 짓 따위는 절대 하지 않았다. 그들이 무예를 숭상한 건 활인술(活人術)로서일 뿐 살인이나 재물을 탐할 목적이 아니었다. 수련도 무기를 쓰는 것보다 맨손으로 하는 게 상례였다. 수벽치기나 택견이 그것이었다. 지킴이들의 무예는 하나의 구도행위였다. 이른바 좌도방(左道方)이라는 심신수련법이었다. 지킴이들은 철저하게 국법을 따랐다. 병란 때는 말할 것도 없고 민란 때도 언제나 관군 편에 섰다.

그러나 단 한 번 그런 계율을 어긴 적이 있었다. 동학농민운동 때였다. 동학전쟁이 터지자, 전국 방방곡곡에 숨어살던 지킴이들이 하나, 둘 나오기 시작했다. 처음에는 단순한 민란인 것으로 오해하고 관군

편에 선 지킴이도 있었다. 그러나 내세우는 기치가 백 번 지당하고 의연함을 알고서는 동학군에 가담하기 시작했다. 나라님만을 상대로 한 싸움이 아니었다. 이 땅을 짓밟으려드는 서양 오랑캐와 왜놈들을 상대로 한 싸움이었다.

　무성이 동학군에 뛰어든 건 괴산 전투 때였다. 당시 동학군은 가는 곳마다 승승장구로 관군을 무찔렀다. 괴산 전투에서도 그랬다. 성난 파도와 같이 몰아쳐 들어가자 관군은 앞다투어 도주해 버렸다. 그러나 공주성을 두고 관군과 맞섰던 우금치 싸움에서는 어이없게도 패주하고 말았다. 수적으로는 수십 배 앞서면서도 조직력이 뒤떨어진 탓에 왜병들의 총탄에 맞고 쓰러지는 동학군이 부지기수였다. 결국 우금치 전투에서 쫓긴 무성은 다시 때를 기다리던 중, 전봉준이 순창에서 붙잡혔다는 비보를 듣고는 황학산에 칩거해 버렸던 것이다. 만약 동학군에 가담했다는 게 알려지면 붙잡혀 들어갔다가 죽고 말 것이었다.

　그 무렵 황학산을 중심으로 추풍령과 살티고개에는 산적들이 출몰하여 사람들을 괴롭혔다. 우금치 싸움에서 패한 동학군들이 숨어들어서 산적질을 한다는 것이다. 그들은 주로 양반을 상대로 하여 재물을 턴다 했다. 가난한 서민들의 짐은 적당히 덜어내고, 좀 있겠다 싶은 양반들의 짐은 숫제 껍질을 벗기다시피 했다. 의적(義賊)이라 할 것은 없었지만 경우는 좀 있는 산적들인 셈이었다. 산적들의 소굴이 추풍령이라는 말도 나돌았고 황학산이라는 말도 나돌았다. 무성으로서는 자신의 명예를 더럽히는 일이 아닐 수 없었다. 무성은 그들을 찾아 나서기로 했다. 그는 산적들이 출몰한다는 추풍령을 일부러 밤중을 택해서 넘었다. 등에는 칼이 숨겨진 괴나리봇짐을 멘 채였다.

　때는 여름밤이어서 길섶으로 꼬리에 등을 켠 반딧불들이 날았다. 아무리 무예를 익혀온 무성이었지만 홀로 재를 넘자니 으스스했다. 어서 나타나라고 벼르면서도 급습을 당할까봐 경계를 늦추지 않았다.

재를 미처 못 넘어갔을 때, 과연 한 무리의 산적들이 출몰했다.

"이놈! 배짱 한 번 크구나. 여길 혼자 넘어가다니. 그 봇짐만 얌전히 내려놓고 가거라. 칼에 더러운 피를 묻히고 싶지 않으니."

어스름이라서 잘 분간이 되지 않았지만 열 명은 되어 보였고 저마다 긴 칼로 무장하고 있었다.

"네놈들이 나올 줄 알고 왔느니라."

무성이 여유만만하게, 그러나 카랑카랑한 어조로 외쳤다. 그러자 산적들이 일제히 칼을 뽑아들었다.

"관가에서 나온 놈 아닌가!"

무리 가운데 몸피가 바위 같은 퉁방울 눈이 지레 짐작했다.

"네놈이 두목이로구나. 그래, 할 짓이 없어서 양민들을 터는 게냐? 내 오늘 네놈들을 혼내주고자 왔느니."

말을 마치기도 전에 눈앞에서 칼날이 날았다. 무성은 날쌔게 몸을 피하면서 손과 발을 날렸다. 바람을 가르는 칼날 소리가 제법 예리했다. 그러나 벌써 두어 놈이 고꾸라지고 있었다.

"으하하! 주먹깨나 써본 솜씨다만 그것 때문에 죽는 줄이나 알아라."

퉁방울 눈이 두 손으로 장검을 움켜쥐었다. 두목이 나서자 졸개들은 슬그머니 뒤로 물러났다. 퉁방울 눈은 빈틈을 주지 않고서 무성을 밀어붙였다. 무성은 어둠 속에서 한 발 한 발 뒤로 물러섰다. 기회를 보아 몸을 돌려 빼면서 상대를 공격할 셈이었다. 그러나 놈의 칼끝은 집요하게 목을 노리고 들어왔다. 무성은 점점 몰렸다. 곧 벼랑 끝에 서게 될 판이었다.

"죽어라!"

퉁방울 눈이 일격을 가했다. 무성은 발끝에 힘을 가하면서 비호같이 날았다. 그리하여 가까스로 몸을 피해 벼랑 끝에서 빠져나온 무성을 졸개들이 겨누고 있었다. 등에 땀이 솟구쳤다. 모두 칼을 써본 놈들이었다.

"으하하! 요절을 내버려라!"

다시 놈들이 한꺼번에 공격해 들어오기 시작했다. 그때 밤공기를 뒤흔드는 외침소리가 터졌다.

"멈춰라!"

한 사내가 길이 아닌 곳에서 홀연히 모습을 드러냈다. 산적 무리들이 일제히 칼을 거뒀다.

"자네 무성이 아닌가?"

분명 귀에 익은 목소리였다. 놀랍게도 그는 황보였다. 황보는 동학패로 괴산 전투에서 혁혁한 공을 세운 장수였다. 무성과는 호형호제하는 사이였다.

"황보 형이 이거 어찌된 일이오?"

"무성이, 얘긴 나중에 하세나. 얘들아, 인사 올려라! 지난 갑오년 11월 우금치 싸움에서 헤어졌던 내 아우다."

두목으로 오인하게 했던 퉁방울 눈이 넙죽 엎어지자, 나머지는 퉁방울 눈의 엉덩짝에다 정신없이 코를 박았다. 그들의 머리 위에서 반딧불이 꼬리에 등을 켜고 날아올랐다.

"몰라 뵈었습니다!"

아닌 밤중에 산적들에게 큰절을 받고 서 있자니 두목이 된 기분이었다.

"가세나. 마침 맹랑한 사기꾼 놈 하나를 붙잡아 둔 참이었네."

황보가 무성의 손을 잡아 이끌었다. 절벽 같은 샛길로 내려간 그들은 토굴이 있는 곳을 향해 밤길을 더듬었다.

두목 황보가 사기꾼이라고 한 사람은 다름 아닌 진태을이었다. 그 무렵 진태을은 이제 서른 중반을 넘긴 청년이었다.
역리를 깨치고 일어선 태을은 천문과 풍수에도 눈을 떠가고 있었다. 하늘의 별자리를 보는 천문이야 그리 어려울 것도 없었다. 계절에 따라 돌고 도는 별자리였고 때문에 《보천가(步天歌)》에 나온 3원 28수 별자리 원형만 익히고 나면 큰 이변이 거의 없었다. 일식이나 월식, 살별〔彗星〕의 출현 정도가 천변현상이라고 하는 이변이었다. 그러나 풍수는 파고 파도 언제나 불확실했다. 유사한 형국이라 해도 그 속성은 너무 달랐다. 한 자리를 두고 펼치는 명당론도 천차만별이었다. 웬만큼 산서를 읽었다고, 혹은 답산 좀 했다고 함부로 나설 일이 아니었다. 그랬다가는 망신사기 십상이었다. 좌우지간 많은 명당을 직접 보고 다니는 게 대수였다.
태을은 멀리서 산세를 조망했다. 그리하여 어떤 감이 잡히면 반드시 그 명당자리로 가서 세세히 따져 보았고 발복 여부도 확인했다. 그것이 가장 좋은 산공부였다. 추풍령을 넘어오면서도 그랬다. 추풍령은 당시 그에게 초행길이어서 사정을 전혀 알지 못했다. 그저 산세만을 보고 명당 여부, 그 속에 깃들여 사는 사람들의 심성을 추정할 따름이었다.
'범상치 않은 곳이군.'
태을은 오른편 멀리 황학산 골짜기에서 강한 기운이 뻗쳐 나오는 것을 감지했다. 그 기운은 유감스럽게도 맑지가 못한 것이었다. 탁하고 드센 기운이었다.
이런 곳은 사람이 살 만한 터가 못 됐다. 사람뿐만이 아니라 묏자리로도 쓸 수 없는 곳이었다. 과일나무도 큰 줄기는 열매를 맺지 못하는 법이었다. 잔가지 끝에 과일이 열리듯 집터나 묏자리도 지맥이 지나치게 강하게 뻗친 곳은 피해야 옳았다. 마치 급류에서 수영할 수 없는 것과 같았고, 전압이 센 고압선에서 전선을 따다가 가정집에서 바로 쓸 수 없는 것과 같았다. 그런데 이 골짜기에는 사람이 살 것만 같았다. 화전민이든 약초 캐는 사람이든 혹은 어떤 이유로 몸을 숨기고 사는 사람이든 분명 누군가가 살고 있음직했다.

'가보자. 가서 확인하는 게 공부다.'

태을은 무작정 그 골짜기로 다가갔다. 길이 없었다. 가시덩굴을 헤치고 나가면 문득 끊어진 벼랑길이었고, 벼랑을 타고 내려가면 꽉 절어 있는 숲이었다. 한참을 쏘대다보면 방향이 잡히지 않았다. 그럴 때면 뜬쇠를 꺼내서 바로잡았다.

"웬놈이냐!"

길이 끊긴 자리에 평탄한 개활지가 나왔다. 인적이 있을 법한 곳이라고 여겼더니 아니나 다를까 짐승가죽을 몸에 두른 험상궂은 사내가 나타났다. 사내는 아까부터 이녁을 예의주시하고 있었던 듯했다.

"이산 저산을 쏘대는 발록구니외다."

"이 산속에 떠돌이가 웬 말이냐!"

"인가가 있을 듯하여…."

"하하! 인가는 맞다만 네가 오늘 황천길을 제 발로 걸어들어 왔구나. 여기가 어딘 줄 알고."

사내의 너털웃음 소리를 듣고 비슷한 차림의 사내들이 몰려들었다. 태을은 본능적으로 위태로움을 느꼈다. 도둑의 소굴로 찾아들어온 것이었다. 혹시나 했더니 정말이었다.

"수상쩍은 자다. 두목한테 데려가자."

그들은 태을의 짐을 빼앗고 앞세워 뒤에서 몰이꾼처럼 밀어붙였다. 태을은 잡초가 무성한 산길에 묻혔다. 사람의 키를 덮는 억새와 갈퀴가 절어 있었다. 길은 억새밭 사이로 나 있었다. 작은 모퉁이를 도니 귀틀집 한 채가 나왔다. 엉성한 귀틀집은 돌아누운 산모퉁이에 자리잡고 있었기에 산 아래에서 보면 전혀 드러나지 않는 은폐지였다.

밖이 왁자지껄하자 거구의 두목이 옷을 추슬러 입으며 나왔다. 방 안에는 여자가 있는 낌새였다.

"무슨 일이냐!"

두목은 송충이 같은 눈썹을 씰룩거렸다.

"이놈이 우리 산채가 있는 곳을 기웃거리기에 붙들어 왔습죠."

"설마 나더러 잠을 재워달라고 온 건 아니지?"

두목은 태을의 위아래를 훑어 내리며 너부죽이 웃었다.

"나는 산공부를 하느라 그저 이리저리 다리품을 파는 사람이오."

태을이 담담한 어조로 말했다.

"헌데?"

"멀리서 보니 이곳에 장군의 기상이 서렸기에 확인하고픈 마음에 이렇게 와본 것뿐이오."

"푸하하하! 장군의 기상! 쥐새끼 같은 놈!"

두목은 태을이 잔머리를 굴리고 있다고 믿었다. 그는 통나무를 잘라 만들어 놓은 뜰 앞 좌대에 털썩 소리가 나게 퍼질러 앉았다. 그러고는 다시 커다란 입을 험상궂게 열었다.

"얘들아, 우리한테도 손님 들 날이 있구나. 제법 살이 오른 놈 같으니 오늘밤은 인고기 맛 좀 보자꾸나."

태을을 잡아먹겠다는 말이었다.

태을은 좌대 옆으로 시선을 던졌다. 그곳에는 커다란 도끼가 뒹굴고 있었고 드르누운 통나무에는 벌건 핏물이 튀어 있었다. 산 것을 요절낸 흔적이었다. 장작을 패기만 하는 게 아니라 산 것도 때려잡는 모양이었다. 그러나 태을은 침착했다. 오늘 일진을 풀어봤지만 흉살(凶煞)은 끼지 않았다. 흉살은커녕 귀인을 만날 조짐이었다. 태을은 두목의 관상을 봤다. 미련하고 포악한 상이었다. 당연히 살기(殺氣)도 만만찮았다.

'이런 사람도 귀인이 될 수 있을까?'

태을은 스스로 묻고 그 물음에 긍정하기를 주저했다. 이이제이(以夷制夷)라는 말이 있긴 했다. 적을 이용하여 또 다른 적을 치는 것처럼 이런 악인을 이용하여 또 다른 악인을 물리친다면 결과적으로 귀인이 되는 셈이다. 그러나 이 산 속에서 산적보다 더 큰 악인이 어디 있겠는가. 대낮에 맹수를 만날 리도 없었다.

"살아 있는 동안은 좀 지껄여볼 기회를 주마. 아까 산공부라고 하던데 그게 대관절 무엇이냐? 산공부가 우리 같은 사람들 잡으러 다니는 거냐?"

두목이 큰 선심을 베푸는 양 따져 물어왔다.

"명당을 찾는 것이오."

"오호, 풍수쟁이로구먼. 진작 그렇게 말하지."

"그렇소."

"조상 뼈를 명당에 묻으면 그 자손이 복을 받는다고?"

"물론이오. 자리만 제대로 찾아 쓰면 왕후장상도 바라볼 수 있소."

"으음, 그렇게 나올 줄 알았느니. 너 잘 걸렸다, 이놈! 너 같은 사기꾼을 붙잡으면 간을 내 씹어 먹으려고 벼르던 참이었다. 네놈 뼈를 사골로 우려서 내 뱃속에다 묻어주마. 네놈 후손들이 뭐가 되는지."

두목이 갑자기 표독스럽게 나왔다. 태을로서는 전혀 예기치 못한

급변이었다. 어디 가서 사기꾼으로 몰리기도 처음이었다. 마땅한 임기응변이 없었다.

"이 고생을 하면서 오랜 세월 공부해야 얻는 게 지술이오. 사기꾼이라니 당치도 않소이다."

"닥쳐라! 그래 조상 뼈를 명당에 묻어서 왕후장상이 될 것 같으면 우리 같은 산적들은 왜 생겨나느냐. 죽겠다고 약탈해야 겨우 목숨이나 부지하는데 그럴 바에야 조상 뼈나 파 들고 다니면서 명당자리나 찾는 게 낫지. 그도 여의치 않으면 완력으로 남의 명당을 빼앗든지."

"명당에는 다 주인이 있소."

"요놈 봐라. 요 맹랑한 놈! 주인이 따로 있는데 가만히 놔두지 왜 돈을 받고 다니며 자리를 잡아주는 게냐? 놔두면 주인이 어련히 찾아 쓸까?"

"명당자리는 아무 눈에나 띄는 게 아니오. 우리 같은 풍수가 그래서 필요한 거요."

태을은 기에 눌리지 않은 어조로 말했다.

"이놈! 풍수쟁이치고 허풍쟁이 아닌 놈들을 보지 못했다. 네놈도 주둥아리를 놀려서 먹고사는 놈이라고 나부댈 줄은 아는구나. 난 요설보다 힘을 숭상한다. 어디 내 힘에 당하는지 두고 보자."

더 이상 입씨름을 하기가 귀찮아진 두목이 벌떡 일어섰다. 절구 공이만한 주먹을 불끈 쥔 채였다. 힘살이 등나무 줄기가 되어 꿈틀거렸다. 한 방 맞으면 누구라도 찍소리 한 번 못 내보고 즉사할 것만 같았다.

"난 아직 허풍을 떤 적이 없소. 풍수들 중에는 그런 사람들이 없지 않으나 나는 그걸 단연코 배척하는 사람이오. 확인해 보지도 않고 막무가내로 몰아붙이는 건 대장부가 취할 바가 아니오."

"무엇으로 확인한단 말이냐, 이놈!"

"사주를 대주시오."

"사주를?"

"그렇소. 과거나 미래를 알아맞혀 보겠소."

"으하하! 수작 떨지 마라. 나 같은 놈이 사주가 어딨겠느냐?"

"세상에 사주 없는 이는 없소. 태어난 생년월일시는 다 있게 마련이오."

"어미 아비도 모르는 판에 사주가 다 뭐냐? 옳거니, 네놈이 그렇게 잘 알아맞힌다니 그럼 지금 당장 내 사주나 찾아내라. 난 사주도 모르는 천출이다. 만일 내 사주를 못 찾아내면 죽어나갈 줄 알아라!"

"……?"

터무니없는 억지였다. 아무리 역리에 통달한 이인이라도 난생 처음 보는 사람의 사주를 찾아낼 도리는 없었다. 시간을 거슬러 올라가 태어날 당시를 들여다보는 재주가 있어야만 가능한 일이었다. 하지만 그런 일은 육신을 가진 사람이 할 수 있는 일이 아니었다. 물론 가까스로 짚어내는 수가 전혀 없는 건 아니었다. 그 사람의 관상이나 성격, 버릇, 좋아하는 음식이나 색깔 따위를 집요하게 캐물어서 가늠해 볼 수는 있었다. 그것은 말하자면 이런 결과의 인물이라면 이러이러한 사주가 아니었겠는가고 거꾸로 따져서 유추해 보는 방법이었다. 하므로 엉뚱하게 틀릴 여지가 많았다.

"왜 못 찾아내느냐, 이놈!"

두목의 눈에 핏발이 섰다. 두목은 태을의 신분이나 멀쑥한 행색, 먹물 든 언행 따위에 묘한 거부감을 느끼고 있었다. 그것은 아마 동학전쟁에서의 패배가 가져다준 피해의식의 발로 같은 거였다. 양반들은 동학패를 왜놈이나 서양 오랑캐들보다 훨씬 나쁜 무리로 보았다. 그래서 바깥 오랑캐들을 끌어들여서 그네들로 하여금 동학패를 몰살하도록 했던 것이다. 그거야말로 명백한 이적행위였다. 기득권을 지키기 위해서는 오랑캐라도 끌어들이겠다는 수작이었다. 그러다 결국은 양쪽 다 망하는 지경에 이르렀다.

동학패들의 울분은 하늘이 멍들 지경이었다. 그런데 양반놈들은 싸움에서 패하고 몸을 감춰 들어간 동학패들을 샅샅이 뒤져 잡아 죽였다. 태을이 아는 동학의 2대 교조 해월 최시형 선생도 연전에 그렇게 잡혀 죽었다. 애석한 노릇이었다. 그랬으니 잔당이 돼버린 동학패가 산적이 되어 돈 많은 양반들만 가려 터는 것도 무리는 아니었다.

"저놈을 뒤뜰에다가 묶어 놔라. 잃어버린 내 사주를 찾아내 제 목숨을 구해 나가던지, 그 자리에 묶여서 굶어 죽던지 지 팔자대로 하게 일체 먹을 걸 갖다주지 마라."

그렇게 해서 태을은 뒤뜰 고목나무 둥치에 칡넝쿨로 묶이는 신세가 되고 말았다. 날이 저물고 밤이 왔다. 산적들은 비로소 부산을 떨어대기 시작했다. 대낮에는 그럭저럭 쉬며 지내다가 밤이 내리면 털이를 나가기 때문이었다.

밤에도 두목은 귀틀집을 떠나지 않았다. 계집을 끼고 있느라 여념이 없었던 것이다. 졸개들은 아무런 불만도 내색하지 않는 듯했다. 그저 깍듯이 모실 따름이었다.

이대로 밤을 지새워야 할 것인가.

두목은 시도 때도 없이 여자와 뒹굴었다. 귀틀집에서 흘러나오는 교성을 들으며 태을은 밤하늘을 쳐다봤다. 그가 산적들의 소굴에 묶여 있는 이 순간에도 별들은 쉼 없이 하늘 궁창을 돌고 있었다.

엉터리 사주를 찾아주고 적당히 둘러댈 수도 없었다. 아무리 미련해 보이는 두목이지만 뭔가 꿍꿍이가 있으리라. 다행히 생년월일을 몰라서 그랬다면야 별문제였다. 하지만 알고서도 이녘을 떠보기 위해 그랬다면 그때 가서는 빼도 박도 못할 노릇이었다. 이러지도 못하고 저러지도 못하고 그야말로 진퇴양난이었다. 처음부터 빠져나올 수 없는 미궁에 갇힌 꼴이었다. 배가 고프고 묶인 팔목이 시렸다. 하지만 지금 그게 대수가 아니었다. 어떤 묘책을 찾아서 이 소굴을 빠져나가야만 했다.

자신의 천명을 모르면 군자가 아니다. 내가 할 수 있는 일과 할 수 없는 일을 알아야 자신의 길을 개척해 갈 수가 있다. 무턱대고 나부대다가 횡액을 당하고 제 명에 죽지 못하는 것이다. 만물의 영장이라는 사람으로 태어나서 얼마나 우매한 종말인가. 아무리 생각해도 자신은 이렇게 죽을 사람이 아니었다. 때를 잘못 만난 관계로 크게 성공할 사람도 아니지만 이렇게 꺾일 운명은 아니었다. 정명(正命)이야말로 그가 원하는 삶이었다. 그런데 이 무슨 곤액(困厄)인가.

"흐흠!"

태을이 전전긍긍하고 있을 때, 두목이 밖으로 나오며 헛기침을 했다. 욕정을 채웠으니 이제 부하들이 있는 곳으로 가볼 모양이었다.

"이놈! 아직도 내 사주를 못 찾아냈느냐?"

"찾아냈소."

순간적으로 태을의 뇌리에 기지가 스쳤다.

"오, 그래?"

"그렇소."

"거 듣던 중 반갑구나. 오늘 큰 경사가 났어. 이제껏 못 찾아먹던 생일밥을 찾아 먹게 되었으니 말이다. 어서 일러다오."

두목이 다가서며 물었다. 언행으로만 보아서는 도무지 진심이 무언지 속내를 파악할 수 없었다.

"대인!"

처음으로 태을의 입에서 높여 부르는 호칭이 나왔다.

"왜 그러느냐?"

"대인께서는 힘이 장사이십니다."

"아무렴."

"한 주먹으로 이녁을 쳐서 목숨을 끊어놓으시오. 그러면 뒤에 대인의 사주를 찾아드리겠소."

"오, 그래? 그야 어려울 게 없지. 그 고목나무라도 한 방에 쳐 쓰러뜨리라면 넘길 수 있지."

두목은 정말 주먹을 말아 쥐었다. 절구공이만한 주먹을 들어올린 두목이 잠시 머뭇거렸다. 아무래도 이상한 말이었다.

"이 주먹을 맞고 죽으면 어떻게 사주를 일러주겠느냐?"

앞뒤 안 가리고 주먹을 쓰려다가 거기에 생각이 미친 것이다.

"귀신이 일러주지요."

"뭐라고?"

"대인도 모르는 대인의 사주를 누가 알겠소. 그걸 안다면 귀신이오. 그러니 이녁을 귀신으로 만들어 주시오."

듣고 보니 이치에 맞는 말이었다.

"으하하하. 너 이놈! 쓸 만한 모사꾼은 되겠구나. 장차 내 수하로 쓰겠으니 어서 방으로 들어가 있어라. 여자는 선물이다. 오늘밤 하루는 마음껏 취해도 좋다."

몸을 풀어주며 두목이 대차게 나왔다. 비록 산적두목이지만 사나이 중의 사나이였다. 지모를 알아주는 것도 그렇고 자기 여자를 허락하는 것도 그랬다.

"여자보다는 밥이 더 필요하오."

"방에 들어가면 둘 다 배부르게 취할 수 있지."
'그놈 장군감이로군.'
어둠 속으로 사라지는 두목의 뒤태를 보며 태을이 속으로 되뇌었다.

귀틀집은 커다란 방 하나로 되어 있었다. 짐승의 기름으로 불을 밝힌 방 안에 들어서자, 아직 벗은 채로인 여자가 부끄럼도 타지 않고 앉아 있었다. 고개를 돌린 건 태을 쪽이었다.
"골샌님이신가 봐. 뭐하고 있어. 이리 오잖구서."
여자가 추파를 던져왔다. 두목과 질펀하게 살을 섞고 난 직후였다. 아직 두목의 체액이 샅에 흘러내리고 있을 것이었다. 한데도 여자는 태을을 품 안에 끌어들이고자 했다. 두목의 허락이 있었는데 뭘 망설이느냐는 것이었다.
태을은 여자의 얼굴을 주시했다. 미인은 아니었지만 놀랍게도 정숙한 여인의 상이었다. 이런 도적의 소굴에서 분탕질하고 있을 여자가 아니었다.
말못할 사연이라도 있을 게다.

태을은 당나라 때의 음녀 하간(河間)의 여인이 상기되었다. 하간의 여인은 정조가 굳은 여자였다. 왕족으로 처녀시절에는 바깥출입을 삼가면서 수예나 바느질을 했고, 결혼하고서는 남편을 깍듯이 섬겨서 주위에 정숙한 여인의 귀감이 되었다.
당시 사회풍속은 적당히 즐기는 걸 묵인하는 분위기였다. 시집 친척들 가운데 풍류를 좋아하는 여인네들이 많았다. 그녀들은 하간의 여인의 정숙함이 여간 못마땅한 게 아니었다. 어떻게 해서든 하간의 여인으로 하여금 다른 남정네와도 교분을 트고 지내게 하려고 애썼다.

하지만 하간의 여인은 일언지하에 거절했다. 하간의 여인은 친척들을 경원해버렸다. 그리고는 안방에 틀어박혀 지냈다. 시어머니는 며느리가 너무 집안에 틀어박혀 있는 게 안타까웠다.

"애야, 친척들과 어울리도록 해라. 적당히 바람도 쐬고."

친척들이 꾀를 냈다. 가까운 절로 야유회를 가자고 졸랐다. 하간의 여인은 거절하다가 어떻게 해서 동행하게 되었다. 절은 빼어난 풍광의 연못으로 둘러싸여 있었다. 연못 속에는 잉어떼가 노닐고 있었고 하간의 여인은 고기밥을 던져 주며 모처럼 흥겨워했다. 친척들은 서로 눈짓을 주고받으며 오늘의 모사가 잘될 것 같다고 수군댔다. 아무것도 모르는 하간의 여인은 마냥 즐거웠다.

드디어 점심때가 되었다. 방 안에는 걸게 상이 차려져 있었다. 식사가 진행되는 동안 시중드는 여자들이 노래와 춤으로 흥을 돋웠다. 하간의 여인은 자신도 모르게 한껏 기분에 취해 있었다. 이때 창문 뒤에 숨어 있던 남자 하나가 뛰쳐나왔다. 그는 친척들이 미리 숨겨두었던 호남아였다. 여자를 다루는 솜씨가 뛰어난 사내이기도 했다. 사내는 냅다 하간의 여인을 덮쳐버렸다.

"이게 무슨 짓이오!"

하간의 여인은 기겁하며 몸을 빼려고 안간힘을 다했다. 그러나 남자의 억센 품 안에서 빠져나올 수는 없었다. 소리쳐서 도움을 청해 봐도 이미 모두가 자리를 비켜버린 마당이었다.

"내가 부인에게 다른 세계가 있다는 걸 보여드리리다."

남자가 말했다. 하간의 여인은 계속 몸을 빼내려 하면서 남자의 얼굴을 쳐다봤다. 순간 하간의 여인은 그만 맥이 풀려버렸다. 남자는 수려한 용모를 지닌 젊은이였고 겁탈이나 할 것 같은 사람은 아니었다.

젊은이가 하간의 여인을 침실로 안아갔다. 그리하여 하간의 여인은 울며불며 일을 치렀다.

"내가 어찌된 거죠?"

하간의 여인은 어느새 울음을 그치고 숨을 가쁘게 쉬었다. 그녀는 자기 쪽에서 더 적극적으로 나왔다.

"이처럼 좋은 걸 내가 왜 몰랐다지요?"

하간의 여인은 남자에게 폭 빠져버렸다.

친척들이 저녁식사를 먹으라고 불렀다. 그러나 그녀는 침실에서 나올 줄을 몰랐다. 저녁을 마친 친척들이 마차에 말을 매고 돌아갈 때가 되었다. 하간의 여인에게 함께 돌아가자고 했다.

"저는 안 돌아가겠어요. 그 재미없는 남편한테 돌아가느니 차라리 여기서 죽겠어요."

하간의 여인은 고집을 부렸다. 도리 없이 친척들만 돌아가고 다음 날 남편을 대동하고 와서 함께 돌아가자고 했다. 하간의 여인은 버티고 버티다가 마지못해 집으로 돌아왔다. 집으로 온 그녀는 두문불출하며 남편이고 시댁식구들이고 다 몰라라 했다. 그러면서 궁리를 짜냈다. 남편을 죽이고 외간남자를 끌어들여야겠다는 속셈이었다.

그녀는 남편을 불렀다.

"제가 병이 든 듯해요. 무당을 불러 굿을 하게 해주세요."

"알겠소, 부인."

"큰굿을 해주셔야 해요. 아주 요란하게."

남편이 무당을 불러 굿 준비를 하는 동안 하간의 여인은 사람을 궁중으로 보내 천자에게 고해 바쳤다.

"남편이 무당을 불러서 무엇인지 무서운 일을 꾸미고 있습니다. 제 목숨이 위태롭습니다."

천자는 왕족인 하간이 위험에 처했다고 하자 급히 사람을 보내 사실을 확인했다. 과연 무당을 불러들여 굿판을 벌이고 있었다. 천자는 하간의 남편을 붙잡아들여 자초지종도 묻지 않고 체형을 가해 죽였다. 하간의 여인은 남편상을 당하자 기다렸다는 듯이 절에서 만난 남자를 끌어들여 대낮에도 침실에서 살았다. 상복 같은 건 아예 쳐다보지도 않았다.

1년이 지나자 절에서 만난 그 정력 좋은 남자는 기력이 쇠약해져서 더 이상 하간의 여인을 만족시켜 줄 수 없게 되었다. 그러자 그녀는 그 남자를 내쫓아버리고 다른 한량들을 불러들여 바닥 없는 쾌락의 늪에 빠져들었다. 그러나 육욕의 불은 끌 수 없었다. 그녀는 커다란 주점을 열고 술집에 모여드는 호남아들을 점찍어서 그들과 어지러운 관계를 맺기 시작했다. 하루에도 여러 명의 남자가 필요했다.

하간의 여인에 관한 소문은 온 나라에 퍼졌다. 사람들은 믿지 않았다. 그처럼 정숙한 여인이 그럴 리 있겠느냐는 거였다. 그러다 사실을 전해들은 사람들은 그녀를 재수 없는 여자로 치부하고 말았다. 정숙하던 여인이 일약 음녀(淫女)로 변한 것이다. 몸을 함부로 굴린 그녀는 결국 병을 얻어 세상을 뜨고 말았다. 정숙하던 그녀가 이런 말로를 걸을 줄은 아무도 몰랐다.

이 여인도 그런 것인가.
이 도적의 소굴에 있는 유일한 여인이었다. 건장한 사내들이 예닐곱이나 되었다. 두목은 맘에 드는 부하에게 여인을 빌려주곤 했다. 여인도 그런 생활에 길들여졌다. 그리고 오늘은 바야흐로 입냄새 나는 산적들이 아닌 깎은 샌님과 어우러지게 될 판이었다. 그러나 태을은 전혀 생각이 없었다. 길에서 지낸 지 오래라 여체가 그립기는 했다. 그러나 태을은 아무 여자나 상대하는 사람이 아니었다. 구도하는 삶을 사는 그였다. 절집이나 토굴에 틀어박혀서 구하는 도가 아니고 길 위에 올라서 구하는 도였다. 이런 구도행각이 스님의 그것에 비해 결코 아랫자리라고 여겨지지는 않았다.

"시장하오. 먹을 것을 좀 가져다주겠소?"

여인은 태을의 말을 들은 체도 하지 않았다. 앉은자리에서 몸을 뒤채더니 이내 곯아떨어져 버렸다.

태을은 도리 없이 찬장을 뒤져서 이것저것 가져다가 배를 채웠다. 고기와 떡도 있었다. 배를 채우고 나니 나른했다. 그는 통나무 벽에 기대고 앉았다. 깊은 밤 산적들의 소굴에 붙잡혀 있는 신세가 한없이 처량했다. 두목은 알고 있었다. 이 밤중에 감히 달아날 엄두를 못 낼 거라는 걸. 길이 끊어진 골짜기일 뿐더러 언제 산적이 나타나 뒷덜미를 낚아챌지 모르는 소굴이었다. 자기 여자를 허락한 건 일찌감치 체념하라는 주문이기도 했다.

제갈량은 유비를 돕고 한신은 유방을 돕고 무학은 이성계를 도왔건만 진태을은 고작 산적의 두목을 돕고 살라는 팔자인가.

밖에서 저벅저벅 발자국 소리가 들려왔다. 산적들이 돌아오고 있었다. 태을은 예측할 수 없는 미래 때문에 몸이 움츠러들었다.

"어서 들어가게."

두목의 목소리였다. 막 함부로 상대하는 부하에게 하는 말은 아니었다. 태을은 긴장했다. 역시 누가 찾아온 모양이었다. 직감적으로 귀인일 거라는 생각이 들었다.

"근사한 집까지 지었군요."

청량한 목소리였다. 산적들의 우렁우렁하는 목소리와는 격이 한참 달랐다.

방 안에 들어서는 사람은 단아한 인상의 사내였다. 무사의 복장을 하고 있었고 눈빛에서 쇳소리가 날 듯했다. 태을은 첫눈에 반가움부터 앞섰다. 그것은 사내 쪽, 그러니까 무성거사 쪽에서도 마찬가지였다. 두 사람은 첫 만남의 순간부터 상대에게서 강한 흡입력 같은 걸 느끼고 있었다.

"아는 사이들인가?"

서로를 빨아들일 것처럼 응시하고 서 있는 두 사람 사이에 두목이 끼어들었다.

"형님, 이 분은 내가 찾고 있던 분이시오."

무성이 태을에게 다가가 대뜸 손을 부여잡았다.

"저를 찾아오시려다 이리 왔던 거군요."

무성은 다정하게 알은 체를 했다.

"… 하루 늦게 가면 또 어떻소."

초면강산(初面江山)에 생급스런 진전이었으므로 태을은 뜨악한 표정을 지었다. 그러다 재빨리 그렇게 둘러 받아치면서도 답변했다. 사내의 눈빛에서 어떤 묵계 같은 게 감지되었기 때문이었다.

"하핫! 이거 오늘은 한밤중에 벗들을 만났구나. 얘들아, 술 가져 오니라. 우리 귀틀집에도 경사가 나는 날이 다 있구나."

귀틀집은 곧 먹고 마시고 떠드는 소리로 흥청거렸다. 그들은 밤새 마시다가 새벽녘에야 아무렇게나 쓰러졌다. 통나무처럼 나동그라져서 대들보가 휘청거리도록 드르릉 크르릉 코를 골아댔다.

"형님, 문명세상이 돼가는 판에 꼭 이리 살아야 쓰겠소? 흩어져서 한세상 조용히 살아가십시다."

늦은 아침에 무성이 두목을 꼬드겼다. 두목은 붉게 충혈된 눈을 두

꺼비처럼 껌벅이기만 했다.

"곧 이 산중에도 외풍이 불어닥칠 것이오."

이번에는 태을이 나섰다.

"무슨 말인지?"

그제야 두목이 입을 열었다.

"조정은 지금 왜놈들의 내정간섭으로 골머리를 앓고 있소. 왜놈들은 곧 흑심을 가질 것이오. 그렇게 되면 이런 산중생활이 도리어 위험하오."

태을이 확신에 찬 어조로 말했다.

"흑심이라면?"

무성이 물었다.

"침탈을 말함이오."

"짐작은 하고 있었소만 정말 그리되면 이거 큰일이군요."

무성이 구들장이 꺼지라고 한숨을 토했다.

"힘이 없어놓으니 나라가 이 모양이지. 에잇, 그때 둘러엎었어야 했거늘."

두목이 퍽퍽 가슴을 쳐댔다. 그때란 갑오년 동학농민운동을 가리켰다. 엉성한 옷매무새로 거친 가슴이 드러났다. 불에 탄 검불 같은 털이 부슬부슬했다.

"형님, 우리는 이 땅의 지킴이가 돼야 합니다. 부끄러운 짓 그만 청산하고 때를 기다리며 힘을 모읍시다."

이야기가 급전되었다.

"잡배들 몇몇으로 어떻게 신식군대를 상대해. 나도 오죽하면 이 짓 해서 먹고살겠어. 울분 때문에 그런단 말이지."

두목은 동학전쟁의 패배를 곱씹고 있었다.

"형님, 재를 넘어 경북 영덕땅에 가시오."

"영덕은 왜?"

"신돌석(申乭石) 장군을 찾아가시오."

"신돌석을?"

"그렇소. 장차 큰일을 도모할 분이시오. 이 일대 지킴이들이 속속 영덕으로 모여들고 있다 하오. 나도 봉기가 있으면 즉각 합세할 것이오."

무성은 힘주어 말했다. 무성은 장황한 말을 늘어놓지 않고도 듣는 이를 그 자리에서 설복시키는 재주가 있었다. 첫인상부터 그랬지만 무성은 의협심이 강한 사람이었다. 무성에 대해서 아는 게 전혀 없는 태을이었다. 그러나 분명한 건 태을에게 무성은 귀인이라는 사실이었다. 귀인도 보통 귀인이 아니었다. 곤경에 처한 태을을 건져준 건 물론이거니와 나라를 생각하는 충정도 그랬다.

한낮에 무성과 태을은 귀틀집을 나섰다. 두목과 산적 일행은 훗날을 기약하는 말로 두 사람을 배웅했다.

태을은 무성과 격의 없는 이야기를 나누며 산길을 걸었다. 나이도 동년배여서 서로 벗할 수 있는 입장이었고 뜻도 높았다. 두 사람은 어느새 말을 텄다. 서로를 인정했을 때 사나이들은 곧 한마음이 되는 법이다. 그것이 호남아의 세계였다.

"내, 첫눈에 보니 진형은 현인이었소."

"그래서 알은 체했구려. 관세음보살이 따로 있겠소? 무성이 바로 내 관세음보살이오."

두 사람은 소리 내 웃었다.

"진형이 산을 보시니 묻는 얘기오만, 인물은 태어난 곳의 산세나 조상의 음덕을 입고 출현한다 했지요. 이처럼 나라가 어려운 때, 도적들이 많이 나는 건 왜요?"

"그야 나라의 근간이 흔들리니 백성들이 자포자기한 때문이겠지요. 이런 세상에 착하게 살면 남 좋은 일 하는 것밖에 더 되겠소?"

"그래도 본바탕이 선량한 사람은 절대 도적이 못 되는 것 아니오?"

"물론이오. 굳이 풍수적으로 본다면 도적도 땅의 기운을 받기 때문에 나오는 것이오. 장군대좌 패검형(將軍對坐 佩劍形)이라는 길지가 있다오. 말 그대로 장군이 칼을 차고 앉아 있는 형상의 대지인데 묘의 좌우에 칼 모양의 바위가 있게 마련이오. 이처럼 칼바위까지 갖춰진 명혈에는 정혈에 제대로 묘를 쓰면 분명 장군이 나오지요. 하지만 이 기법에 조금만 어긋나면 큰 도적이나 칼잡이들이 나와 집안을 망치는 예가 있소."

"후훗, 하다면 우리 같은 지킴이는 선영 묘를 잘못 비켜 썼나보군." 무성이 무렴한 듯 머쓱하게 웃었다.

"그럴 리야 있겠소. 무성은 장군감이시오."

태을은 진지한 표정으로 말했다.

무성이야말로 무예를 바르게 쓰는 위인이었다. 장군이었으면 장군이었지 도적이나 강도는 아니었다. 장군대좌형 묘를 잘못 쓴 사람이 있다면 아마 황보의 경우가 될 것이다. 태을은 태어난 날짜도 모르는 황보의 선조가 과연 그런 대지를 찾아 묘를 썼을지 의심스러웠다. 그러나 우연히 쓴 묏자리가 장군대좌형일 가능성은 얼마든지 있었고, 그 묘리(妙理)를 알지 못했으니 비껴 썼을 수도 있다.

풍수에서는 절대 우연이라는 게 없었다. 개천에서 용 났다는 말이 적어도 풍수에 비춰서는 있을 수 없는 말이었다. 부지불식간에 용이 날 자리에 묘를 썼으니 용이 난 것이다.

무성의 처소는 직지사(直指寺)의 범종소리가 여리게 들리는 작은 산촌이었다.
　"무성, 이곳보다는 도리사(桃李寺)가 나을 것이오."
　"왜 그렇소, 태을."
　"도리사는 힘을 기를 만한 터요. 냉산의 웅장한 산세가 그렇게끔 되어 있소. 지금은 쇠락했지만 과거에는 역사(力士) 승려들이 맹위를 떨친 곳이오."
　"중들이 힘으로 맹위를 떨쳐서야?"
　"무성도 그렇게 말할 줄 아시오?"
　"하기야 임진란 때는 승병들도 있었소만."
　"이 세상에 힘이 없고 되는 일은 아무것도 없소. 참선도 힘이 있어야 하는 것이오. 힘없는 중은 수마(睡魔)에 굴복해 졸다가 끝장나는 것이오. 공부도 그렇고 세상만사가 다 그렇소. 그 힘을 제대로만 쓰면 되는 것 아니겠소."
　"태을, 내 너무 부끄럽소. 어서 도리사로 가십시다."
　그렇게 해서 두 사람은 도리사로 향했다. 태을은 곧 떠나야 했지만 무성은 오랫동안 도리사에 묵었다.

　1906년 병오년 6월, 신돌석이 경상도 평해에서 의병(義兵)을 일으키고 문경새재 등지에서 활약할 때 무성은 힘을 보탰다. 물론 산적두목 황보 이하 부하들도 신돌석 부대에 합류했다. 그들이 합세한 신돌석 부대는 뛰어난 전략과 돌발적 공격력으로 영남 일대를 주름잡았다. 그러나 거액의 현상금에 눈이 먼 고종사촌의 유인책에 걸려든 신돌석이 1908년 11월 어이없이 살해되자 의병들의 기세는 꺾였다. 그리고 그들은 모두 일본군의 대토벌에 비참한 최후를 마쳤다.

신돌석의 고종사촌은 술에 취해 잠든 신돌석을 도끼로 내리쳐 목을 잘랐다. 그리고 일본 헌병대에 바치며 현상금을 요구했다.

"이 사람 보게? 누가 산 신돌석을 원했지 죽은 신돌석을 원했나?"

고종사촌은 돈 한 푼 만져보지도 못하고 분을 삼켰다. 어리석은 자의 바보짓이었다.

일본군 수비대와 헌병들은 잔인한 방법을 다 동원했다. 의병과 선이 닿는 마을 수백 군데가 초토화되었다. 마을을 불지르고 닥치는 대로 사람을 죽였다. 의병들은 산으로 숨어들었다가 일본군 토벌대에 맞서 몸을 던졌다. 무장도 제대로 돼 있지 않은 의병들이었다. 처음부터 패배는 예정돼 있었다. 하지만 노예로 사느니 차라리 싸우다 죽겠다는 비장한 각오로 다져진 그들이었다. 그들은 풀잎처럼 베어져 조국 땅에 흙 보탬이 되었다. 그 가운데 하나가 진태을의 아우였다.

무성은 몇 안 되는 살아남은 사람 가운데 하나였다. 그는 힘없는 백성의 설움을 뼈저리게 느꼈다. 울분에 못 이겨 개죽음을 할 수는 없었다. 그는 냉산 도리사로 돌아와 전통무예를 전수하기로 했다. 그러나 한일합방이 되자 이 땅은 왜놈들의 세상이었다. 무성은 실의에 빠져 술로 나날을 잊으려 했다. 그때 힘이 된 사람이 태을이었다.

"이 사람 무성이, 이러려면 차라리 그때 목숨을 던지지 뭣하러 살아남았는가? 일본군 한 놈이라도 잡아죽이고 같이 죽었으면 억울하지나 않지."

"내 지금 그걸 후회하고 있네."

"아닐세. 이대로 우리 민족이 끝장나지 않는다네. 머잖아 나라를 되찾을 날이 있을 걸세. 우리가 못 봐도 우리 후대에는 새 세상을 볼 게야. 그때를 대비해야지 않겠나?"

태을은 자신이 역학으로 깨친 미래를 열어 보였다. 아직 자하도인을 만나기 전이었고 몇몇 비기(秘記)나 비법을 터득하기 전이었으므로 소박한 수준이었다. 그렇거니 대략적인 미래는 이미 웬만큼 짐작하고 있던 태을이었다.

무성은 태을을 믿었다. 그리하여 다시 일어섰다. 한때나마 나약한 모습을 보인 게 여간 부끄럽지 않았다. 그는 이 땅 지킴이의 혈맥을 이은 헌헌장부(軒軒丈夫)였다. 지킴이마저 좌절하면 어느 누가 이 땅을 되찾자고 할 것인가. 지금은 너무 보잘것없는 힘이지만 그걸 다독거리고 키워야 할 일이었다.

"나, 만주로 갈까 하네."

"왜 그 멀리까지 가려는가?"

"독립운동하는 지사들이 그곳으로 모여들고 있다네."

"나도 아네. 하지만 자네는 이 땅에서 떠나지 말게. 이 땅의 기운을 온몸으로 받아내게. 그게 바깥에서 지내는 것보다 나을 걸세. 당분간 이 땅은 최악의 상태로 빠져들 것이네. 그렇다고 모두 이 땅을 빠져나가면 어느 누가 지킬 것인가. 빈집에도 등불을 켜둬야 하는 것이네. 그래야 나중에 돌아올 사람이 와서도 쓸쓸하지 않네. 자네가 작은 등불이 되게나."

무성은 태을의 뜻에 따랐다. 그는 도리사에 남아 스님들에게 수벽치기를 가르치기로 했던 것이다.

그리고 어언 30년의 세월이 흘렀다. 이 밤, 도리산 산방에서 차 한 잔을 나누고 있는 태을과 무성거사는 이렇듯 자그마치 30년 우정을 쌓아온 관계였다. 둘은 서로 막힘 없는 이야기를 나눴다. 옆자리에 태을의 제자 득량이 배석해 더 뜻 깊은 밤이기도 했다.

"이 아이에게도 전통무예를 가르쳐주게."

"내일부터 시작해 보세."

태을은 이곳 도리사에서 겨울을 나기로 했다. 어차피 해동이 되기 전까지는 오래 지속할 수 없는 산행이었다. 이 기회에 득량의 심신을 단련시키는 것도 유익할 것 같았다. 태을 자신도 무성에게 익힌 전통무예의 덕을 많이 보고 있었다. 특히 위급할 때 장검 대용으로 죽장을 휘두를 수 있게 된 것은 든든한 호신술이었다. 그러나 호신술보다 더 중요한 건 전통무예에 어려 있는 민족의 얼이었다. 태을은 그 얼을 득량에게 불어넣어 주고 싶었던 것이다.

11
동기감응의 숨은 이치

수련

"오른손을 아래로, 왼손을 위로 이렇게 맞잡아 포개어 보게. 무슨 모양이 되었는가?"
"태극입니다."
"맞았네. 태극이 양손에 담겨 있네. 곧 우주가 담겨 있지. 수벽치기란 말 그대로 손바닥을 부딪쳐서 몸을 강건하게 하는 운동이네. 반드시 자신의 몸끼리 부딪쳐야지 다른 사람과 부딪쳐서는 아니되네. 타인과의 경쟁심을 발동하지 않은 채, 내적 수련에 치중하기 위함이네. 몸의 중심선에서 손바닥을 마주치는 순간 소리와 빛이 발생한다네. 이 소리와 빛이 바로 활기(活氣)라네. 이 활기로 능히 못할 게 없다네."
 절 뒷산 오른쪽 소나무숲 속, 무성거사가 득량에게 무예를 가르치느라 여념이 없었다. 맨발로 힘차게 땅을 디딘 두 사람은 하나, 둘,

셋 구령을 붙여가며 손뼉치기에 열중한다. 위아래치기, 앞뒤치기, 손날, 반날, 고드기, 주먹질, 잽이, 찜기, 쏘기 등 다채로운 손동작이 펼쳐진다. 수벽치기란 칼이 없는 상태에서의 칼쓰기와 같은 운동이었다. 이때 손은 곧 칼이 되는 것이다.

"합장과 수벽치기는 본래 한 동작이다."

산에서 내려온 득량에게 태을이 일렀다.

"합장도 칼을 의미합니까?"

"아니다."

"하오면?"

"합장은 몸과 마음, 더러움과 깨끗함이 함께 만나 화합하고 기원하는 뜻을 담고 있느니. 수벽치기 역시 그런 종교성을 지닌다. 다만 오랜 수련을 통해 무예의 경지에 이르는 것일 뿐."

"놀랍네요, 선생님."

수벽치기와 쌍벽을 이루는 전통무예 택견 역시 살생과는 거리가 멀었다. 이 땅 사람들의 전통무예가 살생에 목적이 있는 게 아님은 잘 알고 있었다. 그러나 우주의 이치를 깨치며 궁극적으로는 초극으로 나아가려는 적극성은 놀라운 정신이 아닐 수 없었다. 이 땅 사람들에게 종교 아닌 건 아무것도 없었다. 땅도 바람도 물도 모두 종교였다. 삶과 죽음의 다리 가운데서 만나게 되는 세상 모든 만사가 다 종교였다.

득량은 새뜻함과 놀라움으로 가득 찼다. 무엇이든 종교로 바꿔낼 수 있는 이 땅 사람들의 숭고한 정신은 얼마나 위대한 것인가. 그러나 그 숭고한 종교성은 외세에 의해 눌리고 깨지고 뒤틀렸다. 어떤 완성된 양태로 발전하기 전에 망가졌다. 주변국가들이 하늘을 꿈꾸는 순한 양 한 마리를 내버려두지 않기 때문이다. 평화를 위해서는 그 평화를 유지할 만한 무력이 반드시 필요한 것인가. 만일, 그런 무력을 지녔다면 굳이 종교성으로 귀의할 필요가 있을까. 그 무력으로 다른 나라를 정복하여 현실적인 이득을 취하면 제국이 되는 것 아닌가.

득량은 국력을 키운 제국이냐, 숭고한 종교성을 지닌 조용한 나라냐를 두고 사색해 보았다. 세상은 혼자 사는 곳이 아니다. 세력싸움을 걸어오는 불순한 힘은 언제나 있다. 그것들과 맞서며 자신의 이상을 펼쳐나가야 하므로 더욱 어려운 세상이다.

동양의 현자들은 인간의 본성이 선하다고 말한다. 그 선한 본성이 천리(天理)인데 천리를 존중하고 인욕을 억누르는 것이 성인의 공부라 했다. 그런데 그런 사람들을 악한(惡漢)이 장악하면 어떻게 되는가. 선에 길들여진 사람들을 너무도 쉽게 취하는 꼴이 아닌가. 그래서 등장한 것이 《음부경(陰符經)》이요, 《군주론》이다. 세상은 서로 뺏고 잡아먹으려는 도적들끼리 팽팽한 긴장감으로 이뤄진 질서체계라는 사고방식이었다. 권력의 속성을 솔직히 드러내고 군주가 국가를 통치, 유지하기 위해서는 무엇보다도 권력에 대한 의지와 야심과 용기가 있어야 하며, 필요하면 불성실하고 몰인정하며 잔인해도 무방하고 종교까지도 이용해야 한다고 주장한다. 얼마나 피부에 와 닿는 논리인가. 요순처럼 권좌를 사양한다거나 맹자처럼 인간의 본성이 선하다고 고상을 떨다가 불온한 세력에게 나라를 뺏겨버리는 것이다. 이 지상에 과연 무력 없이도 이룰 수 있는 이상세계가 존재할 수 있을까.

득량은 회의적이었다. 그 자신이 지기가 센 도리사에 머물며 무술을 익히면서 무력의 필요성을 절감했다. 부당한 폭압으로부터 자신을 지켜낼 만한 최소한의 힘은 항시 비축해 둬야 하는 것이다.

봄이 올 때까지 득량은 수벽치기를 연마했다. 대중스님들과 함께 이른 새벽공기를 마시며 몸을 단련했다. 스승 태을의 말대로 이 냉산 터가 힘을 기르기에 알맞기 때문일까. 무성거사를 비롯한 대중스님들의 수벽치기는 벌써 맨손으로 칼을 대신할 정도였다. 그만큼 그들의 손에는 힘과 날램이 들어가 있었다. 득량의 수벽치기는 그들에 미치지 못했지만 자신의 몸 하나 돌볼 정도는 되었다. 더구나 득량은 기골이 장대한 청년이었다.

도리사는 큰 배가 물에 떠 있는 형국이었다. 이 땅에서 불교가 공인되기도 전에 아도화상이 이곳에 들어와 포교를 하게 된 까닭도 알고 보면 지세의 힘을 빌려 포교를 하려 한 것이다.

이 일대의 산들은 맥이 힘찬 것으로 유명하다. 태백산맥의 기운찬 맥과 직접 닿아 있기 때문이다. 예로부터 영남 인물의 반은 이곳 선산 지역에서 난다는 말이 있는데 그것은 다 산세의 영향을 받기 때문이었다. 인걸지령인 것이다. 도리사의 스님들도 산세의 영향을 받았다. 그들은 힘이 장사들이어서 인근 마을사람들의 두려움의 대상이 되었다. 머리 깎은 수행자들이지만 그 수가 많다보면 더러 왈패가 있게 마련이었다.

왈패스님도 필요하다

조선조 초기 때까지도 도리사에는 수백 명의 스님이 있었다. 공교롭게도 그들은 두 부류로 나뉘었다. 밤낮 불도에 정진하는 부류와 인근 마을에 내려가 작폐를 일삼는 무리가 한 도량에서 같이 지냈던 것이다.

괴력을 지닌 젊은 중 도철이 왈패들을 이끌고 있었다. 도철의 법명은 도행(道行)이었다. 그런 도행이 도철로 불리게 된 것은 그의 못된

행실 때문이었다. 도철(饕餮)이란 성질이 포악하고 먹기를 잘하는, 용이 못 된 상상 속의 괴물이었다.

도철은 염불이나 참선에는 전혀 관심이 없었다. 머리만 깎았다 뿐이지 백정보다 못한 잡놈이었다. 왈패들을 데리고 다니며 주막에서 살다시피 했고 걸핏하면 제 쪽에서 먼저 시비를 걸어 싸움을 붙었다. 이 도철이한테 걸려들면 누가 됐건 학질을 뗐다. 노인이건 아낙네건 인정사정 두지 않고 두들겨 팼다. 겁탈마저 서슴지 않았다. 집에서 기르는 짐승도 도철의 눈에 띄면 온전치 못했다. 기분 내키는 대로 잡아다가 된장 발라 구워 먹어치우는 버릇이 있었던 것이다.

"마구니를 때려 뉘려면 심을 길러야 카는 기라."

남의 집짐승을 구워 먹으면서 언필칭 하는 말이었다. 그랬으니 마을사람들의 원망이 대단했다.

"니기미, 누가 마구닌 줄 모르겠네."

"저런 게 무슨 중이야. 도둑질해 고기 먹고 아녀자 겁탈하니. 에잇, 나라 망할 징조로세."

"어쩌누. 방장스님한테 일러봤댔자 무슨 조홧속인지 외눈 하나 깜짝하는 법이 없다 아이가?"

"절터가 너무 세서 그렇다는구먼."

도철이 떠나면 사람들이 뒤꼭지에 대고 손가락질을 하며 눈을 흘기고 입을 삐쭉거렸다. 그뿐, 도철 앞에 함부로 나설 수는 없었다. 그랬다가는 두고두고 해코지를 일삼았다.

도철은 힘이 장사여서 바위를 들어 내던질 정도였다. 풍 좀 떨어서 통돼지 한 마리를 앉은자리에서 해치운다는 말이 있을 만큼 닥치는 대로 먹어치우는 데서 그런 괴력이 나왔다. 배가 부르면 먹은 게 얼른 내려가라고 배 위에다가 절구통만한 돌을 올려놓았다. 그러고도 씩씩

보통으로 숨을 쉬었다. 그래서 도철이는 사람이 아니라는 말이 나돌았다. 언젠가는 멧돼지를 만났는데 정면으로 맞서서 그 힘 좋은 멧돼지의 허리를 부러뜨렸다. 그 사건은 사람들의 입을 딱 벌어지게 만들어 놓았다. 도철이를 따르는 왈패들도 모두 장사들이었다. 했으니 도철의 무리가 나타나면 막을 재간이 없었다.

인근 주막에는 아예 도철이와 왈패들을 위해 따로 논다니를 들여놓고 있었다. 안 그랬다가는 여염집 여자들까지 성하지를 못했다. 제 마누라나 진배없는 논다니가 있어도 가끔씩 마을 아녀자들을 건드리는 그였다. 하여튼 도철이는 희대의 괴물이었다.

"도철이가 내려온다. 뚝!"

송곡리는 물론 산양리, 월곡리, 금호리 등 인근 마을사람들이 우는 아이를 달랠 때 하는 말이었다. 오죽했으면 아이들조차 호랑이보다 더 무서워했을꼬. 하지만 도철이는 자신이 그렇게 군림하는 걸 대견하게 여겼다.

"표시도 안 나는 도는 뭣하러 닦고 앉았나? 내사 일찌감치 힘을 길러 바윗돌을 닦으련다."

도철은 법당에 나와서도 공공연히 지껄여댔다. 공부하는 학인스님들과 노장스님들이 한숨을 푹푹 쉬었다. 용 못 된 이무기 심술만 남았다더니, 도철이가 그랬다. 불도에 뜻이 없으면 절을 떠나면 될 일이었다. 한데 웬 작자가 행패 부리러 나갔다가도 꼬박꼬박 찾아들기는 잘도 찾아들었다.

"법당에서만이라도 구업(口業, 입으로 짓는 죄)을 쌓지 마라."

언제나 도철의 방패막이가 돼주는 방장스님이 타일렀다. 대중들에게 엄한 계율을 강조하는 방장스님이었지만 도철에게만은 관대했다. 도철도 그랬다. 주지스님은 물론 어떤 스님 말도 우습게 흘려버리고 마는 그였지만 노송처럼 허리 꼬부라진 방장스님 말씀만은 곧잘 들었다.

이상스럽게도 도철을 아끼는 방장스님이었다. 도철이를 사형으로 모시는 일부 왈패스님들을 빼놓고 주지스님 이하 모든 대중이 대놓고 경멸하는 도철이었다. 도철이는 이 유서 깊은 절의 혹이었다. 도철이만 없어져 준다면 흠잡을 데 없이 훌륭한 도량이었다. 도철이 때문에 더 늘 신도들이 늘지 않았다. 도철이야말로 절집에 사는 마구니였다. 오죽했으면 신도들이 관가에 고해바쳤겠는가. 하지만 방장스님이 빌다시피 하여 빼내왔다. 방장스님은 착실한 학인스님들보다 되레 도철이를 안고 돌았다.

"도철이 없으면 네깟 것들도 없느니."

주지스님은 그런 방장스님이 못마땅했다. 기회가 오면 중벌을 내릴 요량이었다. 주지스님은 대중들과 힘을 모아서 때를 대비하고 있었다. 자칫 잘못했다가는 절집이 남아나질 않을 거였다. 도철이놈에게 힘을 쓸 수 있는 여지를 사전에 봉쇄하는 묘책을 써야만 했다. 그러려면 도철이의 허를 찔러야만 했다. 도철이는 한 번 잠들면 여간해서 안 깨는 버릇이 있었다. 특히 전날 밤 포식하고 만취가 됐을 때는 여지없이 송장이었다. 그때를 노려야 했다.

때는 머잖아 찾아왔다.

어느날 저녁, 마을 장정들이 횃불을 들고 몰려들었다. 그들은 쇠스랑이며 몽둥이를 들고 있었다.

"도철이 이놈 나와라!"

절집마당이 꽉 찰 만큼 많은 장정들이었다. 도철이의 힘을 아는 그들이라 세를 모을 대로 모아왔던 것이다. 그들은 차제에 도철이놈을 병신으로 만들어 놓아야 한다고 결의한 마당이었다.

"웬일들이시오?"

주지스님이 어두운 얼굴빛을 하고 나왔다.

"글쎄, 소를 붙들어 가버렸소이다."

"뿐인 줄 압니까? 마을 아녀자들 몇도 안 보이는 것이 분명 도철이놈이 끌고갔을 거요."

"옴 가리지야 사바하!"

주지스님이 합장하면서 진언을 외웠다. 지옥을 깨뜨리는 진언이었다. 지옥이 따로 없었다. 도철이놈이 가는 곳이 바로 지옥이었다.

"어서 도철이놈을 내놓으시오!"

마을 장정들이 쇠스랑을 치켜들었다. 그들의 눈에는 불똥이 튀고 있었다. 금방이라도 나타나면 때려죽일 기세였다.

"그놈 아직 안 들어왔소."

주지스님이 말했다. 몰려나온 대중들도 아침부터 왈패들이 안 보인다고 말했다. 대중스님들의 말이 거짓말 같지는 않았다.

"숨기셨으면 뒤져서라도 요절을 내고 말겠소."

"찾아보자!"

장정들이 막 요사채 쪽으로 움직이려 했다.

"내 말 들으시오. 그놈이 어디 죄졌다고 숨을 놈이오?"

주지스님이 장정들에게 묻자 그들은 대답을 못했다. 도철의 성격상 절대 숨어들 위인이 아니었다. 술이나 퍼마시고 곯아떨어졌다면 모를까, 그렇지 않고서는 벌써 나와 맞섰을 거였다.

"또, 어디 내가 그깟놈을 숨겨줄 것 같소?"

주지스님의 그 말도 옳았다. 도철이놈 때문에 화병이 날 지경인 주지스님이었다. 그걸 익히 아는 마을 장정들이었다.

"어디로 숨었을꼬?"

"소와 여자들을 끌고갔으니 멀리는 못 갔을 게다."

"이 근방 골짜기를 뒤져보자."

장정들은 절집 마당에서 서성거리며 옥신각신했다. 그러다가 짚이는 데가 있던지 우르르 몰려갔다.

"스님, 미리 말씀드립니다만 그놈 붙잡히면 성치 못할 거요. 그런 줄이나 아시오."

진두지휘하는 청년이 자상하게 엄포를 놓고 떠났다. 몇몇 스님들도 합세하는 게 보였다. 주지스님은 말리지 않았다. 정말 아녀자들까지 납치해 갔다면 이건 인종지말(人種之末)이었다. 차라리 절집 문을 닫는 편이 나았다.

저들이 도철이놈을 잡을 수 있을까?

주지스님은 고개를 모로 저었다. 그렇게 호락호락 붙잡힐 놈이 아니었다. 도철이놈은 어쨌든 하늘이 낸 장사였다. 그놈이 머리를 깎아서 그렇지, 무과시험을 치르고 말을 태웠으면 장수도 그런 장수가 없을 터였다.

장정 일행이 도철이를 발견한 곳은 10리 밖 깊은 골짜기에서였다. 골짜기에서 전에 없던 불빛이 저녁내 보인다는 사람들의 말을 듣고 찾아가 보니 과연 도철이가 있었다. 장정들은 기가 질려버렸다. 도철이놈은 왈패스님들과 함께 소 한 마리를 통째로 구워먹고 있었던 것이다. 커다란 나무에다 사지를 매달아놓고 그 아래 장작불을 지펴놓았다. 군데군데 살점이 뜯겨져 있었다. 벌써 상당부분을 해치운 것이었다.

"옳아, 그놈들 냄새 한 번 잘 맡았구나. 어서들 오너라. 괴기는 얼마든지 있으니 어서 와서 포식들 허고 가거라."

덤불 위에서 계집까지 끼고 있으면서 도철이 하는 말이었다. 여유

만만이었다. 왈패들은 사뭇 달랐다. 황급히 계집들을 밀쳐내며 무기가 될 만한 것을 찾아 쥐고 나왔다. 장정들의 손에 쇠스랑과 몽둥이가 들린 걸 봤기 때문이다.

"이놈들아, 계집들을 놔주면 쓰나. 재미도 못 보고서."

도철이가 제 품에 낀 계집을 바짝 껴안고서 입을 맞춰 보이며 말했다. 그제야 왈패들은 오금이 저린 나머지 달아나지도 못하고 벌벌 떨고만 있는 계집들을 득달같이 붙잡아 꼈다. 도철이의 천연덕스런 말에서 어떤 노회한 꾀를 찾아낸 것이다.

"뭣들 하고 섰느냐? 어서 이리 와서 맘껏 뜯어먹어라."

도철이는 너무도 느긋했다. 되레 장정들을 나무라고 있었다. 그러는 도철이의 눈에는 강한 살기가 쏘아졌다. 벙시레 웃는 얼굴과는 딴판이었다. 얌전히 굴지 않으면 계집을 품 안에서 바숴버리겠다는 뜻이었다.

장정들은 허탈하기 짝이 없었다. 막상 도철이를 발견했건만 이렇게 나오니 몽둥이 한 번 휘두를 용기가 나지 않았다. 들고 온 쇠스랑으로 제 발등을 찍고 몽둥이로 제 가슴을 칠 노릇이었다.

"얘들아, 아무래도 우리가 자리를 비켜줘야 할 모양이다. 그래야 저 사람들이 예 와서 괴기로 시장기를 때우지."

너무도 기가 막힌 말이었다. 천하의 도철이가 아니고서는 감히 시늉도 못 낼 여유였다. 도철이는 계집을 앞세우고는 산을 내려갔다. 왈패들도 계집들을 방패막이로 해서 유유히 골짜기를 빠져나갔다.

"그 괴기 다 뜯어먹고 얌전히들 돌아가 기다리거라. 계집들은 내일 아침에 곱게 보내줄 테니."

도철이가 뒤에서 발만 동동 구르고 서 있는 장정들을 향해 외쳤다. 골짜기가 쩌렁쩌렁 울렸다.

동기감응의 숨은 이치 125

아침이 되자 여자들은 마을로 돌아왔다.
"당장 도리사로 쳐들어가자!"
장정들이 다시 도리사로 몰려갔다.
그때 도철은 제 방에 돌아와 늘어지게 늦잠을 자고 있었다. 왈패스님들도 세상모르고 잠에 빠졌다.
장정들이 몰려오자 주지스님은 그들을 진정시키고 묘책을 내놨다. 괜히 떠들다가 잠에서 깨어나면 일을 그르치고 말 테니 잠들어 있을 때, 동아줄을 가져다가 묶어내자는 것이었다. 그래서 어깨와 오금에 대나무침을 박으면 거짓말같이 힘이 빠져 달아날 거라는 거였다. 듣고 보니 묘책이었다. 아기장수설화에 나오는 그대로였다.
주지스님이 눈짓을 하자 대중들이 오래 전부터 준비해 놨던 여러 개의 동아줄과 대나무침들을 꺼내 왔다. 삼실로 엮은 동아줄은 황소도 꼼짝 못할 만큼 튼실했다. 대나무침들은 한 뼘은 족히 됨직했다.
"주지스님 심정 알 것 같습니다."
동아줄과 대나무침들을 본 장정들이 말했다. 오죽했으면 이런 걸 다 준비해 두었을까 싶었다.
"살생을 피하고 힘을 죽여놓자니 어쩌오."
주지스님을 대신해서 한 학인스님이 말했다.
"도철이 그놈 오늘이 작살나는 날이로군."
"무슨 말이야. 오늘에야 비로소 사람되는 날이지."
"허허허, 그렇군."
장정들은 만면에 여유가 생겼다.
동아줄을 잘라 묶기 좋게 만드는 작업이 끝났다. 드디어 도철과 왈패스님들이 곯아떨어진 방 안으로 잠입해 들어갈 때였다. 도철에게는 네 사람의 장정이, 다른 왈패들한테는 각 두 사람의 장정이 배당되었다.

"만일 깨어날 기미가 보이면 몽둥이로 다리를 내리쳐야 해."

그리하여 일부는 동아줄을 쥐고, 일부는 몽둥이를 들었다. 조용히 방문을 여니 술냄새와 뒤섞인 땀냄새가 진동했다. 주지스님의 명에 따라 놈들이 곯아떨어져 눕자마자 따뜻하게 방을 데워놓았기 때문이었다. 숙면을 하도록 한 배려였다. 다행히 선잠이 든 놈은 없었다. 몸을 꽁꽁 묶어낼 때까지도 드르렁드르렁 코를 고는 놈들조차 있었다.

"이놈들!"

바위가 둘로 쪼개지는 고함소리가 났다. 몸을 옥죄자 도철이가 눈을 뜬 것이다. 하지만 꼼짝달싹 못했다. 이미 온몸에 동아줄이 칭칭 감긴 뒤였다.

"얌전히 있거라. 우리가 사람으로 만들어 주마."

"어서 못 끄르겠느냐!"

"풀어 주마. 허나 좀 기다려라."

"이 찢어 죽일 놈들! 무슨 짓들이냐, 이게."

"아픈 사람은 침을 맞아야지."

절집마당으로 끌려나온 도철의 어깨에는 대나무침이 박히기 시작했다. 장정들은 그간에 쌓인 원한을 되돌려주려는 듯 대나무침을 깊이깊이 박았다. 양어깨에서 검붉은 피가 콸콸 쏟아졌다.

"으윽!"

도철은 입술을 깨물었다. 입에서도 피가 흘렀다.

양 어깨에 대나무침이 박히자 도철은 고개를 뒤로 꺾고 멀거니 하늘을 우러렀다. 눈물이 샘솟는 눈에서 서서히 정기가 빠져 달아나고 있었다. 그는 체념하고 있었다. 옆에서도 그를 따르던 왈패스님들에게 대나무침을 놓고 있었다. 한꺼번에 모두 꼼짝없이 당하고 만 것이었다.

다음에는 다리의 오금 차례였다. 한쪽 다리에 대나무침이 깊숙이 박혔다. 도철은 이제 고통조차 의식하지 못하고 있었다. 나머지 한쪽 다리에 대나무침을 박으려는 찰나였다.

"고얀 것들! 뭣들 하고 있는 게냐?"

허리가 꼬부라진 방장스님이 두꺼비처럼 절집 마당으로 기어 나왔다. 노스님의 저승꽃 핀 얼굴 가득 노기가 뻗쳤다.

"당장 멈추지 못할까!"

방장스님은 곧장 도철을 감싸고 넘어졌다. 그러면서 대나무침이 박힌 곳을 살폈다. 하지만 이미 늦어버린 뒤였다. 박힐 데는 다 박혀버린 것이다. 다리 하나를 건졌다지만 어차피 병신이 될 건 뻔했다.

"무슨 재앙을 입으려고…."

방장스님은 동아줄을 푸느라 애를 썼다. 워낙 단단히 조여 묶어 놔서 끄떡도 하지 않았다.

"이놈들, 당장 못 풀까!"

장정들이 주지스님을 응시했다. 주지스님이 고개를 끄덕였다. 그제야 장정들이 동아줄을 풀었다.

동아줄에서 풀려난 도철의 몸에서 방장스님이 대나무침을 뽑아냈다. 도철은 그저 눈물만 흘리고 앉아 있었다. 세 대의 대나무침이 다 뽑히자 도철은 방장스님 앞에 엎어졌다. 그런 도철의 등을 방장스님이 닭똥 같은 눈물을 흘리며 끌어안았다.

한참 만에 몸을 일으킨 도철은 그 길로 절뚝거리며 절집을 내려갔다. 방장스님이 치료나 받고 떠나라고 말렸지만 듣지 않았다. 왈패스님들도 도철의 뒤를 따라 절집을 떠나갔다. 그 광경을 지켜보는 대중스님들과 마을 장정들은 숙연해지지 않을 수 없었다. 이제 도철이나 왈패스님들은 다시 힘을 쓰지 못할 거였다. 어깨에 대나무침이 박히면 힘줄이 끊어져서 팔조차 제대로 들지 못했다.

마을 장정들이 돌아가고 대중들이 흩어졌다. 방장스님은 주지스님을 방장실로 불러들여서 혹독하게 꾸짖었다.

"주지가 절을 말아먹었어!"

"무슨 말씀인지요?"

"자넨 힘없는 밥벌레들이나 데리고 있게."

방장은 학인스님들을 밥벌레로 봐버렸다.

"도철이놈은 마구니였습니다."

주지가 대거리했다.

"절집에 마구니가 어딨어? 도철이는 이 절의 울타리였느니. 그와 같은 울타리를 제거해 버렸으니 이제부터 절집은 누가 지킬꼬?"

"스님, 도철이가 나갔으니 신도들이 몰려들 겁니다."

"할!"

방장은 앉은 그 자리에서 입적했다. 주지를 꾸짖는 그 외침이 곧 유언이었던 셈이었다.

방장스님의 화장은 곧 치러졌다. 다비식을 거행하는데 맑은 하늘에서 비가 뿌렸다. 비는 곧 그치고 집채더미 같은 장작불이 활활 타올랐다. 다음날 아침에야 그 불이 다 탔다. 방장스님의 몸은 재가 되었다. 주지스님은 행자 하나를 데리고 가서 잿더미를 헤쳤다. 기대했던 사리는 나오지 않았다. 주지스님은 행자 모르게 씁쓰레 웃었다.

사리도 없는 늙은이.

그러나 주지스님의 뇌리에는 사리보다 더 야물고 둥근 그 무엇이 자꾸 구르고 있었다.

'할!'

그것은 방장스님의 꾸짖음이었다. 주지스님은 몰랐다. 그 꾸짖음 한마디가 바로 진짜 사리라는 것을. 그것을 안 것은 여러 해 뒤였다.

방장이 떠나고 여러 해가 지난 뒤, 객승 하나가 도리사 주지승을 찾아왔다. 문답을 나누고 보니 그는 경문에 밝고 풍수에도 능한 스님이었다.
"주지스님, 이 절터가 너무 셉니다 그려."
듣던 중 반가운 말이었다. 주지는 여러 해 전에 절집에서 나간 근심덩어리 도철과 왈패스님들을 떠올렸다. 기억하는 것만으로도 진저리가 쳐졌다.
"옳은 말씀이외다. 어찌하면 좋겠습니까?"
"저 앞산에 나쁜 기가 모여 있소이다."
객승은 절 앞의 작은 산을 가리켰다. 구실골 뒷산이었다.
"그 기를 누르면 되지요."
"어떻게요?"
"저 산에 돌들을 옮겨서 쌓아야 하외다. 이 절에 대중스님들이 많으니 총력을 기울여 돌산을 만드시오."
"그러면 불한당이 안 나오겠습니까?"
"물론이오."
그날부터 앞산에 돌을 나르는 작업이 시작되었다. 이제부터는 돌을 나르는 게 곧 참선이었다. 화두는 돌이었고 참선수행은 그 돌을 나르는 일이었다.
몇 달 뒤 절 앞에는 커다란 돌산이 들어섰다.
"그것으로 이젠 됐소이다. 이후로도 불한당이 나오면 소승을 저주해도 좋소이다. 무간지옥으로 떨어져버리라고요. 허허허."

객승은 돌산을 보며 만족스레 웃었다.

"무슨 말씀을 그리 하십니까? 빈도는 스님의 고명하신 뜻을 받들었을 뿐입니다."

주지는 당치않은 말씀이라고 호미걸이를 했다. 객승은 흡족한 기분으로 산을 내려갔다.

도리사 스님들 가운데 누구도 그를 아는 사람이 없었다. 그는 왜국(倭國)에서 온 잡술사였다. 조선에 힘있는 사람들이 많이 태어난다는 말을 듣고 그걸 방비하려고 바다를 건너온 자였다.

그 뒤로 도리사는 쇠락하기 시작했다. 그처럼 융창하던 절이 점점 기울더니 급기야는 스님 하나 없는 폐사가 되기에 이르렀다. 그리고 그때쯤 왜구들이 쳐들어왔다. 임진왜란이 터진 것이다.

지금 열 명 가량 되는 스님들이 머물게 된 것은 모두 동타스님의 노고에 힘입어서였다. 언젠가는 저 돌산을 치워야 한다는 걸 동타스님은 잘 알고 있었다. 그는 초파일 행사 때나 백중날에 기도하고 내려가는 신도들을 동원하여 돌산을 제거했다.

도리사는 대체로 두 가지 형국이었다. 주산인 냉산이 종을 엎어놓은 듯 용출하여 기상이 대단한데, 봉황이 집으로 돌아오는 형국이라고도 하고 가팔라서 급히 달리는 배 형국이라고도 한다. 어느 쪽이든 안산의 돌들은 흉했다. 봉황의 집으로 본다면 돌로 집을 깨트리는 꼴이 되고, 배 터라면 뱃머리에 무거운 돌산을 만들어 놨으니 배가 가라앉아버린 거나 다름없었다. 그러니 쇠락할 수밖에.

전설 같은 이야기지만 만일 도철이 힘 좋은 역사로 남아 있더라면 임진왜란 때 승병을 조직하여 왜구들을 물리치는 데 큰 공을 세웠을 것이다. 방장스님은 그때를 대비하여 그런 왈패스님들을 버리지 않고 거뒀음이니 저마다 쓰임이 따로 있다.

봄날 이른 아침, 태을과 득량은 도리사를 떠났다. 그들은 생불 동타 스님에게 하직인사를 한 뒤, 가파른 산길을 걸어 내려갔다.
"이 땅 구석구석에 무성거사 같은 지킴이가 있다는 걸 그나마 다행으로 생각한다네. 내내 건승하시게. 언제 또 보겠는가."
태을이 무성의 손을 잡으며 말했다.
"이 사람, 꼭 죽으러 떠나는 것 같군. 자네 말처럼 새 세상이 올 때를 기다림세. 원로에 몸조심하게나."
무성거사는 득량에게도 스승 태을을 잘 모시도록 당부했다. 득량은 무예의 스승 무성거사에게 다시 한 번 허리를 굽혔다. 스승 태을을 따라다니면서 만남과 이별은 생활이 되었다. 만날 때는 늘 놀람이게 마련이었고 헤어질 때는 아쉬움이었다. 길 위에 서 있는 그로서는 다시 만날 기약조차 하기 어려웠다.

총독부의 압박

그들이 도리사를 떠날 무렵, 진안 마이산 금당사에는 총독부에서 파견된 사람들이 들이닥쳤다.
"구암스님, 계시오?"
처음 듣는 음성이었다. 겐사부로 서장이 떠나고 얼마 전 그 후임으로 온 자였다.
구암선사가 문을 열고 보니 절집 마당에 여러 사람이 와 있었다. 직감으로 전에 말하던 총독부 사람들일 거라고 생각했다.

"진태을 지관은 어딨소?"

서장이 찾는 건 역시 태을이었다.

"떠났소이다."

구암선사가 대수롭지 않게 말했다.

"뭐가 어쨌다?"

서장은 쌍심지를 돋우며 반말로 나왔다. 겐사부로 서장에게 인수인계를 받을 때, 분명 이곳 금당사에 머물고 있다고 했다. 그런데 떠났다니 이렇게 되면 낭패도 큰 낭패였다. 시말서를 써야 할지도 몰랐다. 곧장 확인하지 않았던 게 실책이었다.

"어찌된 거요?"

총독부에서 파견된 듯한 두 사람 가운데 젊은 쪽이 서장에게 따져 물었다. 양복 차림에 점잖아 보이는 다른 사람 하나는 담담했다.

"엊그제 새로 부임한 곳이라서 확인할 겨를이 …."

서장이 몸을 가누지 못했다.

"이 일이 얼마나 중요한 일이라는 걸 몰랐단 말이오?"

젊은 쪽이 날이 선 목소리로 추궁했다. 나이는 젊어도 직급은 서장보다 높은 듯했다.

"왜 모르겠습니까."

젊은 쪽에게 머리를 조아린 서장이 다시 구암선사를 다그쳤다.

"아니, 어느 명이라고? 언제 어디로 떠났소?"

"난 모르오. 그 사람이야 맘 내키는 대로 바람따라 떠도는 사람이오. 평생을 그렇게 산 사람이니 낸들 어쩌겠소."

"그 작자 수배에 부쳐야겠군요. 당장 잡아 대령하겠습니다."

"그럴 거야 있겠소. 다음에 다시 만나보면 될 일이오."

동기감응의 숨은 이치 133

점잖은 사람이 말렸다. 구암선사가 보기에 학자풍이 도는 사람이었다.

이 사람은 무라야마 지준(村山智順)이었다. 가야산 밑 고령에서 조영수와 함께 경상도 일원을 조사한 학자였다. 이런 자가 올 줄 알고 미리 길 떠난 진태을은 이 자의 이름만 모르고 있었을 뿐 장차 어떤 일을 도모할 것인가는 죄다 알고 있었다.

진태을을 만나지 못한 이 무라야마 지준은 이왕직(李王職, 일제가 황실을 격하하여 이왕으로 부르고 궁내부대신의 관리 아래 이 왕가의 사무를 보게 함) 참봉을 지낸 지관 전기응(全基應)을 만났다. 전기응은 순종의 묘를 잡은 국사지관으로 주운한, 김광석과 함께 내로라하는 명풍수 가운데 한 사람이었다. 진태을이 숨어서 지낸 당대 최고의 명풍수라면 전기응은 등과까지 한 드러난 풍수였다. 방방곡곡 풍수의 실상을 제일 잘 아는 사람은 역시 현장경험이 풍부한 진태을이었다.

이들이 진태을을 찾아온 건 다름이 아니었다. 조선의 풍수를 정리해서 책자를 만드는 데 도움말을 듣기 위해서였다. 그들이 조선의 풍수를 정리하고자 하는 건 풍수를 체계화하고 장려하기 위해서가 아니었다. 조선민족의 정신적 근간이자 민간신앙의 뿌리인 이 풍수를 이용해서 영구적 식민정책을 쓰기 위함이었다.

꿩 대신 닭이라고 이 전기응의 도움을 받아서 무라야마 지준은 1931년 책을 내놓았다. 그것이 바로 조선총독부에서 발행한 방대한 자료집《조선의 풍수(朝鮮の風水)》다. 이 책은 일본인의 손으로 쓴 조선풍수 종합보고서라 문제가 많았다. 애초 집필한 목적이 풍수탄압이었기 때문에 그릇된 점은 예고돼 있달 수 있었다.

"구암스님, 똑똑히 들으시오! 그자가 오는 대로 즉시 우리 분서로 연락하시오! 만약 그렇지 않으면 그땐 스님도 법으로 다스리겠소!"

서장이 열을 올렸다.

"알았소이다."

구암선사가 곱게 대꾸했다.

총독부에서 나온 사람들은 서장과 함께 곧 돌아갔다.

"저들이 진태을 선생님을 수배하여 다그치면 진 선생님께서 자료를 내놓으실까요?"

서장과 총독부 사람들이 떠나자 바우가 마당을 쓸다 말고 구암선사에게 물었다.

"어림도 없지. 태을장을 만나보지도 못할 게야."

구암선사가 쐐기를 박았다.

"그래도 저놈들이 거미줄 같은 경찰력을 동원한다면?"

바우의 걱정이 태산 같았다.

"죄도 없는 사람을 왜 수배해. 설령 붙잡는다 해도 무슨 수로 머리에 든 걸 끄집어내리."

구암선사는 바우와 달리 태평했다. 그가 염려하는 건 태을의 건강이었다. 근력이 달리는 형편에 제자를 키우겠다고 무리한 행보를 하고 있는 태을이었다. 구암선사는 알고 있었다. 태을의 남은 생이 얼마 되지 않는다는 것을.

그는 지난번에 했던 하직인사가 어쩌면 영별을 고하는 것이었는지도 모른다고 생각했다. 그가 부탁하고 떠난 뒷일이란 총독부 사람들을 따돌리는 것만이 아니었다. 자신이 세상을 버린 뒤의 일, 그러니까 득량의 공부를 마저 돌보는 것도 포함돼 있었다.

"지금쯤 어느 하늘 아래를 거닐고 있으려나."

구암선사는 뜰을 거닐며 혼잣말로 두런댔다.

숙호형 대지의 소년

그 무렵, 태을과 득량은 남쪽으로 내려가 구미 금오산에 다다라 있었다. 태을은 금오산 동쪽 기슭의 상모리 정총골로 들어갔다.

"너에게 좋은 공부재료가 되는 명당 하나를 보여줄까 한다. 본래 내가 잡은 자리는 아니고 1915년 을묘년에 고령 박씨가 어머니 성산 이씨의 묘를 신좌인향(동북향)으로 쓴 후 내게 감정을 부탁해서 보게 되었다."

금오산이 왼쪽 뒤편에서 기세차게 내려와 혈을 지었는데 내청룡은 없고 외청룡이 겹겹이며 백호는 내백호와 외백호가 혈을 에워싸고 있다. 낙동강이 명당 멀리서 유정하게 환포하고 그 뒤로 천생산, 유학산, 황학산, 가산과 팔공산이 귀인봉이 되어 조응한다.

"물과 조산이 유정하여 좋긴 한데 그렇게 큰 대지랄 수는 없겠는데요."

득량도 이젠 좋은 자리를 많이 구경해서 웬만하면 눈에 차지 않았다. 이런 정도의 자리는 이 땅 골골에 무수했다.

"그렇게 보느냐. 이 자리는 혈이 분명하다. 숙호형(宿虎形)이라 해서 잠자는 호랑이 형국인데 이런 자리는 코가 혈이다. 잠자면서는 코로 숨을 쉬기 때문이다. 저 위 입수처를 봐라. 콧등처럼 반듯하게 맥이 내려오질 않느냐. 이 묘의 특징이 뭔지 알아맞춰 보겠느냐?"

"명당이 넓어서 부를 축적하겠는데요."

"다른 건?"

"글쎄요. 별로입니다."

"너는 저 혈장 앞의 바위를 어떻게 생각하느냐?"

태을이 묘 앞 20미터 가량에 네모지게 솟은 사람 키만한 바위를 가리켰다. 자리라는 건 참으로 묘했다. 누구에게나 보일 만한 크기의 바위가 눈에 잘 안 들어왔다. 그런데 스승이 말해 주고 나니 비로소 특이하게 생각되었다. 대개 혈 앞에 있는 바위는 기운이 빠져나가지 못하게 빗장을 지르는 역할을 한다고 하여 좋게 본다. 하지만 그것도 모양과 색깔이 아름다워야 한다. 험상궂으면 되레 나쁘다고 여긴다.

"정말 특이하군요. 그런데 저걸 귀석으로 봐야 할지 험석으로 봐야 할지 모르겠네요. 묘에서 보면 그런 대로 방정한데 아래쪽에서 보면 뾰족뾰족하니 살기를 띠고 있군요."

득량은 바위를 빙 둘러보며 촌평했다.

"귀한가 천한가는 혈자리에서 볼 때를 기준으로 하면 된다. 밖에서 보는 건 큰 상관이 없는 거다. 저 바위는 귀석이다. 도장 같지 않느냐? 나는 옥새(玉璽, 임금이 쓰는 도장, 御寶)도 될 수 있다고 보는데 나중에 네가 꼭 확인하도록 해라. 훗날 내가 죽고 없더라도 이 집 자손 가운데 군왕이 나오거든 내 말이 옳았구나, 여겨라."

스승 태을이 또 예언을 하고 있었다. 이럴 때마다 눈빛과 표정, 음성이 달랐다. 꼭 신들린 사람 같았다.

"토장국에 보리밥 한 그릇 말아먹고 갈거나?"

태을은 산을 내려가 상모리 어느 집으로 들어갔다. 움푹 팬 집 둘레로 대나무와 탱자나무가 숲을 이루고 있었다. 사립문을 열고 들어서자 닭똥 냄새가 진동했다. 남루함이 묻어나는 전형적인 초가집이었다.

"박 생원 계시오?"

부엌에서 밥을 짓던 할머니가 행주치마에 손을 닦으며 나왔다. 잔주름이 깊고 머리가 세서 고생이 많았음이 엿보였다. 옆에 단발머리

처자가 서서 이쪽 동정을 살폈다.

"뉘신지…? 아, 그전에 한 번 다녀가셨던…."

"맞소이다. 진태을이오. 바깥 분은 안 계시오?"

"소 몰고 온수골지 논갈이 갔꼬마. 아매 쫌 있으면 올껍니더. 누추하지만 마루에 좀 앉아 기다리시라예."

득량은 우물에서 물 한 바가지를 떠 스승께 올리고 자기도 마셨다. 마루에 앉아서 기다리자니 과연 부엌에서 토장국 끓는 냄새가 진동했다.

"이게 누구요? 진 선생님!"

초로의 농부가 장성한 아들들을 데리고 나타났다. 걷어붙인 바지 아래로 흙이 말라 엉긴 장단지가 드러났다. 박성빈이라는 사람으로, 아까 본 묘를 쓴 장본인이었다.

마루에서 냉이를 넣은 토장국에 보리밥을 말아먹었다. 상을 물리고 이런저런 얘기를 나누는데 교복을 입은 중학생 하나가 들어섰다. 키가 작지만 야무져 보이는 사내아이였다.

"저놈아가 그 묘 쓰고 낳은 늦둥이요. 5남 2녀의 막내지요. 공부를 쪼매 해서 내후년에 대구사범에 시험치려 한다 아입니꺼. 정희야, 와서 인사 올려라. 너더러 크게 될 끼라고 말씀하신 진태을 선생님이시니까네."

박성빈이 그렇게 말하자 중학생은 마루에 올라 모자를 벗고 큰절을 올렸다. 모자를 받아 든 할머니는 소년의 어머니였다. 마흔일곱에 낳았고 환갑을 막 넘겼다고 했다. 이 촌구석에서 빈농의 아들로 태어나 대구사범에 가려고 한다면 수재였다. 득량보다야 못했지만 애초 기반이 다르질 않는가.

"그놈, 눈빛 한 번 예리하다. 총기가 번득이는구나."

옆에 앉았던 득량이 덕담을 건넸다.

"이분께도 인사 올려라. 경성제국대학 법학부에 다니신 분이대이. 진 선생님의 제자되시는기라."

소년은 경성제국대라는 말에 귀와 눈이 번쩍 뜨였다. 소년의 눈과 득량의 눈이 마주쳤다. 참 대범한 아이였다. 어른을 정면으로 쏘아보면서도 당당하기만 했다. 득량은 한눈에 성취욕구가 강한 아이임을 알 수 있었다. 하지만 이 가난한 집에서 무슨 뒷바라지를 하랴. 앞에 놓인 인생길이 고달플 건 불을 보듯 뻔했다. 조상이 명당에 묻혔다고 가난이 면해질까 싶었다.

아무리 난세에 영웅이 난다지만 이런 형편으로는 어림도 없었다. 명문가에 호남갑부인 자기 집안에서도 대를 이어 큰 꿈을 키워오지만 여의치 않질 않는가. 득량은 스승 태을의 생각과 많이 달랐다.

"득량아, 넌 그 가난한 농가가 앞으로 어떻게 일어서는지 주의 깊게 보아라. 그 집터는 맹금류가 사는 둥지다. 그 둥지에서 날개를 펴고 날아서 대처에 나가면 세상에 아무리 큰집인들 못 빼앗겠느냐? 시절이 하도 수상하여 나도 장담은 못하겠다만 분명 예사롭지가 않다. 아까 본 그 아이 두 눈은 하늘의 일월을 그대로 빼다 박았다. 체구는 작아도 관운이 매우 좋은 귀인상이다."

태을이 당부 아닌 당부를 하고 나왔다. 당신의 예측이 들어맞는지 확인해 보라는 주문이었지만 득량은 그렇게 큰 기대는 하지 않았다. 그걸 눈치 챈 것일까. 제갈량 같은 태을은 뼈 있는 한마디를 놓치지 않았다.

"역사 속의 거인 가운데 창업자들은 지지리 고생복을 타고난 경우가 대부분이다. 부잣집에 태어났으면 더 잘 성장하지 않았겠는가 싶지만 그게 그렇지가 않다. 영웅은 쇠를 담금질하듯 시련 속에서 단련돼야

만인의 우두머리가 된다. 자기 하나만 빼어나면 그저 재주 많은 예술가나 2인자 노릇밖에 못한다. 시대가 요구하는 영웅은 가장 밑바닥에서 몸을 일으켜 역경을 딛고 마침내 창공의 별이 되는 법이다. 너는 복이 많은 사람이라 박복한 사람을 대하면 너도 모르게 천시하는 경향이 있다. 사람은 복이 있어야 한다만 박복해도 귀하면 그것으로 충분하다. 귀한 사람은 복 많은 사람들과 만나게 되기 때문이다."

득량으로서는 새겨둬야 할 말씀이었다. 가난하다고 무시하지 않는 성품이었지만 무의식적으로 꾀죄죄한 사람을 외면했던 자신이었다. 누구라도 그렇겠지만 부자들은 더 그랬다. 예수가 설파한 "부자가 천국에 들어가기란 낙타가 바늘귀로 들어가는 것보다 어렵다"라는 말씀은 옳다. 부자들은 자기들이 좋은 집에서 좋은 옷 입고 비싼 음식 먹고 산다는 이유만으로 그보다 못한 사람들을 은근히 무시한다. 그들이 부를 축적한 건 전적으로 세상사람들이 있었기 때문인데 고마워하기는커녕 빼기기만 한다. 사실은 미안해야 할 일인데도 아만(我慢)에 가려 판단이 흐려지는 것이다. 득량은 스승의 쓴소리를 가슴 깊이 새겼다.

만권당의 우국지사들

칠곡, 왜관을 거쳐 대구로 향했다. 낙동강변 달성 하빈 묘골에서 여장을 풀었다. 묘골은 순천 박씨의 집성촌이었다. 고래등같은 기와집 30여 호가 번듯하게 들어선 반촌(班村)이었다. 마을 뒤편에 터를 다져놓았고 건물을 세우느라 어수선했다. 어려운 시절에 하는 공사라서 진전이 더뎠다.

"단종 복위를 시도하다가 희생된 사육신(死六臣)을 모시는 사당을 짓고 있다. 낙빈서원이 있던 자린인데 1866년 대원군의 서원철폐령으로 헐렸지."

"사육신 사당을 왜 여기다 세워요?"

사육신묘는 서울 노량진에 있었다.

"여기가 사육신 가운데 한 분인 박팽년(朴彭年, 1417~1456)의 후손이 사는 순천 박씨 집성촌 아니냐?"

"어떻게 후손이 있을 수가 있나요? 박팽년은 물론 성삼문, 하위지, 이개, 유응부, 유성원 등의 사육신은 모두 멸문지화를 입었는데요. 훗날에 사면되고 나서 양자로 대를 이었나요?"

득량이 의아해하다가 추측했다.

"소설이나 영화 같은 얘기다만 사육신 가운데 유일하게 박팽년의 혈손(血孫)이 살아 남았다."

"예?"

"박팽년의 손자 박일산이다. 박팽년의 일가가 형벌을 받을 무렵, 둘째 며느리인 성주 이씨는 임신중이었지. 나라에서는 아들이면 죽이고 딸이면 관비(官婢)로 보내라는 엄명이 내렸다. 부인은 아들을 낳았는데 그 무렵 딸을 낳은 여종이 있어 부인의 아들과 바꿔치기를 했다. 여종의 딸은 관비로 키워졌고 박씨 집안의 유일한 혈손을 맡은 이 여종은 이곳 달성고을 묘리에 숨어 살면서 지극정성으로 키웠지 뭐냐."

"정말 극적이군요."

"사람들은 이 아들을 박씨 성을 가진 노비란 뜻으로 박비라고 불렀단다. 박비가 자라 청년이 되었을 때, 조선조 8대왕 성종은 사육신들의 의리를 높게 사고 박비였던 박일산을 사면했다. 후손이 없는 외가의 재산을 물려받아 묘골에 정착했으니 그 자리가 바로 이 마을이다."

주인과 노예가 이보다 더 아름다운 우의를 나눌 수 있을까. 득량은 이 묘골 박씨들이야말로 인복이 많은 사람들이라고 생각했다. 그가 아는 한, 조선은 왕과 양반 사대부들의 세상이었다. 불과 5%도 안 되는 그들은 모든 특권을 누렸다. 평민들이 군역을 대신 했으며 4할이나 되는 노비들이 양반들을 시중들었다. 노비들은 건장해야 소 한 마리나 말 한 필과 맞바꿨다. 했으니 짐승 같은 삶이었다. 그런데도 제 새끼를 희생시키고 주인의 피붙이를 거두는 의리를 보였다.

모든 생명은 본능적으로 씨를 남기고 싶어한다. 못난 것일수록 더 본능이 컸다. 박팽년의 며느리 이씨 부인의 여종은 순박한 것인가, 모자란 것인가.

태을은 득량을 태고정(太古亭)으로 데리고 갔다. 박팽년의 손자 박일산이 세운 정자였다. 임진왜란 때 불타고 일부만 남았던 것을 광해군 때 다시 지은 건물이었다. 마루와 온돌이 함께 있는 별서(別墅) 정자다.

"애야, 나는 이런 생각을 한다. 이 세상에 사람으로 생겨 나와 어떻게 살면 잘 살았다고 할 것인가? 흔히 오복(五福, 장수, 부자, 심신 건강, 즐겁게 도덕 지키기, 편히 죽음)을 미덕으로 친다만, 대신 죽어줄 사람 하나만 얻는다면 멋진 인생을 살다간 것이 아닐까. 꼭 목숨뿐만이 아니라 얼이라도 마찬가지다."

결국 그 말씀을 해주시려고 예까지 오신 것일까.

태을은 득량을 남평 문씨의 세거지인 인흥마을로 데리고 갔다. 낙동강 쪽 백호자락에 울창한 소나무 숲을 조성해 놓았다. 풍수적인 비보(裨補)였다. 고색창연한 기와집들이 비슬산 지맥인 천수봉(千壽

峯) 밑에 아늑하게 터를 잡았고 마을 앞으로는 천내천이 흐르고 있어서 배산임수(背山臨水)의 전형적 명당의 기본요건을 갖췄다.

"오늘은 여기서 묵어가자."

태을은 마을의 동쪽 광거당(廣居堂)이라는 건물 안으로 들어갔다.

"진태을 선생님, 어서 오세요. 저간 소원했습니다."

넓은 이마가 인상적인 광거당 주인이 나와 맞았다. 툇마루 위에 추사체 현판이 멋스럽게 내걸렸다.

수석노태지관(壽石老苔池館)

수석과 묵은 이끼와 연못으로 이루어진 집이라는 뜻이었다. 안으로 들어가니, 먼저 와서 머물고 있는 묵객이 여럿이었다. 서가에는 실로 무수한 책들이 꽂혀 있었다. 어떤 서원보다도 많은 책이었다. 그래서 '만권당'이라는 별칭이 붙었는데 실제로는 만 권이 넘는다고 했다. 이 집안 자제들의 교육은 물론 내방객들의 공부를 지원하기 위한 시설이었다.

득량은 깜짝 놀랐다. 갑자기 전주 본가가 떠올랐다. 규모 면에서야 전혀 뒤지지 않았지만 이런 문화공간은 없었다. 사랑채라 해서 식객들을 접대하고 편히 머물다 가게 하는 시설이었지 이처럼 독서하고 토론하는 분위기가 아니었다. 시나 서화를 치거나 소리꾼들의 소리를 듣는 정도였다. 그것도 문화이긴 했지만 이런 문고시설은 너무 부러웠다. 뱃길을 통해 주로 중국에서 들여온 책들이라 했다. 같은 접객시설이라도 품격이 달랐다. 교육적인 면이 있고 없고의 차이였다.

남평 문씨는 본래 전라도 나주군 남평면 일대가 관향이었다. 후대에 대구로 와서 뿌리를 내렸고 이곳 인흥에 터를 잡은 것은 구한말이었다. 입향조인 문경호(文敬鎬, 1812~1874)는 목화씨를 들여온 문익점(文益漸, 1329~1398)의 18세손이었다.

"인사들 하시오. 이 분은 진태을 선생으로 아주 유명한 역학자입니다. 그리고 이 젊은이는 제자분이고, 여기 좌중에 계신 분들은 모두 우국지사들입니다. 마침 일본에 다녀오신 분이 계셔서 시국을 토론하던 중이었지요."

다과를 나누며 열띤 토론을 하던 좌중을 향해 문경호의 손자인 주인이 서로 인사를 시켰다.

"이리 와 앉으세요. 《주역》에 밝은 분이니 우리 민족이 장차 어떻게 될지 한 번 점쳐보시구려."

옥돌 테로 된 돋보기안경을 쓴 노인이 자리를 만들어주었다. 태을과 득량이 반배를 하며 앉았다.

"비행기가 공중을 나는 문명한 세상에 그런 고리타분한 미신으로 미래를 겨냥할 수 있나요?"

양복차림의 중년 사내가 비아냥댔다. 포마드를 발라 머리칼이 번쩍번쩍 빛났고 괴춤에는 회중시계 줄이 보였다. 인텔리로 보였다. 그는 두 사람의 출현을 대수롭잖게 보아 넘기며 중간에서 잘린 토론을 이어나갔다.

"하여튼 일본이 군비를 증강하고 있는 게 문젭니다. 일본 관동군이 북만주에서 중국을 상대로 전쟁을 일으킨다는 겁니다. 그곳을 병참기지로 삼아서 중국대륙을 넘보려는 수작이지요. 이러니 조선독립은 어림도 없어요. 저들은 지금 막강한 국력을 뽐내는데 우리 조선인들은 잠자고 있고 동포들끼리 이간질이나 하고 있어요. 지난 1월 24일 백야(白冶) 김좌진(金佐鎭, 1889~1930) 장군이 고려 공산당 청년당원의 흉탄에 쓰러졌죠. 독립운동 세력들은 너도나도 당을 만들어 분열되

죠. 큰일입니다. 도산(島山) 안창호(安昌浩, 1878~1938) 선생님께서 민족유일당을 부르짖고 통합하려고 애썼지만 무산되었지 않습니까? 개체는 전체를 위하여 자신을 좀 누그러뜨려야 하는데 우리 조선인들은 독불장군이 너무 많아요."

인텔리 사내는 입가에 하얀 거품까지 물며 열변을 토했다. 일본이며 만주, 상하이 현황까지 두루 꿰고 있었다.

"민 선생, 도산 선생님이 이끌던 이상촌(理想村)은 어찌 되었소? 이 지방 사람들도 여럿 솔가하여 만주로 갔었는데 말이오."

문씨 문중 사람 하나가 인텔리 사내에게 물었다.

"제가 일본에서 막 돌아왔으니 아직 자세히는 모르오. 곧 만주로 가서 도산 선생님을 뵐 테니 바로 알 수 있겠지요. 가입자들과 투자자금을 상당량 모은 것으로 압니다."

"일본인들 보기 싫다며 만주로 많이들 갔는데 그곳 생활도 그리 편치는 못한 듯하오. 그곳까지 일본인들 세력이 점점 뻗친다는 게요. 돈 좀 보내달라고 편지를 보낸 우리 집안사람이 있소."

안동에서 왔다는 예안 이씨 영감이었다. 문씨 집안과 자주 왕래하는 사이라고 했다. 하긴 다들 영남의 대표적인 명문가들이었다.

"만주라고 이상촌이 그렇게 쉽게 만들어지겠소이까? 국운이 쇠하고 시절이 어지러우면 몸을 낮추고 독서하면서 내공을 쌓아가야지요."

광거당 주인이 가훈을 상기시켰다. 난세를 탓하지 말고 앉은자리를 잘 가꾸면서 공부하겠다는 소론이었다. 그는 잠시 쉬었다가 득량 쪽을 보며 다시 입을 열었다.

"진 선생님께서도 한 말씀하십시오."

"아는 게 워낙 없어서요. 다만, 박상이족(剝牀以足)이라는 말씀이 떠오르는군요. 지금 일본인들이 중국 대륙을 대하는 수법입니다."

득량은 스승 태을이 지금 산지박괘(山地剝卦) ䷖를 이르고 있음을 짐작했다. 음의 세력이 점점 강해져서 양의 세력을 잠식해 들어가는 형국이 박괘(剝卦)였다. 침상의 다리부터 잘라서 점점 사람의 몸까지 상하게 한다. 소인의 도가 세력을 뻗쳐 가는 암흑세상이다.

"하면, 저네들이 대륙까지 다 먹어치우는 겁니까?"

예안 이씨 영감이 무슨 말인지를 알아듣고 관심을 보였다.

"어디요. 석과불식(碩果不食)입니다."

큰 과일은 먹히지 않는다는 뜻이었다. 큰 과일은 군자의 도였다. 중국대륙뿐만 아니라 조선도 삼키고 말 수는 없다는 의미도 있었다.

"참으로 시원시원하신 정세판단이시오. 민 선생! 역리를 너무 폄하하지 마시오. 현상이란 모양과 색깔만 다르지 원리는 같은 것이니까요."

주인이 넉넉하게 웃으며 토론의 중심을 잡았다.

"하긴 신문에 안 나오는 고견이시네요."

엘리트 민씨가 조금 머쓱해져서 고개를 주억거렸다. 그는 득량에게 관심을 보였다. 그러자 태을이 전에 전혀 없던 태도로 대꾸했다.

"내 제자는 경성제국대학 법학부를 다녔소. 영어로 서양철학서를 능숙하게 읽지요. 그래도 《주역》을 손에서 놓지 않고 읽는답니다."

오히려 당황한 쪽은 득량이었다. 스승이 이런 모습을 보인 것은 처음 있는 일이었다. 아마 일본에서 건너왔다는 민씨의 잘난 척하는 데 대한 어투가 못마땅했던 듯했다. 민씨가 문명을 들먹이며 태을을 은근히 무시하려 했기 때문이다.

"그렇습니까? 반갑습니다. 저는 일본 메이지대에서 공부했습니다."

민씨도 만만치 않았다. 메이지대는 도쿄의 명문사립이었다. 3·1운동 때 민족대표 33인 가운데 하나인 최린이 메이지대 법과를 졸업했다.

"자자, 이거 벌써 저녁식사 때로군요. 건너가서 술이나 한 잔 나누면서 시국얘기를 하지요."

주인이 좌중을 정리했다. 각자 출신과 처한 입장이 달랐지만 민족의 앞날을 걱정하기는 일반이었다. 광거당에 모인 사람들은 밤이 깊도록 음식을 들며 담론에 빠졌다. 해외정세에 밝은 민씨 덕분에 살아 있는 정보를 얻었고, 진태을의 박식한 동양고전 지식으로 유심한 사변의 숲을 거닐었다.

천자봉 금혈장사

조영수는 열차 편으로 정읍 천자궁에 갔다. 양복에 가죽가방을 들었는데 영락없는 신사였다. 그의 옆에는 도골 선풍의 도포를 입은 백발노인이 동행했다. 아니, 겉으로 보면 조영수가 노인을 수행하는 것처럼 보였다. 하지만 노인은 조영수의 부탁을 받고 보천교 교조 차천자를 홀리러 가는 미끼였다. 가야산에서 주경야독하며 살아온 이로《천자문》과《명심보감》,《채근담》정도를 읽고 줄줄 암송하는 촌장급 노인이었다. 흔히 손 생원으로 통했다. 워낙 풍채가 좋아서 외양만으로는 판서나 정승이라도 곧이들을 만했다.

"어르신, 잘하셔야 합니다. 상대는 몇백만 신도를 거느린 천하의 사기꾼입니다. 그 자를 홀리려면 능수능란해야지요. 뭔가 있는 것처럼 뜸을 들이다가 산도(山圖)는 맨 나중에 보여줘야 합니다. 아셨습니까?"

입암역에 내려 천자궁을 향해 걸으며 조영수가 다시 한 번 주문했다.

"걱정 마시게. 꿩 잡는 게 매 아닌가."

손 노인은 당당한 걸음으로 신도들로 구성된 마을을 통과하여 천자궁 입구 삼광문에 발을 들였다. 바로 뒤에서 수행하는 것처럼 따라가는 조영수는 눈이 휘둥그레졌다. 세상에 이 촌구석에 이런 화려한 궁궐을 짓다니 무지막지한 자였다.

"어디 사는 누구요?"

종무소에서 우람한 체구의 사내들이 신원을 조회했다. 이때를 대비하여 무라야마를 통해서 마련한 대구 경찰서장의 추천서를 내밀었다.

"대구 갑부이자 명망 높으신 도학자 손 대인이십니다. 천자님을 뵙고 경상감사 자리 하나도 얻고 긴히 주청할 말씀도 있어서 결례를 무릅쓰고 오신 것입니다."

손 노인은 짐짓 위풍당당하게 서 있고 조영수가 세련된 어조로 일렀다.

"잠시 기다리시오."

일일이 신원을 확인한 그들은 추천서를 들고서 저희들끼리 쑥덕공론을 했다. 그중 하나가 안으로 들어갔다 한참 후에 나왔다.

"공사로 바쁘시지만 알현하겠다는 뜻을 알려왔소. 사흘 뒤, 오전 10시에 시간이 잡혔으니 빈객을 위해 마련된 곳에 들어가서 묵으시오. 헌금은 얼마나 하시겠소?"

일이 간단하지가 않았다. 시국(時國)이라는 국호(國號)까지 있고 교세가 상당하니 절차가 복잡했다.

"경상도 감사 자리를 원하시는 어르신이오. 돈 몇 푼이 문제가 아니지요. 미국돈인 달러를 헌금할 것이오."

조영수는 들고 있던 가방을 가리키며 너스레를 떨었다.
"알겠소. 사흘 뒤에 알현토록 하오."
도리가 없었다. 빈객들이 묵는 곳이라는 게 객사였다. 방과 음식을 돈 받고 파니 그 또한 숙박업 장사였다. 천자를 알현하기 위해서 기다리는 전국사람이 셀 수 없었다. 일본인들도 더러 눈에 띄었고 눈이 푸른 서양인도 끼어 있었다. 여기에 머물다 보면 곧 세계통일 국가가 만들어질 것만 같았다.
사흘 뒤 드디어 차 천자와 대면할 기회가 왔다. 건장한 비서들과 아리따운 여관들이 시립해 있는데 음악이 울려 퍼지면서 거구의 사내가 등장했다. 용상에 앉은 그는 금년 쉰하나가 되는 차 천자였다.
'배짱 좋게 생긴 도둑이로구나.'
조영수가 본 첫인상이었다. 툭 튀어나온 광대뼈와 퉁방울 눈이 보는 이를 압도했다. 대개 풍수를 보는 사람들은 관상도 봤다. 하늘 별자리인 천문이나 지상의 명당이나 사람 관상이 같은 원리였다.
"그래, 우리 시국의 관찰사를 원하느냐?"
목소리도 항아리가 울리는 것처럼 우렁찼다.
"네, 폐하!"
손 노인과 조영수가 머리를 조아렸다.
"나이가 많은데 기다릴 수 있겠느냐? 천시가 도래하려면 시간이 좀 걸릴 수도 있느니라."
"금시발복하는 명당에 들면 당장 내달이라도 교지(敎旨, 임금의 사령장)를 받을 수 있지 않겠나이까?"
손 노인이 재치 넘치게 받아쳤다. 엄숙하고 확신에 찬 어조였다.
"무엇이 어쩐다? 금시발복 명당?"
천자인 차경석이 동요하다 짐짓 위엄을 갖춘다.

"아뢰옵기 황감하오나 하늘이 감추고 땅이 숨긴, 값을 매길 수 없는 보물이 있사와 폐하께 올릴까 하나이다."

"그런 보물이 대관절 무엇이더냐? 보석이더냐?"

차경석이 관심을 보이며 조영수 앞에 놓인 가방에 눈길을 주었다. 별반 크지 않은 휴대용 가죽가방이었다.

"보석 따위로 대신할 보물이 아니옵니다."

"내가 시간이 없다. 어서 꺼내놓고 가거라."

실제로 정사를 보는 십일전(十一殿) 밖에 대기한 신도들이 줄을 서 있었다.

"알겠사옵니다. 하오나 하늘의 일을 하는데 어찌 절차를 따지지 않으리까. 신에게 경상감사 자리를 주시오면 신은 폐하께 그 보물을 즐거이 올리겠나이다."

"오호! 네가 짐과 거래를 하려는 게로구나."

차경석이 그놈 참 맹랑하다는 눈빛을 해보였다.

"본시 재물이란 하늘이 내신 것이고 폐하께서는 천명을 대행하시는 천자이신데 어찌 신이 거래를 하겠나이까?"

"한데?"

"물각유주(物各有主)요 물물적가(物物適價)이니, 신은 적당한 값을 올리고 받아서 폐하의 대업을 앞당기는 데 유용하게 쓸까 하옵니다."

역시 손 노인의 화술은 멋들어졌다. 조영수는 옆자리에 꿇어앉아서 내심 쾌재를 불렀다. 차경석은 애가 닳아 서서히 낚싯바늘에 걸려들고 있었다.

"그 늙은이 뜸 한 번 거창하게 들이는구나. 대구 경찰서장의 추천서도 그런 식으로 받아냈더냐?"

차경석은 눈치가 비상했다.

"폐하를 처음 알현하는지라 공신력을 높이기 위함이었을 뿐 전혀 삿됨이 없나이다."

"알았도다. 뭔지 꺼내 보여주고 얘기하라."

조영수가 가방을 열고 오당지를 여러 장 배합한 종이에 그린 산도(山圖)를 꺼냈다. 향내가 진동하는 여관(女官)이 다가와 건네받아서 용상에 올려놓았다.

"이거 명당도가 아니냐? 당대에 발복하는 천자지지 …?"

"그렇사옵니다. 경상도 천자봉 아래에 금혈이 하나 있사온데 지금 이 나라에 그 금장지를 쓰실 분은 폐하밖에 없사옵니다. 대원군이나 부대부인의 옥골을 면례하시면 금시발복하여 천하를 호령하실 것이옵니다. 이는 우리 조선의 자주독립을 의미하기도 하니 어찌 기쁜 일이 아니겠습니까?"

손 노인이 청산유수로 읊조렸다. 이런 데 쓰라고 비상한 머리 속에 식자를 담아놓는 거였고 매끄러운 입 안에 세 치 혀가 있었다.

"천장지비(天藏地祕)가 이것이로구나. 넌 이걸 어디서 구했느냐? 보아하니 그린 지 얼마 되지 않았구나."

"경상도 일대에서 천자봉을 모르면 숙맥입니다. 태평양을 품 안에 끌어안은 자리로서 일본이나 중국에도 널리 알려진 대지이온데 여러 결록에 나오지만 여태껏 정혈을 못 찾았습니다. 우리 집안에서 대대로 공을 들여 일점영광을 찾아내고 당장 사람을 시켜서 산도를 치게 하여 이렇게 불원천리로 달려왔나이다. 이런 금혈은 오로지 폐하만을 위한 자리니까요."

손 노인은 조영수에게 눈짓했다. 조영수는 가방에서 주먹만한 물건을 꺼냈다. 황금빛 혈토가 담긴 복주머니였다. 여관이 가져다가 용상에 올렸다.

"이것이 무엇이냐? 단순한 흙 같지가 않구나."

차경석이 어수를 들어 만져보며 물었다.

"천자봉 대혈에서 떠온 혈토이옵니다. 그런 혈토 안에 유골을 모시면 황골로 변하며 하늘의 뜻을 후손이 즉시 받게 됩니다. 주물주의 조화신공이지요."

"알겠다. 마침 어마마마의 유택이 흉하다는 근동의 지관이 있었느니라. 그를 불러서 상의할 것이니 그만 물러가 있으라. 곧 다시 대면할 기회를 주리라."

"황은이 망극하여이다."

여관의 인도로 깊숙한 궁궐 안에 들어갔다. 떡 벌어진 잔칫상에 산해진미가 올라와 있었다. 그릇들은 번쩍번쩍한 은제품들이었다. 일본을 통해 들어온 유럽 장인의 수제품이라 했다.

이틀 뒤, 차경석이 말한 지관과 만났다.

"아!"

조영수는 그만 비명을 질렀다. 세상은 정말 좁았다. 상대는 아버지의 오랜 단짝 박 풍수 노인이었던 것이다. 두 분은 오랫동안 정 참판댁의 가내풍수로 지냈다. 박 풍수는 많이 늙어 꼬부라졌지만 아버지 조 판기보다는 정정했다. 조영수는 눈짓으로 모른 체 해줄 것을 당부했다.

두 사람은 형식적으로 만나 산도를 펼쳐놓고 이야기를 나눴다. 그런 다음 신료들의 눈을 피해 밖으로 나와서 밀담을 나눴다.

"이게 어떻게 된 일이냐? 너를 여기서 보다니!"

박 풍수는 안경을 벗고 연신 노안을 비볐다.

"어르신, 너무 반갑습니다."

조영수는 큰절을 올렸다. 아버지나 다름없는 분이었다.

"엄친께서는 어찌 되었느냐? 자리 한 자리 얻을 욕심에 그 횡액을 당하셨으니 거동이나 제대로 하다가 돌아갔는지 모르겠구나. 나도 입장이 난처해서 못 챙겨봤다. 미안하구나."

박 풍수는 조 풍수가 비명에 간 줄로만 알고 있었다. 조영수는 아버지를 닮아서 머리가 비상한 사람이었다. 생존해 계신다는 말씀은 하지 않고 그저 눈물을 뿌렸다. 처량하고 딱한 광경이었다.

"진정해라. 내가 말렸어야 했는데 까맣게 몰랐으니 도리가 없었다. 암장(暗葬)된 너희 조부 유골도 발각되어 바숴져버리고…. 내가 뼛조각을 긁어모아다가 도로 묻어주었다만 너무 참혹한 일이어서 늘 오목가슴이 결렸다."

박 풍수의 회고조에 조영수는 모골이 송연했다. 이 손으로 암장한 조부가 바숴졌다니! 처음 듣는 비보(悲報)였다. 아버지가 아시면 피를 토하고 쓰러질 노릇이었다. 하지만 조영수는 침착했다.

"어르신, 그때 전주를 떠난 이후 저희들은 죽을 고생을 하면서 겨우 목숨을 부지했습니다. 배운 게 도둑질이라고 아버지의 가업을 이었고 총독부 관리가 뒷배를 봐주는 덕에 오늘에 이르렀습니다. 아버지를 생각하셔서 절 도와주십시오. 천자봉 그 자리는 분명 금혈입니다. 한 번 가보시면 감탄하실 겁니다."

"그랬구나. 아무튼 고생이 많았다. 이 일대에도 비어 있는 대지가 여럿이다. 임피 술산(戌山)이나 순창 말명당, 전주 옥녀등공 등 차천자에게 추천할 만한 명당이 많지. 곧 자리를 정해서 면례하기로 했다."

"어르신, 이번에는 저를 도와주십시오. 은혜는 평생 갚겠습니다."

아니, 사례비를 받으면 당장 삼분지 일을 드리겠습니다. 천자봉은 분명 대혈입니다."

박 풍수는 한동안 많은 생각을 달렸다. 조 풍수의 비상한 두뇌가 아들에게 그대로 전해진 듯했다. 뭔가 꿍꿍이속이 있는데 사례비를 얘기하니 싫지는 않았다. 집안 내력으로 봐서 분명 어마어마한 돈을 요구할 것이다. 과연 성공할 수 있을까.

어차피 차경석은 얼마 안 가 망한다. 겉으로는 위풍당당하지만 속내는 그리 편치가 못하다. 총독부에서 본격적인 탄압이 시작되었고 자꾸 등극일을 미루며 거짓말로 둘러대기 시작하면서 신도들이 떨어져나가고 있었다. 오래 버텨야 10년이었다. 10년 안에 망할 게 분명했다. 천자가 무슨 가당키나 한가. 차경석 자신도 그것을 아는 눈치였다. 요즘은 불안해 마약에 손을 대고 있다는 소문도 들렸다.

"이 일은 나 혼자서 어떻게 결정할 일이 아니네. 차 천자의 황태자 차용남이 직접 챙기는 일이야."

박 풍수는 일의 막중함을 일러줬다.

"어르신, 다른 일도 아니고 풍수 일입니다. 우리가 마음을 합치면 못 해낼 일이 뭐가 있겠습니까? 대지대혈은 저마다 값이 있는 것이니 삼정승 벼슬자리값만 받아내도 얼마입니까? 어르신께서는 아직도 천기를 누설하여 명을 단축하시면서도 겨우 푼돈이나 바라십니까? 차제에 한몫 챙겨두십시오. 앞으로 사시면 얼마나 더 사시겠습니까?"

두 사람은 어느새 전략을 세우고 있었다. 나중에는 손 노인도 합석해서 본격적으로 모사를 꾸몄다. 조부의 유골이 앙화를 입었음을 알게 된 조영수는 기필코 이번 일을 성사시켜서 소 한 마리를 잡아 제사하고 위로하리라 결심했다. 울분만 하고 있어서는 아무것도 되지 않았다. 다행이 박 풍수가 뼛조각이라도 다시 제자리에 묻어주었다니 감읍이었다. 일이 성사되면 약속대로 삼분지 일을 건네줄 셈이었다.

조선에 매료된 두 외국인

대구 수성 만촌 고을에는 중국에서 온 명풍수 두사충(杜師忠)의 묘가 있다. 그는 임진왜란 때, 명나라 수군도독 진린(陳璘)을 수행하여 조선에 온 풍수였다. 조선의 산하와 풍습에 매료된 그는 명나라로 돌아가지 않고 귀화한다. 그는 《모명재 감여유결(慕明齋堪輿遺訣)》이라는 풍수서와 숱한 전설을 남겼다.

낙동정맥이 영천과 경주 사이를 달리는 운주산을 거쳐 사룡산, 상원산, 대덕산을 지나 형제봉 아래서 회룡고조(回龍顧祖, 산이 몸을 돌려 조상 산을 바라봄) 형국을 이룬다. 두사충의 묘는 곤파(坤破) 계좌정향(癸坐丁向)으로 자리잡았다.

"임란 때, 중국에서 온 풍수들이 여럿이다. 이 분 말고도 섭정국(葉靖國), 이문통(李文通), 시문용(施文用)이 그들이다. 섭정국과 이문통은 중국에 돌아가지만 두사충과 시문용은 귀화하여 조선인이 된다. 시문용은 성주군에 수륜면 아래 만질에 묻힌다."

태을과 득량은 모명재라는 사당을 거쳐 두사충의 묘 앞에 이르렀다.

"선생님, 중국의 명풍수가 들어간 자리치고는 좀 그렇군요. 조선의 산천에 매료됐다면서 왜 이 정도 자리밖에 못 잡았죠? 대국에서 왔다고 어지간히 뻐기며 설쳤을 텐데요."

명나라 장수들이 조선을 지원한다는 명목으로 얼마나 눈꼴사납게 굴었나를 잘 아는 득량이었다. 나라가 어지러워 외국군대가 주둔하게 되면 민초들이 고초가 심했다. 그네들의 횡포를 몸으로 받아내는 건 무지렁이 백성들이었기 때문이다. 특히 여성의 애환은 몽상조차 하기 싫었다. 명군과 왜군에게 끌려가 노리갯감이 됐다가 풀려나기 일쑤였다. 그러면 힘이 약해서 자기 여자를 지켜내지 못한 사내들은 화냥년이라며 패대기치고 멸시했다. 오랑캐들에게 끌려갔다가 마을로 돌아온 여자, 곧 환향녀(還鄕女)가 화냥년이었다. 누가 그러고 싶어서 그랬는가. 사내들이 적을 당해내지 못해서 생긴 일이었다. 그런데도 상처를 보듬고 감싸주기는커녕 도리어 못되게 굴었으니 빙충맞은 짓이었다. 지금 역시 일본인들에게 나라를 빼앗겼고 이 강산 어디에선가는 조선의 아리따운 여인들이 그네들의 욕망의 재물이 되고 있을지도 몰랐다. 봄날, 조선의 산천에는 가는 곳마다 진달래가 서럽게 피어있었다. 그것은 어쩌면 조선 여인들의 아픔이 아니겠는가. 득량은 진달래꽃 한 송이를 따다가 입에 넣었다.

"이 묘는 분명 정혈에 들지 못했다. 아들에게조차 혈자리를 알려주지 않고 있다가 죽기 직전에 저 아랫마을에서 아들의 등에 업혀 올라오며 손가락으로 가리켰는데 잘못 알려주고 죽었다는 야담이 전하지. 그러나 나는 그렇게 곧이곧대로 믿지는 않는다. 두사충도 살아생전 덕을 쌓고 복을 짓진 못했음이지. 그래서 남에게는 숱한 자리를 잡아주고도 정작 자신은 명당에 들지 못한 거야."

태을은 중국에서 가져다가 심은 듯한 묘 앞의 배롱나무를 한 번 쓰다듬었다. 오래 묵은 꽃나무였다. 그는 득량을 데리고 아래쪽으로 내려갔다. 그곳에 제법 쓸 만한 와혈(窩穴)이 있었다. 두사충의 후손이 묻힌 자리였다.

북으로 가서는 고락을 함께하고(北去同甘苦)

동으로 와서는 생사를 함께하네(東來共死生)
성 남쪽 타향의 달빛 아래(城南他夜月)
오늘 한 잔 술로써 정을 나누세(今日一杯情)

"〈봉정두복야(奉呈杜僕射)〉라는 시다. 두복야에게 올리는 시라는 제목으로 이순신 장군이 지으셨다. 복야는 벼슬 이름이고, 전란중에도 이따금씩 만나 술을 나눴음을 알 수 있다."
태을이 한시를 외워보였다.
"정말 놀랍네요. 이순신 장군과 두사충의 교분이 두터웠다니요."
득량은 의외라는 생각이 들었다.
"그뿐만이겠느냐. 이순신 장군의 인품에 매료됐던 그는 장군께서 전사하자 장군의 묏자리를 잡아준다. 훗날 무슨 이유에서인지 이장하고 그 자리는 이순신 장군의 손자가 들어가지만 말이다. 아산에 그 자리가 있는데 당시 이순신을 시기한 세력들이 장군께 민심이 쏠리자 그를 경계했고, 죽어서도 묘를 명당에 못 쓰게 방해하지 않았을까 짐작한다."
더 놀라운 말씀이었다. 백성들을 버리고 신의주까지 몽진(蒙塵, 먼지를 뒤집어 씀. 왕의 피난)했던 무능한 왕이, 나라를 구하고 목숨을 바친 장군의 편안한 잠 하나를 보장하지 못했다는 말이 아닌가. 득량은 분하여 입술을 깨물었다.
1599년 기해년 1월 15일, 명나라 수군도독 진린은 제문을 짓고 이순신 장군에게 제사를 지낸다.

누가 알았으리. 탄환에 맞아 목숨을 잃을 줄이야!
항시 나라를 욕되게 한 사람이라, 오직 한 번 죽는 것만 남았노라

동기감응의 숨은 이치 157

하시더니,
이제 강토를 돌아보니 이미 큰 원수 돌아갔으나 어찌 하리요,
되레 그 맹세대로 돌아가셨으니!
오호라! 통제사여!
나라가 피폐하거늘 누구와 더불어 다스릴 것이요

"여기서 멀지 않은 곳에 이순신 장군을 앙모했던 또 한 사람의 외국인이 있다. 넌 일본에서 조선에 귀화해 선조로부터 김씨 성을 하사받은 김충선(金忠善)이라는 장군을 아느냐?"
"처음 듣는 말씀입니다."
"그럼 그가 터를 내리고 살았던 마을을 가볼거나? 후손들이 집성촌을 이루어 잘 살고 있단다."
태을은 협착한 산협을 걸어서 가창면 우록리로 향했다.
달성군 우록리 앞산 가파른 산길을 오르자니 이마에 땀방울이 솟았다. 혈장 앞은 깎아지른 절벽이다. 인공으로 축조한 석축 위로 오목한 와혈(窩穴)을 이루고 있다. 김충선 장군은 왼편에 정실과 측실을 나란히 거느리고 누웠다. 안산은 치마를 걸어둔 모양의 현군사(懸裙砂)다. 그 아래로 후손들이 옹기종기 모여 사는 우록리 마을이 보인다.
"저 현군사를 보니 점순이라는 노파가 생각나네요."
득량이 묘한 웃음을 지었다.
"같은 현군사라도 자리에 따라서 작용이 다르다. 이 혈자리는 저 현군사가 오히려 좋은 역할을 하지. 시봉하는 여인들이 많은 자리이고 손이 번창할 터가 분명하다. 타국에 귀화하여 뿌리내리고 산 사람이 들어갈 만한 자리다. 아쉬운 점은 뒤에서 볼 때 오른편으로 한 금정쯤 밀려 썼으면 좋았겠다 싶구나."

태을은 묘 앞에 앉아서 담배를 태우며 김충선 장군이 귀화해서 조선 사람이 된 사연을 이야기했다.

22세 청년 사야가(沙也可)는 구마모토 성주(城主)인 가토 기요마사(加藤淸正) 휘하의 좌선봉장으로 1592년 임진년에 3천의 병사를 거느리고 침입했다. 조선은 잘 훈련된 일본군에 쑥대밭이 돼버렸는데 사야가는 부하들을 이끌고 경상도 병마절도사 박진(朴晉)에게 귀순하고 만다. 생각지도 않은 일이었다. 박진은 당혹스러웠다.
'섬나라 오랑캐의 명분 없는 전쟁에 동조할 수 없고 예의의 나라에서 성인의 백성이 되겠다.'
이것이 사야가의 귀순 이유였다. 용맹한 장수 사야가는 조선을 침략하여 바람처럼 짓밟아가던 중 피난민들에게서 조선의 미풍양속을 목격한다. 난을 피해 달아나면서도 노부모를 업고 가는 자식들이 많았고, 굶주리면서도 남의 물건에 손을 대지 않았다. 조선에 이처럼 순박하고 아름다운 사람들이 살고 있음에 눈물겨웠다. 일본 같으면 어림도 없었다. 칼 잘 쓰는 무사가 제 마음대로 다 취할 수 있었고 예의와 염치보다 무력이 앞섰다. 그런데 조선인은 달랐다. 성인의 백성이 아니고서는 이처럼 아름다운 풍습을 지닐 수 없었다. 자신이 지닌 무력과 잔꾀에 도저히 견줄 바가 아니었다.
사야가는 강화서(講和書, 귀순을 청하는 글)를 써내려 갔다. 결코 지혜가 모자라거나 무력이 약해서가 아니라 이 땅의 아름다운 풍속에 감화되어 귀순한다고 썼다. 그는 동래, 울진, 진주 싸움에서 일본군을 무찔러서 그 공으로 가선대부에 올랐다. 그리고 도원수 권율(權慄, 1537~1599)의 주청으로 선조로부터 성씨를 하사받았다.
임란 이후에도 이괄의 난을 평정하고 병자호란 때도 66세의 노구를 이끌고 전과를 올려, 이른바 삼란(三亂) 공신으로 일컬어진다. 후에 대구로 내려가 대구목사 장춘점(張春點)의 딸과 혼인하여 우록 김씨 시조가 되었다. 사성(賜姓) 김해 김씨라고도 한다.

"주색(酒色)으로 천성을 흐리지 말 것이며 재물 때문에 친척을 버리지 마라. 남의 착한 일은 드높여주고 허물은 덮어줘라. 너희가 부귀하여도 빈천한 이를 업신여기지 말며 너희가 빈천하여도 부귀를 부러워 마라."

김충선은 이런 내용으로 가훈을 짓고 자손들을 훈육했는데 후손은 번창했고 시조의 가르침을 실천하며 군자다운 삶을 살았다.

"이순신 장군은 김충선에게 조총과 화약 만드는 법을 보급케 한다. 김충선이 남긴 《모하당문집(慕夏堂文集)》에는 〈답통제사 이공서〉라 해서 통제사 이순신의 하문에 충심으로 답하는 편지가 실려 있다. 조선의 승리를 위해 열과 성을 다했던 김충선의 마음이 고맙고 눈물겹다."

태을은 옷깃을 여며 예를 취하고 산을 내려갔다.

임진왜란은 당대의 걸출한 세 사나이의 삶을 바꿨다. 이순신은 왜적을 물리치고 전사하여 청사에 빛나는 명장이 되었다. 명풍수 두사충은 머잖아 망하게 될 명나라와 아내를 버리고 두 아들을 데리고 나와 조선에 뼈를 묻었고, 침략군의 선봉장 사야가는 해동 군자국 백성 김충선이 되었다.

"16세기 말, 이 땅에서는 조·중·일 삼국이 대접전을 치렀지요. 그 결과 동아시아 역사가 재편돼 버립니다. 조선을 침략했던 일본은 도요토미 히데요시〔豊臣秀吉〕 정권이 무너지고 도쿠가와 이에야스〔德川家康〕 막부가 들어서지요. 조선을 도왔던 명나라는 만주에서 몸을 일으킨 누루하치〔奴兒哈赤〕에 의해 멸망하고 청나라가 세워집니다. 했거늘 정작 피해당사자인 조선만은 예외죠. 도성을 버리고 의주로 몽진했던 무력한 왕, 선조가 여전히 조선을 다스리게 되는 것입니다. 아들에게 세습된 권력은 이후로 장장 300년을 더하지요. 세계사에서 유례를 찾아보기 어려운 생명력인데 그 이유는 백성들이 착해서였던 걸까요?"

득량이 16세기 동아시아 삼국대전을 논평하며 조선의 질긴 생명력의 이유를 물었다.

"착한 백성, 못난 정치가들이란 말이로구나."

"착한 걸까요? 아니면 모자란 걸까요? 선조 같은 왕에게는 왜란이 평정되고 당연히 그 책임을 물었어야 했지 않았을까요? 그리고 새 왕조가 들어섰어야지요. 그랬으면 오늘날 이렇게 일본인들에게 나라를 빼앗기는 일은 없었을지도 모릅니다."

득량이 언성을 높였다.

"너의 소신이 워낙 분명하니 내 생각을 말하는 것이 좀 부담스럽구나."

태을이 뒤를 돌아보며 득량을 일별했다.

"아닙니다. 선생님의 견해를 듣고 싶습니다."

"난 달리 생각한다. 이 땅 사람들도 상무(尙武)를 국시로 삼은 적이 있었다. 고구려가 그랬지. 중국과 무력을 겨루느라 밤낮 전쟁을 치렀지. 그 시대에 백성들은 행복했을까? 조선은 요순지치(堯舜之治)를 이상으로 삼은 나라다. 중국과 일본에 번번이 유린당하면서도 최소한의 방어만 했지 강병책을 쓰지 않았다. 만일 강병책을 썼다면 지금까지 살아남았을까 의문이다. 심성(心性)을 수양하며 사람 도리를 다하면서 평화롭고 소박하게 살아가는 사람들이 잘못일까, 그들을 노략질하는 이들이 잘못일까? 남의 집 안방을 함부로 들락거리는 건 도둑심보다. 약육강식 논리는 짐승들이나 할 짓이다. 일찍이 김충선은 그걸 본 것이다. 의식이 빨리 깬 선각자지."

득량에겐 스승 태을의 말씀이 왠지 약자의 변명처럼 들렸다. 조선도 빨리 유럽과 통상하고 개화하여 군함도 만들고 비행기도 만들었다면 일본인들이 감히 쳐들어오지는 않았을 것이다. 사나운 맹수에게는 도덕을 가르치는 일보다 방어가 우선한다. 습격이 반복되면 방어만 할 게 아니라 소굴을 찾아 들어가서 때려잡아야 하는 것이다. 문제는 힘이다. 힘이 없으면 아무리 생각이 간절해도 불가능하다. 그렇다. 국부(國富)가 있어야 한다. 주변이 온통 맹수들인데 내 심성만 수양한다고 평화가 오는 건 아니다.

"선생님, 우리 조선은 너무 가난합니다. 이런 가난한 나라를 일본은 왜 그렇게 틈만 나면 노략질하고 집어삼키려 했을까요?"

"가난해도 도둑이 가져갈 건 얼마든지 있다질 않느냐. 제국주의적 성향이 있는 나라는 무조건 영토를 확장하려 든다. 일본의 경우는 좀 특이하다. 나도 어느 학자에게 들은 얘기다만, 백제가 멸망하기 전까지만 해도 왜(倭)는 우리와 서로 다른 국가라는 개념이 없었다. 조상의 나라로 여기며 내왕했지. 더 이상 같은 나라가 아니라고 여기면서부터 여러 차례 침략을 시도한다. 조상의 나라를 되찾으려는 의도라고 보는 견해가 있다."

서기 660년 나당연합군에 의해 백제가 패망한다. 663년 풍왕이 이끄는 백제 부흥군을 돕기 위해 왜국은 400여 척의 함대와 2만 7천의 구원병을 보내 나당연합군과 싸운다. 그것이 백강전투다. 백제와 왜 연합군은 나당연합군에게 대패하고 부흥운동은 종막을 고한다. 백제가 완전히 멸망한 것이다. 일본 최초 역사서인《일본서기》663년 9월

7일 조에는 이렇게 기록돼 있다.

백제의 주류성이 마침내 당나라에 항복했다. 이때 나라 사람들은 이렇게 말했다. 주류성이 함락됐다. 이를 어떻게 할 수 없다. 백제라는 이름은 오늘로 끊어졌다. 조상들의 무덤이 있는 곳을 어찌 또 갈 수가 있겠는가?

"그럼 임진왜란도 경술년 병탄도 고토회복 운동인가요?"
득량은 기가 막혔다.
"내가 그런 역사에는 별반 아는 게 없구나. 다 들은 얘기다. 난 그저 각 고을 풍수나 그에 얽힌 역사 정도나 조금 아는 늙은이다. 나중에 네가 역사를 심도 있게 공부해서 밝혀보아라."
태을은 거기서 이야기를 접었다.
득량은 무언지 좀 이해가 되기도 했다. 조선 사람들은 바이칼이나 만주를 조상들의 터전으로 보고 그 터를 되찾으려는 다물정신을 고취하고, 일본 사람들은 한반도를 그들이 회복해야 할 조상들의 땅으로 본다. 그게 사실이라면 물고 물리는 영토싸움판이 이 세계였다.
"다소 무거운 얘기만 나눴구나. 이제 얼마 안 가면 청도고을이다. 내가 거기서 아주 재미있는 비보풍수(裨補風水) 현장을 보여주마."

어쩌다 청도까지 간다는 트럭 한 대를 만났다. 평소 같으면 지나가는 차를 손들어 세울 생각을 하지 못했던 득량이었지만 다리가 몹시 아팠고 도중에 더 볼 자리가 없는 듯하여 차를 잡았다. 운전사에게 담뱃값을 쥐어주니 흔쾌히 조수석을 내줬다.
화양읍내에서 내려 다로천과 청도천이 합수쳐 흐르는 송북리 들판으로 나왔다.

"애야, 너는 저 냇물 건너편 산이 어떤 형상으로 보이느냐?"

태을이 손을 뻗어 북쪽을 가리켰다.

"산이 쭉 빠져버렸네요. 저걸 배주(背走)한다고 하나요?"

"잘 봤다. 여기 이 흙무더기로 만들어놓은 언덕들을 보아라."

태을은 송북리와 범곡리 들판 강변에 봉긋하게 올라온 언덕으로 올라갔다. 모두 세 개로 된 동그란 언덕이었고 키 큰 나무가 자라고 있었다. 이런 언덕은 어디서나 흔히 볼 수 있는 자연물이었다.

"이게 개떡이라는 거다."

"예?"

"왜 놀라느냐? 인공적으로 조성해 만든 개떡이라는데."

태을이 오랜만에 활짝 웃었다. 좀처럼 표정을 드러내지 않는 대추씨 같은 성정이었다.

"그럼 이게 비보입니까?"

"그렇지. 저 건너편 산 이름이 주구산(走狗山)이다. 개가 달아나는 모양이지. 그래서 물이 빠져나가는 수구막이 쪽인 여기에 떡 모양의 흙더미를 만들어서 개떡으로 개를 붙들어놓고 수구의 허함도 보완한 거야. 이 근동 사람들은 실제로 떡메라고 불러. 저 주구산 머리가 동쪽이다. 그 아래 절 하나가 보이지? 그 절 이름이 떡절이야. 개의 머리를 떡절로 눌러서 붙잡아둔 거지. 뿐만이 아니다. 저 아래 남쪽 월곡리에는 범바위산과 범바우촌이 있거든. 개를 꼼짝 못하게 으르는 호랑이를 끌어들인 것이지. 그건 비로라기보다 염승이지."

득량은 믿어야 할지 말아야 할지 몰랐다. 달아나는 개 형상의 산이야 분명하지만 개떡과 떡절이라니. 꼭 애들 장난치는 것만 같았다. 하긴 풍수가 어른들이 소풍 나와서 하는 보물찾기였다. 아이들은 선생님이 숨긴 보물을 찾는 것이지만 어른들은 명당이라는 이름으로 하늘과 땅이 숨긴 보물을 찾는 것이었다.

둘은 내를 건너서 떡절에 다다랐다. 떡절이 아니라 덕사(德寺)였다. 스승 태을은 한자로 적어서 그렇지 신도들은 모두가 떡절이라고 한다고 했다.

떡절 앞에서 남쪽을 조망하니 청도 고을이 한눈에 들어왔다.

"이 절을 세우고 풍수적으로 진압한 후로 청도에는 부자들이 연달아 나왔다는구나. 이게 우리나라 자생풍수의 실상이다. 터를 잘 가꾸고 만들어가는 것이 명당을 찾아 쓰는 것보다 나을 때가 있지."

명당 발복에 남녀유별하랴

경상북도 청도에서 경상남도 밀양은 맞붙어 있다. 동창천 하나만 건너면 바로 밀양 땅이었다. 두 사람이 밀양에 다다랐을 때, 초상집 하나가 눈에 띄었다. 마당에 차일을 쳐놓고 문상객들을 받고 있었다. 마침 지나는 길인데다가 곧 날도 저물어 올 낌새여서 태을과 득량은 그 초상집에 들어섰다. 널따란 마당이 비좁아 보일 정도로 문상객들이 많았다. 평소 덕을 잃지 않은 집 같았다. 마당에는 여러 장의 멍석이 깔리고 삼삼오오 둘러앉아 술을 비우는 사람들이 눈에 들어왔고, 저쪽 구석에서는 벌써 노름판이 벌어지고 있었다.

"윷을 똑바로 던지란 말이지. 물 뿌리는 것 맨키로 꼼수 쓰지 말고!"

"이눔아야, 주둥아리 좀 그만 나불대고 말이나 똑바로 달란 말이지!"

옥신각신 어쩌구저쩌구 지청구를 떨어대며 시비가 붙고 야단법석이었지만 본래 초상집에서는 시끄럽게 굴어주는 게 예의처럼 돼 있어서 누구도 허물삼지 않았다. 그런 싸움꾼이라도 없으면 되레 더 을씨년스러워서 초상집이나 문상객들 모두에게 슬픔만 더 가중시키게 마련이었다.

태을과 득량은 문상객들 틈에 끼여서 자연스럽게 어우러졌다. 돼지고기를 큼지막하게 썰어서 시래기와 섞어 끓인 국과 보리밥으로 이른 저녁을 때웠다. 가만히 돌아가는 판 속을 읽어보니 대주가 죽은 게 아니고 시집온 지 얼마 되지 않은 새 며느리가 죽은 초상집이었다. 저녁잠도 잘 자고 아침까지 해먹고 나서 부엌에서 급사했다는 것이다. 급살(急煞)을 맞았다는 사람, 급체로 절명했다는 사람, 본래 몸이 약했다는 사람 등 의견이 분분했다.

하여튼 애 하나 낳아보지 않은 이제 갓 스물 난 새각시가 요절했으니 망자로 봐서는 여간 원통한 일이 아니었다. 서방되는 사람이야 다시 새장가 들면 그만이었다. 그래선지 집 안에는 곡(哭)하는 사람을 찾아볼 수 없었다. 친정식구들 몇몇이 멍석 깐 마당 한쪽에서 죄진 사람들 행색으로 눈시울을 붉힐 뿐이었다. 딸자식 죽이고 무슨 염치가 있다고 사돈댁에 와서 곡을 한단 말인가. 내심 같아서는 땅을 치고 통분할 일이었지만 역시 남의 이목을 의식하지 않을 수 없었다. 사돈댁 사람들도 며느리의 친정식구들에게 괜한 눈치를 주고 있었다. 그들은 그야말로 개밥에 도토리였다. 이 초상집은 밀양 박씨 집안으로 종갓집은 아니지만 대주되는 이가 항렬이 높고 살림도 제법 가멸한 편이어서 박씨 문상객들이 많았던 것이다.

곧 날이 저물었고, 마당에는 화톳불이 피워졌다. 태을과 득량은 화톳불 옆에서 문상객들 틈에 끼여 밤을 지새우기로 했다. 그러다가 새벽녘에 새우잠으로 잠시 눈을 붙이고 일어나 다시 길에 오를 작정이었다.

"이런 집에 초상나면 어려울 게 뭐 있노?"

"누가 아니라카나? 문상객도 많고 음식도 남아나고."

"죽은 사람만 원통하지."

"명당자리 많기로 유명한 선산 놔두고 공동묘지로 간다꼬 하는구먼."

"그러게 여자팔자 개팔자 아잉교?"

한 동네사람들인지 주고받는 이야기가 소상했다.

"왜 여자라고 괄시를 받는 게요?"

이제껏 듣고만 있던 태을이 점잖은 어조로 껴들었다. 동네사람들은 못 보던 양반행색의 노인을 보고 닭 소보듯 쭈뼛쭈뼛하다가 상대해 주었다.

"아 그럼, 자리 넓은 선산 놔두고 하필이면 옹색한 공동묘지 비집고 들어가는데 그게 호강이오?"

환갑은 안 돼 보이고 오십은 넘었을 땅딸막한 사내가 대거리하고 나왔다. 주위사람들이 고개를 끄덕여서 뜻을 같이한다는 표시를 했다.

"무슨 말씀들을 하시는 겐지 잘 못 알아듣겠소이다 그래. 왜 좋은 자리를 놔두고 험한 공동묘지요? 총독부에서 못 쓰게 하는 것도 아닌 듯한데."

태을이 짐짓 변죽을 울렸다. 모르고서 그러는 게 아니었다.

"그걸 몰라서 묻소? 좋은 자리를 왜 남의 식구한테 주겠소? 나라도 며느리에게 주지는 않겠소. 차라리 우리 박가네 머슴에게 주면 줬지."

박씨 문중사람으로 보이는 노인 하나가 괜히 열을 올렸다.

"아무려면 그럴 리야 있겠소?"

태을이 믿어지지 않는다는 투로 말했다.
"댁은 참 심성도 넓은 분이시구려. 그래, 씨 다르고 성 다른 며느리한테 귀한 명당을 준다는 게요? 사돈댁만 존일 시킬라꼬?"

역시 박씨 문중사람 가운데 이마에 주름이 많은 사내가 침을 튀겼다. 자기 집안에서 지금 하는 일이 결코 무례한 처사라거나 관행에서 벗어난 일이 아니라는 걸 항변하는 듯한 기색이었다.

갑자기 말이 높아지자, 사람들이 화톳불 주위로 모여들었다. 뭔가 재미있는 일이 벌어지리라는 걸 눈치 챈 모양들이었다.

"며느리를 명당자리에 묻지 않으면 누구를 묻는단 말씀이오? 며느리는 아들이나 다름없는 것이오. 외람된 말씀이오만 출가외인이라고 이 집안에 들어왔으면 이 집안 사람인 게요."

부지불식간에 태을의 어조도 높아지고 있었다.

"이 노인네 가만히 보니 우리 집안을 고깝게 보고 있군 그래."

박씨 문중사람 가운데 다혈질인 사내 하나가 팔을 걷어붙이고 나왔다. 아무리 문상객이지만 입을 함부로 놀리니 손 좀 봐주겠다는 뜻이었다. 권하는 술을 거절 못하고 받아 마셨던지 불콰해진 얼굴을 하고 있었다. 취한 사람이 아니고는 이렇게까지 나오진 못하는 경우였다.

"저놈 자식! 또 헤살질하려 든다!"

문중 어른들이 나서서 야단을 쳤다. 그제야 다혈질 사내는 비실비실 꼬리를 감추고 부엌 쪽으로 사라졌다. 술동이나 붙들고 씨름할 작정인 듯했다.

"손님, 못 뵈던 분이신데 말씀이 좀 지나치신 듯하오."

아까 말리고 들었던 문중사람들 가운데 의관을 정제한 노인이 말했다.

"그렇다면 제가 사과하리다. 저는 다만 오해로 비롯되는 그릇된 장례풍속을 바로잡아 주고자 했을 뿐이외다."

태을이 정중하게 나오며 실마리 하나를 던져놓았다.

"오해라뇨? 그럼 우리가 지금 뭔가 잘못하고 있다는 겝니까?"

의관을 정제한 노인이 되물었다.

"며느리되는 망자를 선산을 놔두고 험한 공동묘지에 묻는 건 옳지 않다는 것이지요."

"우리 집안에 와서 얼라 하나 나놓지 못하고 꺾였는데 어떻게 선산으로 갈 수 있겠소이까? 그건 틀린 경우요!"

노인이 법도를 들고 나왔다.

"허면 제가 이와 유사한 얘기를 해드리리다."

태을은 화톳불 앞에서 이야기를 풀어놓기 시작했다. 구성지고 흥미 있는 내용임을 눈치 챈 사람들이 관심을 보였다. 부엌일을 하던 아낙네들까지 하나둘 모여들었다. 여자와 명당에 관한 것이어서 아낙들의 관심은 더했다.

충청도 청주 고을에서 있었던 일이다. 청주 김씨 집안의 처자 하나가 진천 송씨 집안으로 출가했다. 딸은 심성이 고왔고 붙임성이 있어서 고추당초보다도 맵다는 시집살이를 무난하게 해냈다. 사위와도 금실이 썩 좋아서 세상에 걱정할 게 아무것도 없었다. 다만 시어머니 되는 양반이 여간 까다로운 게 아니어서 생고생을 시키는 게 마음에 걸릴 뿐이었다. 그러나 시아버지가 워낙 자상해서 며느리 사랑이 유달랐다. 시어머니에게 당했다가도 시아버지만 보게 되면 금방 달램을 받곤 했다. 그런 딸이 시집간 지 3년 만에 친정으로 쫓겨오고 말았다. 공교롭게도 딸은 자식을 못 낳았던 것이다. 그 때문에 얼마나 구박을 받았던지 흡사 밀짚같이 말라비틀어져 있었다.

딸은 친정에 온 이후로 방에 처박혀 두문불출이었다. 음식도 좀처럼 입에 대지 않았다. 자식 못 낳고 쫓겨온 여자가 더 살아서 뭣하겠느냐는 것이었다. 그러면서도 딸은 남편이 어서 와서 데리고 가주기를 기다렸다. 그러나 한 달이 가고 두 달이 지나도 남편은 처가에 나타날 줄을 몰랐다.

그처럼 아내를 애지중지하던 사람이 시어머니 등쌀에 그만 나가떨어지고 만 것이었다. 시어머니는 남편을 감시하다시피 했다. 행여나 처가에 가서 돌계집 며느리를 만날까봐 빗장을 질렀다. 그러면서 은밀히 매파를 불러들여서 새 장가 보낼 궁리를 하고 있었다.

"애야, 어서 기운을 차리고 일어나 이 약을 먹어라. 용하다는 의원에게 지어온 약이다. 아이 못 낳던 여자들이 이 약을 먹고 곧추 떡두꺼비같은 아들을 났다더라."

친정어머니는 약을 지어 먹이는 등 정성을 다해 딸을 돌봤다. 딸은 친정집 식구들의 사랑을 먹고서 몰라보게 몸이 좋아지기 시작했다. 드디어 친정아버지와 함께 시집으로 가려고 날을 정했을 때, 천둥벼락같은 소식이 날아들었다. 그 새를 못 참은 남편이 새 장가를 들었다는 것이었다.

딸은 그 자리에서 허물어져 버렸다. 그대로 몸져눕더니 시름시름 병을 앓기 시작했다. 그날부터 일절 식음을 전폐했다. 찾는 게 냉수요, 부르는 게 남편뿐이었다. 보다 못한 친정아버지 김 생원이 끙, 소리를 내고 일어나서 그 길로 옛날 사돈댁을 찾아갔다. 인륜이니 뭐니 구차한 얘기는 한마디도 꺼내지 않았다.

"여보게. 옛정을 생각해서 사람 하나 살린다고 생각하고 한 번만 가주게나. 한 번만 만나보면 여식이 더 이상 바랄 게 없다 하네."

친정아버지는 아직도 사위라고 믿고 싶은 사람에게 통사정을 했다.

사위는 마음 아파하기는커녕 새각시가 알까봐 안절부절 못했다. 나중에 시어머니 되는 이가 어찌 알고서 나타나더니 다짜고짜 욕설을 퍼부었다.

"참 넉살도 좋으시구려. 병신 딸 시집보내서 우리 아들 3년씩 헛삽질하게 만들어놨으면 됐지 무슨 염치로 찾아와서 데퉁한 부탁이요, 부탁이!"

얼굴이 화끈거려서 더는 붙어 있을 수가 없었다. 김 생원은 송씨집을 나왔다. 송가놈들과 다시 상대하면 우리 어머니 자식이 아니라고 혀를 깨물었다. 그런 그의 뒤에다 대고 딸의 옛 시어머니가 소금을 뿌렸다.

"아가, 도리가 없구나. 그만 포기하고 맘 독하게 먹고 일어나라. 니 한몸 건강해야지 다 소용없느니라."

정이 많은 김씨는 백지장마냥 하얗게 야윈 딸자식 앞에서 눈물까지 글썽였다.

"아버님, 불효녀를 용서하소서. 부모보다 먼저 세상을 뜨는 게 제일 큰 불효라 했는데 소녀가 그 불효를 짓고 가네요. 아버님, 너무 미워 마시고 어디 따뜻한 양지바른 곳에 깊이 파고 묻어주세요. 천상에서라도 꼭 아버님의 은공을 잊지 않을게요."

김씨는 그렇게 죽어간 딸이 너무도 불쌍했다. 그는 딸을 양지바른 곳이 아니라 그보다 더 좋은 명당자리에 묻어주기로 했다. 그에게는 오래 전부터 봐둔 명당이 한 자리 있었다. 그의 선산 남쪽기슭의 복호형(伏虎形) 명당이었다. 본래 자신이 묻힐 이른바 신후지지(身後之地)로 쓸 요량이었으나 애비보다 먼저 간 여식이 너무 가련하여 그 자리에 묻어주기로 한 것이다. 호랑이가 엎디어 노리는 먹잇감, 곧 재물이 무궁하다는 명당이었다.

그 뒤로 놀라운 일이 벌어졌다. 딸의 시집이었던 진천 송씨 집안이 하루가 다르게 일어나기 시작한 것이다. 재물이 곳간마다 그득그득 쌓이고 큰 공부도 안 한 아들이 과거에 급제했다. 진천 송씨 집안에서는 뜻하지 않은 경사에 스스로 의구심을 품지 않을 수 없었다. 그리하여 발복할 만한 조상 묏자리를 하나하나 따져보기 시작했다. 그러나 어디에고 제대로 쓴 번듯한 명당자리 하나 없었다. 드디어 어느 영험하다는 무당 하나가 결론을 내렸다.

"진천 송씨 집안 묘의 음덕은 절대 아니오. 이는 분명 청주 김씨의 선산에서 비롯된 발복이오. 옛날 며느리가 명당에 묻히고 나서 그 기운이 시집 쪽으로 온 것이지요."

선뜻 믿을 수는 없었지만 그렇다고 누구도 그 무당의 말을 부인하지 못했다. 그 뒤 진천 송씨 집안에서는 당장 족보에 청주 김씨 집안에서 얻었던 옛날 며느리 이름을 올리고 성대하게 제사지냈다.

"오호라, 정말 신통한 일이로고."

"친정집 선산에 묻히고도 발복(發福)은 원수나 다름없던 시집으로 갔군요."

태을의 얘기를 듣고 난 사람들이 저마다 탄성을 질렀다. 태을을 보는 박씨 문중사람들의 눈빛이 사뭇 달라졌다. 오래된 이야기를 유장하게 하는 것이나 사용하는 말투 등을 봐서 상당히 학식 높은 사람이라고 믿기 시작했다.

"그뿐인 줄 아시오? 청풍김씨는 조선 후기의 명문세족으로서 숙종 때로부터 영조 때에 걸쳐 수많은 영걸 인물들을 배출한 집안이오. 이 집안이 왜 그렇게 흥한 줄 아시오? 바로 안동 권씨인 김인백(金仁伯) 공의 부인 묘를 잘 썼기 때문이오. 경기도 시흥 땅 오봉산(五峰山) 금계포란형에 쓰고 나서 삼대정승(三代政丞)을 배출했소. 한 집안에서 삼대가 내리 정승을 살았다는 건 절대 쉬운 일이 아니외다. 이천의 남양 홍씨 홍송민(洪聖民)의 묘를 쓰고 사대오상(四代五相)이 났다고는 하오만. 아무튼 여러분들 말씀 대로라면 김인백 공의 부인이 안동 권씨니 안동 권씨 집안으로 복이 가야 할 것이오?"

태을의 어조에는 힘이 실려 있었다. 말을 귀여겨듣는 화톳불 주위 사람들의 동조기운을 느끼니 더 힘이 솟았다.

"그럼 우리 며느리도 당연히 선산으로 가야 하는 것 아닌가?"

문중사람 하나가 초를 쳤다.

"이르다 뿐이겠소?"

"손을 낳지 않았어도 말이지요?"

"이 집 자손과 합방했지 않았소이까? 더구나 한솥밥 먹고 조상 제사 음식도 만들고 동기간에 우애 있게 처신했다면서요. 여자가 시집을 오면 그 여자는 죽어도 시집귀신이 되는 것이오. 그래서 출가외인이란 말이 나온 것이외다. 출가외인, 출가외인 말은 잘하면서도 그 진정한 속뜻을 모르니 이처럼 공동묘지 얘기까지 나오는 것이오. 명당 발복에 남녀가 유별한 게 아니오. 여자도 좋은 자리에 묻히면 제대로 발복하는 법이지요."

태을이 출가외인이라는 말의 뜻을 알기 쉽게 풀어냈다. 저만치 듣고 있던 아낙들이 벙시레 입을 벌리고 서 있다가, 배가 불러 더 먹을 수도 없는 태을 앞으로 음식을 잔뜩 올려놔 주었다. 남의 며느리지만 공동묘지가 아니고 선산으로 가게 될 기미가 보이자, 같은 여자 입장에서 다행이다 싶던 모양이었다.

"우리도 들은 얘기가 있는디, 시집오고 7년은 넘겨야 비로소 시집 식구들 뼈로 변한다는 말이 있던데요?"

동기감응의 숨은 이치　173

좌중에서 노인 하나가 나섰다.

"그런 얘기가 있긴 하오. 7이라는 숫자는 북두칠성에서 온 것인데 사람의 수명을 관장하는 별이지요. 어린애를 낳고 삼칠일을 가린달지, 7년을 살아야 한집안 식구가 된다는 말이 거기서 나왔지요. 7년이면 온몸이 그야말로 환골탈태되는 시간이오. 하지만 사람은 몸도 몸이지만 마음의 지배를 더 받는 영물이지요. 마음이 이 집안에 깃들어 있다면 7년이 아니라 7일이라도 가하오."

태을이 명쾌하게 해명했다. 아까 말을 꺼낸 노인이 막걸리 사발을 들어서 목을 축이며 고개를 끄덕였다.

곧 문중사람들이 모여서 회의가 벌어졌다. 결론이 어떻게 날 것인가는 별로 중요하지 않았다. 자신의 말이 무시되지 않은 것만으로도 태을은 흡족했다. 그는 사랑채에 딸린 작은 방으로 비집고 들어가서 잠시 눈을 붙였다. 장작불을 하도 세게 들이밀어서 방이 쩔쩔 끓었다. 기름먹인 종이를 바른 방바닥이 거뭇거뭇하게 탈 지경인데 먼저 퍼질러 누운 사람들에게서 술 냄새, 발 구린내가 진동했다. 하지만 여독 때문에 그걸 따질 계제가 아니었다. 득량도 태을을 따라 비좁은 틈을 파고들어 몸을 뉘었다.

아침에 일어나 보니 결론이 나 있었다. 밀양강이 감돌아 나가는 가곡리 용두산(龍頭山)에 묻기로 했다는 것이다. 그 산은 명당이 많은 산이라 했다.

뜨거운 해장국밥을 불어가며 먹고 있는데 동네사람들이 수군수군 귓속말을 하는 게 보였다. 저 두 양반들이 보통분들이 아니라는 거며, 자리잡을 데가 있는 사람은 떠나기 전에 한 자리 부탁하라느니, 자기들끼리 주고받는 말이 은밀했다.

곧 마당으로 상여가 들어왔다. 요절한 며느리가 공동묘지 대신에 명당으로 가는 길이었다. 다른 사람 아닌 태을 덕분이었다. 태을은 흡족한 심정으로 상여를 바라보다가 득량의 소매를 잡아 이끌었다.

두 사람은 조용히 초상집을 빠져나왔다. 더 지체하고 있다가는 마을사람들에게 붙잡혀서 며칠간 묏자리 잡아주고 다녀야 할 판이었던 것이다.

밀양 고을에서 꼭 만나야 할 사람이 있었다. 그곳으로 가기 전에 그들은 영남루(嶺南樓)에 올라서 봄날의 밀양강변 풍경을 완상했다. 남쪽 강물이 감돌아 흐르는 삼문리는 하중도(河中島)였는데 그림 속의 섬 같았다.

"선생님, 궁금한 게 있습니다."

득량이 흐르는 강물을 바라보다가 어젯밤에 품었던 의문점을 상기해 냈다. 태을이 득량의 말에 귀를 기울였다.

"풍수의 기본원리는 동기감응 아니겠습니까? 동성(同聲)은 상응(相應)하고 동기(同氣)는 상구(相求)한다고, 같은 소리끼리 서로 응하고 같은 기운끼리 서로 구하는 것이죠. 그런데 정말 성씨도 다르고 피한 방울 안 섞인 며느리 유골이 시댁에 영향을 줄까요? 인자가 전혀 다른데요."

"당연히 품어야 할 의문이다. 너 이 얘기 들었느냐? 어부가 바다에 나가 그물질을 하다가 해골바가지를 건졌다. 여느 사람 같으면 재수에 옴 붙었다며 도로 집어던졌을 테지만 마음 착한 이 어부는 귀한 사람이 고기밥이 되고 두개골만 남아 바다 속에 잠겨 있었음을 딱하게 생각했지. 풍수도 모르고 까막눈이었지만 잘 가져다가 양지바른 곳에 묻어주었다. 그런데 그날 밤에 망자가 꿈에 나타난 거야. 정말 고맙다고 인사하고 사라졌지. 다음날부터 그 어부가 그물을 던질 때마다 물고기가 가득가득 잡히는 거야. 금시 발복한 거다. 이런 얘기는 전국 어디 가나 흔하다. 떠돌이중이나 거지로 바뀔 뿐 내용은 같다. 이 얘긴 뭘 의미하느냐? 풍수는 단순한 유물론이 아니다. 유심론(唯心論)도 작용하는 거지. 서양과학적 관점으로는 설명할 수 없는 점이 너무 많다."

"그렇다면 동기감응이 아니죠. 동기라는 개념은 분명 피나 뼈 따위의 물리적인 것인데 심리적인 작용까지 아우른다면 그 순간 종교처럼 신앙이 돼버리는 거죠. 풍수를 종교라고 할 수는 없잖습니까?"

득량이 치밀하게 분석하며 따졌다.

"그러냐? 난 너처럼 서양과학도 모르고 물리학적 지식도 없어서 확연하게 쪼개 보여줄 수 없구나. 다만 아까 말한 것처럼 유물론과 유심론이 함께 작용하는 건 분명하다. 제대로 명당에 쓴다면 반드시 영향을 준다. 그리고 동기라는 범위도 핏줄 이상의 그 무엇에까지 넓혀진다. 나중에 네가 더 연구해 보아라."

사실 이런 주제를 놓고 당장에 결론을 내릴 수는 없었다. 따지고 든다면 명당, 곧 혈자리라는 것부터 어떻게 받아들여야 할 것인지 고민해야 한다. 아직 득량이 완전하게 이해하고 수용한 게 아니었기 때문이다.

중국의 풍수는 조선과 다르니

강을 거슬러서 동쪽으로 길을 잡았다. 산외면 다죽리 다원마을로 가는 길이었다. 그곳에 진태을의 지인이 살고 있었다. 봄날의 강변을 걷는 일은 흥이 절로 난다. 물고기는 강물에서 뛰어오르고 종달새도

짝을 지어 날아오르며 꾀꼬리가 노래했다. 하지만 태을과 득량 모두 노랫가락에는 별반 소질이 없었다. 특히 예향 전주 출신답지가 않았다. 논변을 좋아했지만 풍류를 즐길 줄은 몰랐다. "날 좀 보소, 날 좀 보소" 하면서 밀양 아리랑이라도 한 대목 부를 법했지만 말없이 강변을 벗어나 들길을 탔다.

"죽눌(竹訥) 선생 계시오?"

태을은 동서로 우뚝 솟은 꾀꼬리봉 자락에 자리잡은 아담한 기와집에 들어서며 사람을 불렀다. 시골사람 치고 이마가 깨끗한 젊은이가 나왔다.

"춘부장 계신가?"

"아니, 선생님! 그렇잖아도 아버님께서 많이 기다리셨습니다. 어서 안으로 드시지요."

두 사람은 젊은이의 안내를 받고 들어갔다. 그는 두툼한 책 다발을 꺼내놓았다. 묶어낸 지 얼마 되지 않은 새 책들이었다.

"아버님은 서울나들이를 가셨습니다. 며칠 더 있어야 오실 겁니다. 이건 작년에 납 활자로 찍어낸 《역단회도 조선민택삼요(易斷繪圖 朝鮮民宅三要)》입니다. 모두 여섯 권이지요. 아버님의 필생 역저랍니다."

"죽눌이 참 대단한 일을 하셨군."

죽눌은 이 책의 저자 손유헌(孫瑜憲)의 호였다. 책 안쪽 표지에 '외우(畏友) 진태을에게 바친다'는 헌사가 붙어 있었다.

"아버님이 벌써 몇 년 전부터 기다리셨습니다. 선생님께 발문이라도 받을 요량이셨는데 정처를 모르니 어쩔 수 없다며 아쉬워하셨습니다."

죽눌의 아들이 아버지 대신 유감을 표했다.

"내가 뭘 아는 게 있어야 발문을 쓰지. 난 조정동(趙廷棟)의 《회도 양택삼요》도 깊이 연구하지 않은 둔재요."

태을이 겸양을 보였다. 조정동은 18세기 청나라 사람이었다. 죽눌 손유헌의 《민택삼요》는 조정동의 중국 양택론을 조선의 실정에 맞게 재구성한 책이었다. 젊은 날 서울의 어느 역관 집에서 조정동의 책을 얻어 장장 38년이나 연구한 끝에 《민택삼요》로 거듭나게 된 것이다.

"이 어려운 시절에 책을 박아내느라 기둥뿌리가 뽑혔겠군. 이걸 공짜로 가져갈 수가 있겠나. 종이값이라고 전하시게."

태을은 지전 얼마를 꺼내 봉투에 담아 건넸다.

"이러시지 않아도 됩니다, 선생님!"

"사양 말게. 참 큰일을 해내셨네. 자, 그럼 친구도 없으니 그만 가보겠네. 들를 곳이 많아서 지체할 수가 없군."

"점심이라도 드시고 가셔야죠."

"번거롭게 무슨! 가다가 주막집에 들러서 국밥이나 한 그릇 뚝딱 하면 될 걸 가지고 뭐."

태을은 굳이 붙잡는 걸 뿌리치며 길을 나섰다. 식구들이 죄다 나와서 배웅했다. 득량은 배낭이 더 무거워진 상태로 태을의 뒤를 따랐다.

두 사람은 동쪽을 향해 한동안 말없이 걸었다. 말을 붙인 건 득량 쪽이었다.

"선생님, 언짢으신 일이라도 있습니까?"

"아니다. 그냥 생각할 게 좀 많구나."

태을의 표정은 사뭇 어두웠다.

"왜 아까 그 집에서 무엇에 쫓기는 것처럼 서둘러 나오셨습니까? 점심 때도 다 됐는데요."

"죽눌의 대단한 집념이 너무 안타까웠다. 자고로 중국에서 새로운 풍수 이기법 하나가 들어오면 온 나라가 휘청거렸다. 《지리오결》이 그랬고 《지리신법》이 그랬다. 《양택삼요》도 그 가운데 하나다. 하지만 나는 그 책을 보다가 던져버렸다. 우리 조선의 양택들과는 전혀 맞지 않았기 때문이다. 그걸 바탕으로 우리식으로 재구성했다고 하지만 죽눌의 책은 들인 시간과 노력에 비해 쓸모가 없다.

영남에는 무수한 양반촌락이 즐비하다. 이제까지 본 것 말고도 대구 옻골마을, 경주 양동마을, 청암정 정자로 유명한 봉화 닭실마을, 안동 김씨들의 본향 풍산 소산리, 안동 하회마을, 의성 김씨 종택이 있는 내앞마을 등 거론하기 힘들 정도다. 앞으로 시간을 두고 네가 직접 연구해 봐라. 우리 전통 가옥 가운데 그런 이기법에 근거하여 지은 곳은 한 군데도 없다.

문왕(文王) 팔괘와 낙서(洛書)를 바탕으로 한 양택삼요니, 동사택 서사택이니 하면서 삼요, 곧 대문과 안방과 부엌의 위치를 정하고 동사택 서사택으로 길흉화복을 따지는데 나는 아무런 근거를 찾지 못했다. 청나라 때의 요문전(姚文田)의 비판처럼 주역팔괘를 가지고 주택의 방위를 정하거나 구성법으로 길흉을 따지는 것, 이런저런 살(煞)이 있다고 하는 것은 전혀 동조할 수 없다. 한마디로 되지 않은 복잡한 이기법을 동원하여 견강부회(牽强附會)하는 거다. 그래서 풍수가 자연지세를 훌륭히 이용하지 못하고 엉뚱하게 놀아나서 사기꾼 소리를 듣는 거다."

태을은 다소 흥분한 어조로 말했다. 득량은 아직 공부가 일천하여 판단하기가 어려웠다.

"너 이런 말 들어봤느냐? 상주는 풍수에게 속고 풍수는 패철에 속는다는 말! 쓰는 사람마다, 지방마다 다른 혼란스런 이기법이 있지. 산일을 할 때마다 애꿎은 패철만 들고 빙빙 돌려대지. 개안하면 어느 자리에서나 제대로 쓰는 법이다. 눈도 안 열린 얼치기들이 괜히 권위를 높이려고 미처 실증도 해보지 않은 각종 이론들을 들먹이는 법이다. 너도 한 번 연구해 봐라. 내 말이 사실임을 알게 될 게다."

"그럼 죽눌 선생님은 헛고생하신 건가요?"

"그렇기야 하겠느냐만 중국의 이론을 과감히 조선식으로 바꾸지는 못했구나. 훗날에 또 그 책을 가지고 먹고사는 사람들이 생길 게다. 언젠가 일렀듯 학문이란 치밀하게 따져보고 명백하게 진위를 분별한 다음에 독실히 실천해야 하는데 제대로 된 선비가 없으니 뒷감당 못할 짓만 하는 거다."

스승의 비판이 너무 통렬했기 때문에 득량은 언제고 꼭 집요하게 물고 늘어져서 여러 양택이론들과 좌향론을 검증해 보기로 마음먹었다.

"애야, 표충사로 가려했는데 안 되겠다. 터의 적절한 쓰임을 생각하게 하는 만어사(萬魚寺)로 가자꾸나. 표충사나, 우리가 지나쳐 온 청도의 운문사는 훗날에 가보고 연구하여라. 벌써 4월이다. 보름만 더 둘러보다가 그만 전주로 가서 네 혼례식을 준비해야지. 이씨 처자가 혼수를 장만하면서 널 몹시 그리워하고 있겠구나."

"선생님! 저희들은 고작 두어 번 만났을 뿐입니다."

득량이 부끄럼을 타며 얼버무렸다.

"그러니까 더 그립지. 인연 있는 남녀관계란 한 번만 봐도 끌리는 법이다. 풍수가 뭐냐? 모두 음양이다. 산과 물의 관계를 음양으로 보고 양래음수(陽來陰受)니 음래양수(陰來陽受)니, 좌선룡(左旋龍) 우선수(右旋水) 따지는 것도 남녀가 유정하게 만나는 것과 똑같다. 왜, 전라도 육자배기에 그런 노랫말이 있지. '내 정은 청산이요 님의 정은 녹수로다. 녹수야 흐르건만 청산이야 변할 손가. 아마도 녹수가 청산을 못 잊어 휘휘 감돌아들거나.' 이런 내용 말이다. 이게 단순한 노래가 아니다. 남녀 교합을 말하고 있고 풍수를 말하고 있지."

"선생님, 육자배기 한 가락 불러보시죠? 그 대목으로요."

득량이 넉살좋게 주문했다. 좀처럼 없었던 일인데 흐드러지는 봄날 야외인지라 절로 흥취가 나는 모양이었다.

"이 녀석아! 내가 음치인 줄 모르고 있더냐? 그리고 음양이 맞지 않는데 사내들끼리 무슨 재미로."

그러면서도 태을은 육자배기를 뽑아냈다. 목울대가 심하게 드러나고 얼굴이 붉게 상기되었지만 그런 대로 유장한 곡조였다.

"잘 넘어가시네요. 멋진 곡조입니다, 선생님."

"허허허, 내가 젊은 제자에게 잘 보이려고 주책 어지간히 떤다."

"예와 악을 모르면 군자가 아니라잖아요."

"말 잘했다. 예악을 아는 네가 답례를 해보아라."

도리가 없었다. 득량은 걸으면서 아는 노래를 생각하다가 미국 흑인 가수가 불렀던 재즈 〈세인트루이스 블루스〉를 떠올렸다. 고단한 노예의 삶과 애환을 노래한 민요였다. 진양조인 육자배기만큼이나 처량한 노래였다. 득량은 영어가사로 절규하는 것처럼 노래했다.

"향인들의 음악을 들어보면 그 나라의 운명을 알 수 있다 했는데 너나 나나 모두 처량하구나. 무슨 내용인지는 모르겠다만."

"난 태양이 지는 모습을 보고 싶지 않아. 난 태양이 지는 모습을 보고 싶지 않아. 그걸 보면 내가 마지막 방랑길을 떠나는 기분이 드니까. 뭐 그런 내용입니다."

득량이 해석해 주자 태을은 멈칫했다. 마지막 방랑이라니. 이 놈이 뭘 좀 알고 부른 노래인가.

그들은 시장기를 때우려고 안법리 주막에 들어갔다. 보리밥을 쑥국에 말아서 먹었다. 태을은 술을 시켜서 두 잔을 연거푸 비웠다. 여기서 만어사에 가자면 거리는 얼마 되지 않았지만 제법 높은 만어산을 넘어가야 했다. 취할 정도로 술을 들면 걸음이 힘들 것이었다. 그러나 태을은 이렇게라도 마음을 달래야 하는 사연이 있었다. 득량은 짐작조차 할 수 없는 일이었다.

12
어디서 살 것인가

풍수계의 조조

조영수의 천자봉 금혈장사는 착착 진행되었다. 박 풍수의 도움과 손 노인의 재치로 차 천자는 장남 차용남을 시켜서 현장을 답사하도록 지시했다. 차용남이 지프를 가지고 직접 답사에 참가했다. 박 풍수와 손 노인, 조영수가 동행했다. 전라도 서남쪽에서 경상도 남동쪽 바닷가까지는 멀고 험한 길이었다. 신작로가 닦였다고는 해도 고을고을을 다 들르며 가야 하는 길이었다.

"미재라. 동방 최대의 수혈이라 해도 손색이 없구나. 놀랍습니다. 이 자리는 분명 천자지요."

어렵게 다다른 현장에서 박 풍수가 참기름을 발랐다. 그러면서 삼천리 행룡에 일점영광이 이 자리라고 극찬했다.

"풍수를 모르는 내가 봐도 장엄하오."

차 천자의 장남 차용남이 기품 있게 읊조렸다.

"제가 왜 빈말을 하겠습니까? 백두산에서 뻗어온 산맥이 백두대간을 타고 삼천리 조선의 산하를 종단하다가 지리산 남쪽 하동의 동쪽으로 수백 리를 뻗치며 남해 온 고을 만들고 불모산을 지었고 그 아래 천자봉에서 이런 미혈을 지었지요. 지금 세상이니 이런 자리를 쓰지 과거 왕조시대 같으면 어림도 없습니다. 황태자마마, 저는 조선이 독립하고 세계일화(世界一花)의 꽃 속에 들어가서 만국의 조회를 받기를 원합니다. 그러자면 이런 대지의 음덕을 반드시 입어야지요."

손 노인은 부러 말을 아꼈고 비서인 조영수가 나서서 거창하게 비행기를 태웠다. 차용남은 세계일화라는 말에 빙그레 웃음을 지었다. 젊은 사람이 모르는 게 없었다.

"박 풍수, 정말 이 자리에 쓰면 아바마마의 염원이 성사되시겠소?"

"황태자마마. 용 코입니다. 이후로 기밀을 지키십시오. 동티날까 두렵습니다. 칠십 넘게 용을 찾아다녔지만 이런 대지대혈은 난생 처음이외다. 저 손 대인이나 이 젊은이가 귀인이오."

박 풍수가 쐐기를 박으며 기정사실화했다.

"좋소. 얼마를 사례해야겠소? 아니, 모두 나라를 위하는 일인데 손 대인이 그냥 헌납하면 어떻소? 천자국이 되면 그때 정승자리 하나 드리면 되지."

차용남이 공것 좋아하는 집안내력을 답습했다. 이 정도는 되니까 전국의 신도들이 상납한 수백만 금을 삼키고도 끄떡없었다.

"하늘이 감춘 대지를 찾아낸 사람들에게 황태자께서 취할 도리가 아닙니다. 소탐대실하지 마시고 섭섭지 않게 사례하소서. 필시 백 배 천 배로 음덕을 받을 것입니다."

박 풍수의 혀는 펄펄 날았다. 말재주라면 결코 양보할 생각이 없는 조영수나 손 노인이 탄복할 지경이었다. 공동목표가 이렇듯 쇠도 녹여 낼 정도의 열성을 자아냈다. 한마음으로 내는 말은 난향보다 더 향기로웠다.

"알았소. 지금 쌀 한 가마가 5원이니까 5천 석 쳐서 2만 5천 원이면 되겠소?"

과연 통이 큰 차씨들이었다. 한 번 결정하면 멧돼지 같은 추진력으로 밀어붙이는 게 이들의 천성이었다. 다른 세 사람은 귀에 걸리려드는 입을 다무느라 용을 써야 했다.

"이 산에서 혈자리를 중심으로 해서 10정보를 사게 주선하시오. 값이야 얼마나 하겠소. 사들이는 대로 1만 5천 원을 지불하고 나중에 자리를 쓰게 되면 1만 원을 마저 주겠소."

조영수가 누구인가. 벌써 주인을 찾아서 대기해 놓았다. 쌀 100가마로 간단히 홍정이 돼버렸다. 내친김에 정읍 천자궁으로 올라가서 거금 1만 5천 원을 받아냈다.

남원 상춘관 요정에 다시 모인 세 사람. 일을 마쳤으니 이제 논공행상 자리였다. 전주가 아닌 남원을 택한 건 조영수가 전주를 꺼리는데다가 박 풍수 역시 남의 이목을 피하기 위함이었다. 손 노인이야 당연히 조영수의 뜻에 따랐다.

"자, 그럼 약속대로 사례비를 드리겠습니다. 대구 경찰서와 총독부 직원들 몫으로 3천 원은 떼어놓고 나머지 가운데 삼분지 일인 4천 원은 어르신 몫입니다. 정말 애쓰셨습니다. 그리고 손 노인은 약속했던 500원의 곱절인 1천 원을 드리겠습니다."

모두가 입이 벌어졌다. 조영수가 이처럼 깔끔하게 마무리할 줄은 몰랐다. 돈을 거머쥐면 분명 딴소리를 하리라고 여겼었다. 두 노인은 젊은 사람이 참 경우가 바르다고 생각했다. 그러나 조영수가 누구인가. 꾀가 조조라는 조 풍수의 아들이었다. 왼쪽 눈 하나 깜박거리지 않고 능숙하게 말을 엮어냈다. 그는 포유류가 아니라 파충류처럼 혀가 둘이었다. 한 입으로 두 가지 말을 감쪽같이 만들어내는 재주가 있었다. 그런 사람을 양설거사(兩舌居士)라고 한다던가.

말할 것도 없이 애초 관공서 사례금으로 떼 놓은 돈 3천 원이 모두 제몫이었다. 수모를 참아가며 무라야마를 도왔고 경찰서를 들락거리며 사귀어둔 인맥을 동원하여 받아낸 종이 한 장이 신원보증서였다. 굳이 사례비를 들이밀었다가 도리어 탈나기 십상이었다. 그저 고맙다며 술이나 한 상 걸게 사면 그냥 지나가는 일이었다. 때문에 거금 1만 원이 그래도 수중에 들어왔다. 형님 조민수가 인부들 대여섯 명을 데리고 1년 꼬박 숯을 구워내야 1천 원을 채 못 벌었다. 경찰이나 교사 월급이 고작 20원이었다. 1만 원이면 무지막지한 돈이었다.

"어르신, 저희 조부님 산골이 걸립니다. 실은 저희 아버님이 고령에 살아 계십니다. 아버님이 아시면 당장 피를 토하시며 쓰러지실 겁니다."

조영수는 조부 유골이 걱정이었다. 그리고 아버지 조판기가 낙담할 것이 가슴에 걸렸다.

"뭐라고! 가친께서 살아 계셔? 그 몰매를 맞고 말이지."

박 풍수는 노안을 크게 뜨며 놀랐다.

"그래도 그 집이 명당바람 탄다. 산골 됐다지만 내가 도로 묻어줬고 아무런 탈이 없는 걸 보면 처음부터 그 집 명당이었어. 그래 거동은 하시는가?"

박 풍수는 뜻밖의 낭보에 좌불안석이었다.

"많이 불편하시지만 숯막에서 찜질로 버텨오셨지요. 승달산 일은 당신 모르게 넘어가야 할 텐데요. 곧 한식이니 가보시려 할 겁니다. 이제 얼마나 더 사시겠어요."

고슴도치나 살쾡이도 부자유친이다. 조영수는 효심이 남달랐다. 그 고생을 감수한 당신이 고종명(考終命) 하기를 진심으로 바랐다.

"뭐가 걱정인가. 내가 한 번 만나러가야 쓰겠네. 가서 회포도 풀고 정 참판이 이장해 갔으니 자연스레 조씨네 선산이 됐다고 얘기해줌세. 산골 얘기는 일체 하지 말기로 하세나. 그나저나 나머지 돈 1만 원은 언제 받겠나?"

"그렇지요. 또 있었지요."

박 풍수의 말에 손 노인이 초를 쳤다. 그러나 조영수는 대담한 인물이었다.

"두 분과는 생각이 다릅니다. 전 그 돈은 포기했습니다."

"무슨 얘긴가? 그 큰돈을 왜 포기해?"

"참 순진하십니다들. 이 집에 천하명창이 될 여자가 있다고 합니다. 이화중선(李花中仙, 1898~1943)이라고 소리 잘하기로 소문이 자자하더군요. 우리 결판지게 소리나 들으면서 대취해 보십시다."

조영수는 밖에다 대고 들입다 고함을 쳤다.

"여기 좀 보거라!"

두 노인은 도무지 이해가 되지 않아서 쭈뼛쭈뼛 서로를 쳐다볼 뿐이었다. 그 큰돈을 왜 포기한다는 것인가.

주인 여자가 들어서자 조영수는 호기롭게 외쳤다.

"소릿값, 해웃값은 원 없이 줄 테니 당장 이화중선을 들이고 반반한 계집 셋도 앵겨라. 내 오랜 만에 고향에 와서 질펀하게 놀아볼 셈이니."

조영수는 100원짜리 지전 한 장을 꺼내 미리 셈을 해주었다. 자그

마치 쌀 스무 가마값이었다. 각시탈 같이 기다랗고 반반한 얼굴을 한 주인 여자는 눈을 휘둥그레 뜨고 지전을 확인했다. 분명 100원짜리 지전이었다. 그녀는 잽싸게 지전을 속치마 속에 챙겨 넣고는 엉덩이를 씰룩거리며 밖으로 나갔다. 곧 있다 요리상이 새로 나왔고 기녀들이 들었다. 고수와 이화중선이 나타난 건 배불리 먹고 불콰하게 취한 뒤였다.

물 속에 잠긴 달은 잡을 듯하고도 내가 못 잡고야
그대의 마음은 알 듯하고도 내가 참으로 모르겠네.
믿고 믿었던 일이 내일이 모두 허사로구나.

이화중선은 육자배기로 목을 열고, 단가(短歌) 〈고고천변〉의 한 대목을 더 했다.
"아따 그년, 뚝배기보다 장맛이라고 생긴 것 같잖게 소리 하나는 일품이다. 이 촌구석에서 그만 썩고 서울 큰 무대서 놀아야 쓰것다. 너 좀 크것다. 그려, 정말 크게 될 성싶구나. 팔자가 쎄 보여서 끝은 좀 그렇것다만."
조영수가 뭣 좀 보는 사람답게 덕담이라고 이죽거렸다. 결혼에 실패하고 갖은 고생해가며 소리를 배운 이화중선은 고깝게 듣지 않고 곧바로 〈박타령〉으로 들어갔다. 초혼에 실패하고 갖은 고생을 한 사람답게 속이 웅숭깊었다. 몇 년 뒤, 명창 임방울을 만나 협률사에 들어가 당대 명창으로 활동할 이 여인에게도 이렇게 향촌 요릿집에서 몸을 낮추며 소리를 파는 시절이 있었다.

사흘 굶은 흥부가 줄줄이 처자식과 박을 타서 쌀이 나오자, 남의 집

쇠죽솥에다가 서 말 여덟 되를 한꺼번에 밥 짓고 서로 싸워가며 배가 터지게 쳐 밀어넣고, 왼팔로 땅 짚고 두 다리 쭉 뻗치고 오른쪽 손목으로 뱃가죽 문지르며 밥더러 농담하기를,

여봐라 밥아. 내가 하 시장키로 너를 조금 먹었구나. 네 소위를 생각하면 대면할 것 아니지야. 세상인심 간사하여 추세를 한다 한들 너같이 심히 하랴. 세도가와 부잣집만 기어이 찾아가서 먹다먹다 못다 먹어, 개를 주며 돝을 주며 학 두루미 떼 거위를 모두 다 먹이고도, 그리해도 많이 남아 쉬네 썩네 하난 것을 날과 무슨 원수 있어 사흘나흘 예상 굶어 뱃가죽이 등에 붙고 갈빗대가 따로 나서 두 눈이 캄캄하고 두 귀가 먹먹, 누웠다 일어나면 정신이 어질어질, 앉았다 일어서면 다리가 벌렁벌렁, 말라죽게 되었으되 찾는 일 전혀 없고 냄새도 못 맡으니 그럴 도리 있단 말가. 에이 이 고얀 것, 그런 법이 없나니라.

아주 한참 꾸짖더니 도로 슬쩍 달래어,

오호 내가 그리한다고 노여워 아니 오려느냐. 너 예뻐 한 말이제 미워한 말 아니로다.

이쯤에서 좌중이 배꼽을 쥐고 야단이 났다. 흥부가 똥구멍이 찢어지게 가난하다가 제비 덕분에 쌀밥을 배터지게 먹고 나서, 그간 멀리만 있었던 밥을 나무라는 대목, 그러나 혹여 또 안 올까봐 달래는 대목이었다.

〈춘향가〉로 넘어가기 전에 술잔이 돌았다. 여느 때 같으면 소리꾼에게로 관심이 쏠리는 법인데 명창을 앞에 두고도 아까 하다만 얘기를 다시 꺼냈다.

"대관절 왜 나머지 돈을 포기하겠다는 건가? 우린 이유를 모르겠네."

박 풍수의 말에 손 노인도 옆에서 기생의 속살을 더듬고 있다가 고

개를 끄덕였다. 같은 생각이라는 뜻이었다.
"어르신, 우리들은 차 천자와 자식들이 처한 상황과 얼굴상을 봤지 않았습니까. 그 집은 절대로 오래 못 갑니다. 아시다시피 천자봉 대혈은 제대로만 쓰면 분명 발복하지요. 천자가 나올지는 몰라도 분명 군왕지지인 것만은 틀림없습니다. 혹세무민한 사람이 그런 대지에 들어갈 리 만무하지요. 하늘이 허락하지 않는다는 겁니다."
조영수는 옥황상제 휘하의 판관이라도 된 것처럼 단정했다.
"결국 차씨들이 쓰지 못한다는 말인가?"
박 풍수가 못내 아쉬워했다.
"어르신도 잘 아시지 않습니까? 전주 정 참판인가, 정 개판인가도 《정감록》을 들먹이며 요란을 떨더니 어떻게 됐습니까? 야망을 가지는 건 좋지만 제 분수를 알아야지 무턱대고 최고봉에 오르려 한다고 해서 되는 건 아니지요. 어리석은 사람이 욕심만 많아서 크게 쓰이길 좋아하면 요행히 기회를 잡았다 해도 개인적으로는 가시방석이고 국가적으로는 대불행입니다."
조영수는 입만 열면 이치에 합당한 말뿐이었다. 정 참판네에게 감정이 섞인 것은 인지상정이었다. 아버지 조판기가 원인을 제공했다고는 하지만 매질하여 내치고 조부 유골을 꺼내 바숴버린 집이었다.
"자네 참 걸출하군. 그 큰돈이 걸렸는데도 마음을 비울 수 있다니!"
"일이 잘 풀려서 차씨들이 쓴다면 나쁠 것도 없죠. 우린 돈을 더 받게 되니까요."
"타 먹으면 더 좋고 안 타먹어도 괜찮은 곗돈 우수리네. 일을 되게 하는 사람은 이래서 좋네 그려. 허허허."
풍채 좋은 손 노인도 덕담을 아끼지 않았다. 내심에는 차씨들이 잘 써서 나머지 돈을 받았으면 싶었다. 그래야 떡고물이라도 더 떨어질 것이 아닌가.

"자자, 어서 〈사랑가〉를 들어봅시다. 너희들 오늘밤은 단단히 준비하고 있거라. 아마 욕들 좀 볼 테니까."

"이 사람 참, 풍류남아일세."

"서방니임 함께라면 화탕지옥이라도 즐겁지요."

조영수는 천하를 가진 사람처럼 기분이 좋았다.

밤을 질펀하게 보내고 다음날, 지프를 대절하여 고령에 돌아왔다. 손 노인을 가야산 아래다 내려주고서였다. 손 노인은 언제고 자기가 필요하면 불러달라며 헤어짐을 서운해했다. 조영수는, 차씨들 면례하게 되면 물론 부를 것이며 그 일 말고도 좋은 일에 통기하마고 일렀다. 오래오래 사셔야 좋을 일 많이 보신다며 덕담도 했다. 명당장사를 위해 만난 관계였지만 어쨌든 둘은 서로가 서로에게 귀인이었다.

조영수는 지프를 대문 앞에 바짝 붙여 세우고 클랙슨을 연방 울리게 했다.

"아버님, 형님!"

안에다 고함을 치며 지프에서 내렸다. 여봐란듯 기세가 등등했다. 이만하면 개선장군이었다. 한 번에 쌀 2천 석 값인 1만 원을 벌어왔으니 벼슬자리가 부러울 게 없었다. 음지에서 번 돈이라 입신양명이 못 된 게 아쉬울 뿐이었다.

"작은아버지!"

장조카가 먼저 나오며 놀라자빠졌다. 지프에 온갖 선물을 잔뜩 싣고 나타난 숙부는 며칠 전에 나간 그 사람이 아니었다. 누가 봐도 돈 많은 사장님이었다.

"어떻게 된 일이냐?"

형 조민수가 숯창고 쪽에서 인부들과 함께 나타났다.

"아버님은요?"

"숯막에 올라가 계신다."

"형님, 트럭 올려 보내서 당장 모셔오세요. 야, 너희들은 이 짐들 안으로 들여라. 기사님에게 요기 좀 시켜드리고."

온 식구들이 안방으로 몰려들면서 영문을 몰라 쩔쩔맸다.

"자, 이 선물 보따리들 풀어서 맘에 드는 것들을 고르세요. 너희들도 골라라."

조영수는 산타클로스로 돌변했다. 자식들과 조카들이 연필이며 필통, 만년필을 서로 가지려고 다퉜다.

"어머니, 옷감 넉넉히 떠왔습니다. 곱게 지어 입으세요. 형수님도, 당신도 지어 입어요. 그리고 형님, 이건 포켓 라이터입니다."

조영수는 오른손 엄지로 줄날 바퀴를 돌려서 불을 켜 보였다. 아이들이 환호성을 질렀다. 성냥을 긋는 것에 비할 바가 아니었다.

"비쌀 텐데. 이 귀한 것을 무슨 돈으로 샀느냐?"

조민수는 속으로 좋아라하면서 물었다. 하도 도깨비 같은 아우라서 어떻게 받아들일지 몰랐다.

"이따 아버님 오시면 다 말씀드릴 겁니다. 큰일을 잘 성사해서 받은 돈으로 산 것들이니 아무 걱정 마세요. 형님, 우리 집도 이제 기반 든든히 다진 것 같네요."

식구들은 궁금해서 미칠 지경인데 집안 어른인 조판기는 좀처럼 오지 않았다.

"애야, 너희들은 그만 돌아가서 공부들 해! 눈에 불을 켜고 열심히 하란 말이다. 자영아, 너도 안심하고 공부해라. 대구사범이 아니라 서울 이화학당이라도 보내줄 테니까."

"아버지?"

조영수의 큰딸은 믿을 수가 없어서 넋 놓고 섰다.

"저 계집애가! 똑똑한 체는 다하면서 말귀를 못 알아듣는구나. 공부하라고. 원하는 학교에 보내줄 테니까."

큰딸은 그대로 무릎을 꿇고 절하며 울었다. 그간의 설움이 솜사탕처럼 녹아 내렸다. 계집애는 공부 많이 할 필요 없다던 조영수의 말이 못이 되어 박혔었다.

"내가 돈 못 벌어 학교 안 보내 준다고 고집했으면 원귀 만들 뻔했네."

"호호호, 하하하."

조영수의 말에 집안에 한바탕 웃음꽃이 피었다.

아이들이 물러가고 한참 뒤에야 조판기가 나타났다.

"왜 사람을 오라가라 하는 거냐? 쓸데없이 비싼 차 기름 닳게 하면서."

"저놈아가 맨손으로 호랑이 때려잡은 것처럼 야단이네요."

조민수가 조판기의 면박을 돌려서 받았다.

"아버님, 우선 소자의 절부터 받으세요."

조영수가 거창하게 나왔다.

"아, 별꼴이네. 갑자기 웬 생난리여, 급살맞게."

그러면서도 조판기는 두루마기를 뒤로 걷어붙이고 양반다리를 해서 앉았다. 절을 받겠다는 뜻이었다.

"아버님, 우리 아버님! 그 고생을 하시면서 저희들을 길러주신 은혜 백골난망입니다. 이제 저희들 효도나 받으면서 만수무강하소서."

조영수는 안에서 설움이 복받친 나머지 눈물을 뿌렸다. 피걸레가 된 당신을 들춰 업고 정 참판댁 솟을대문 앞을 빠져 나오던 때가 등잔

어디서 살 것인가 193

불처럼 훤했다. 장독을 입어 절명 직전의 당신은 그래도 집안 걱정, 자손 걱정뿐이었다. 참으로 눈물겨운 희생이었다. 가야산 밑으로 숨어들어서 몸을 추스르고 이날 입때껏 오직 성공만을 위해 기회를 노려왔다. 그리고 오늘 천금만금의 재물을 한 번에 댕겼다. 넘어진 자리에서 일어선다고, 당신에게서 배운 풍수술법으로 가문을 일으킬 만한 재물을 얻어냈다. 이 얼마나 멋진 인생역전극이냐. 스스로 생각해도 감개무량이었다.

"니가 오늘 왜 이러느냐?"

조판기 역시 눈시울을 붉히며 좌중을 둘러보았다. 방 안이 감동의 도가니였다.

조영수는 저간의 사정을 담담히 말해 줬다. 그것은 듣는 이들을 흥분시키는 영웅담이었다. 대동강 물을 팔아먹었다는 봉이 김선달보다 한 수 위인 조영수였다.

"대구 서씨들 일을 마저 해주면 진골목 안 기와집 한 채가 우리 것이 됩니다. 그건 형님 이름으로 해드릴 테니 아이들 공부시키는 집으로 사용하세요. 큰집 작은집 가리지 말고 서로 돌봅시다."

"암면, 되는 집 형제들은 어쩌든지 우애가 돈독해야 쓰는 법이야."

조판기가 바싹 마른 얼굴에 쭉 째진 눈초리를 다정하게 떠보려고 애쓰며 읊조렸다. 아무리 그래도 후덕한 분위기는 절대 풍기지 못했다. 얼굴이 이렇게 박복한 상인데 만년에 호강하는 것을 보면 육덕 좋다고 복 있는 건 아닌 모양이었다. 하긴 육덕보다 더 중요한 것이 밝은 피부색이었고 예리한 눈이었다. 특히 눈빛은 총기와 판단력을 가늠하는 기준이었다.

"그래도 되겠느냐?"

"형님! 이제껏 형님이 저희 내외와 새끼들을 다 거둬주셨어요. 제가 뭐라도 더 해드려야지요. 서울에 올라가 북촌에 집 한 채 만들어놓고 생각해 봅시다."

"허허. 기분 좋다! 야, 우리 부자지간에 한 잔 할거나?"

"좋지요."

없다없다 해도 있는 게 근심이고 있다있다 해도 없는 게 돈이라는데 어떻게 해서 이 조씨 집안은 근심도 없어지고 돈도 궁하지가 않았다. 조 풍수는 두 아들과 며느리들이 술시중을 들어서 거나하게 취했다. 사람은 너무 좋으면 슬퍼지는 것이다. 그는 전주 오목대나 한벽루, 객사에서 고을 수령을 모시고 소리 한 자락을 하던 젊은 시절의 이력을 드러냈다. 전주 사람답게 구성진 판소리를 뽑아냈다. 북어처럼 바싹 마른 목울대가 앙상했지만 소리는 제법 잘 넘어갔다. 적벽가 중 조조 군사 울음타령이었다.

　… 부혜여 생아허고 모혜여 육아허니 욕보지덕택인데 호천망극이라… 만일 객사를 나 볼진대, 그 뉘라 엄토(掩土)를 하여 백골안장을 어느 뉘가 허며, 골폭사장허여져서 오연(烏鳶)의 밥이 된들 뉘가 후려쳐 날려줄 이가 뉘 있드란 말이냐. 일일사친 십이시로 우는구나.

"아버님, 이 좋은 날 왜 그런 슬픈 노래를 하세요?"

큰며느리가 눈물을 찍어냈다.

"좋아서 그라지야. 내가 너무 좋아서 그라지야."

"하하하하."

"호호호호."

화목한 웃음꽃이 조씨집 담을 넘었다. 조영수는 박 풍수가 이른 대로 조부의 유골에 관한 이야기는 숨겼다. 한식이 지났으므로 며칠 있다가 성묘하며 영령을 위로할 생각이었다. 굳이 한식을 여러 날 지난 다음에 묘를 찾는 까닭은 남의 이목을 피하기 위해서였음은 물론이다. 애초 소를 잡아 제사할 생각이었지만 그러지 않기로 했다. 괜히 요란을 떨어서 빌미를 남길 이유가 없었다.

길에서 배우다

 돌들의 이야기가 들리는 곳. 바위를 건물 안으로 불러들이고 치성을 드리는 절이 만어사(萬魚寺)였다. 동해 용왕의 아들은 이곳에 미륵돌이 되었고 수많은 고기떼가 뒤따라와 너덜강가에서 돌이 되었다. 돌로 치면 덩그렁 하고 맑은 소리가 울렸다. 사람들은 그 즐비한 물고기 형상의 돌들을 종석이라고 불렀다.
 "이렇게 높은 산 위에서 동해바다와 물고기들을 전설로 불러들였다니 참 재미있네요."
 득량이 낙왕대에 앉아보며 말했다. 이 절을 세운 가야의 김수로왕이 가끔 와서 쉬어갔다는 돌의 보좌였다.
 이 땅이 공식적으로 불교를 수용한 것은 4세기 말이지만 김해나 밀양일대에는 1세기 중엽에 세운 절들이 여럿이었다. 수로왕의 왕비 허왕옥이 인도 아유타국에서 와 국제결혼을 하면서 배에 싣고 온 영물이 파사의 탑이었고, 허왕옥의 오빠 장유화상은 은하사를, 일곱 왕자는 칠불암을 세웠다. 불교가 중국을 통해서 육상으로 전해지기 전에 이미 바닷길로 전해졌음을 알 수 있다.
 "내가 왜 예정에 없던 이곳으로 널 데려온 줄 아느냐? 터를 가꾸고 의미화하는 작업이 이처럼 중요하다는 걸 가르쳐주고 싶어서다. 방향을 따지며 길흉을 말하고 술수를 쓰려 하지 말고 천혜의 여건에 맞게 건물을 세우고 의미를 붙이면 이렇게 2천 년이 가도 유지되는 법이다. 저 미륵전 안의 미륵바위에 기도하면 무슨 영험이 있겠느냐고 하겠지만 바위는 기 덩어리다. 맑은 기운을 받고 스스로 정화되는 거지. 그것이 기도야. 천성을 찾는 것, 그것이 기도의 목적이야."

뎅뎅뎅—.

그때 석종이 울렸다. 미륵전 앞 조그만 서당에서였다. 학동 십여 명이 우르르 몰려나왔다. 그들은 돌너덜로 가서 뜀박질을 하며 놀았다.

"참 좋은 곳에서 아이들을 가르치시는군요."

태을이 서당 안으로 들어서며 젊은 훈장에게 인사했다.

"잠시 들어오시오. 그저 기초적인 글공부가 고작이지요."

"이건 이천자문 아닙니까?"

"맞습니다. 다산(茶山 丁若鏞, 1762~1836) 선생의 《아학편(兒學編)》을 지석영 선생이 주석한 것이지요. 시골아이들에게 우리 글과 영어를 동시에 가르쳐주려고 합니다만 제가 아는 게 너무 없어서요."

놀라운 일이었다. 이 산골 서당에서 조선어, 영어, 일어로 주석된 교재로 한문을 가르치고 있다는 건 여간 대단한 게 아니었다.

"신학문을 하신 듯한데 왜 이런 시골에서요?"

득량이 물었다.

"불령선인(不逞鮮人)으로 찍혀서 교사직을 박탈당했습니다. 전 이 만어산에서 아이들이나 가르치고 물고기나 지키며 살지요. 몇 년 더 있다가 만주로 건너가볼까 합니다. 일본인들 세상이 끝날 것 같지가 않아요."

반체제 조선인을 일본 총독부는 불령선인으로 낙인찍었다. 말 안 들어먹고 제멋대로 구는 조선인이라니. 그럼 식민지 백성은 고분고분 순종해야 한다는 것일까. 저들이 보기에 불령선인이지 동포가 보면 독립운동가였다. 나라가 망하자, 전국의 지식인들은 앞 다퉈 서당을 열었다. 교육만이 민족이 살 길이라고 보았기 때문이었다. 그 뒤로도 이 청년처럼 자발적으로 연 학당이 수천 개였다.

"물고기를 지키다니요?"

"반듯반듯한 바위에 네모난 구멍이 뚫린 것들을 못 보셨습니까?"

"맞아요. 그런 바위들이 있었어요!"

"석재업자들이 일본으로 반출하려다 제가 필사적으로 말려서 겨우 지켜냈지요."

기가 막힌 얘기였다. 금이며 쌀, 각종 문화재는 물론 이젠 이런 바위까지 실어내 간다는 것이었다. 가져다가 정원의 연못 치장용으로 쓸 게 뻔했다. 하긴 절에 세워둔 탑까지 실어내 가는 그네들이었다.

"그런데 두 분의 풍모가 예사롭지 않군요. 무슨 조사를 다니시는 건가요?"

"아니요. 우린 그저 수상한 세월을 넘기려고 이리저리 발품이나 팔고 다니는 발록구니요."

태을이 얼버무렸다. 석종이 다시 울리자 아이들이 돌아왔다. 서당 종을 석종으로 쓰고 있는 곳은 여기밖에 없었다. 두 사람은 목례를 해 보이고 서당을 나왔다.

"'국파산하재(國破山河在) 하니 성춘초목심(城春草木深) 이로다'는 말도 허언이로세."

태을이 두보(杜甫)의 시 한 구절을 읊었다. 나라가 깨졌어도 산하는 그대로 남아 있고 성 안에 봄이 오니 초목이 우거졌구나. 그러나 그렇게 읊은 두보가 틀렸다는 말씀이었다. 나라가 깨지면 산천도 함께 울고 시련을 겪어야 했다. 용머리 고개가 잘리고 혈에 쇠말뚝이 박히고 물고기 닮은 돌도 도둑맞았다.

삼랑진 쪽으로 내려오면서 태을이 득량에게 물었다.

"넌 아까 그 분을 어떻게 보았느냐? 용모에서 특징을 발견하지 못했느냐?"

"강직한 성품을 소유한 사람 같았습니다."

"어디를 보니까 그렇더냐?"

"전체적인 인상이 그랬습니다."

"목소리에서 쇳소리가 났지. 그리고 눈썹이 짙고 칼날 모양이었다. 검미(劍眉)라는 거다. 시비가 분명한 사람이지."

"그랬군요. 맞아요. 칼 눈썹이었어요."

"눈썹 끝이 흩어지면 동기간의 복이 없고, 뚝 잘리면 사람을 거느릴 수 없으며 양쪽 눈썹이 붙어 있으면 어리석고 소견머리가 좁다. 미련(眉連)은 미련하다와 통한다."

득량은 절묘하다고 생각했다. 눈썹이 연결됐다는 미련(眉連)과 배우고 익히지 않았다는 미련(未練)이 등식으로 성립하는 것이 재미있었다. 관상이란 통계학이며 경험과학이라는데 이런 음운학도 숨어 있었다.

책에서 배우는 건 범상한 이들의 공부다. 출중한 사람은 현장에서 배우며 고수는 길에서 배운다. 스승 태을은 제자 득량에게 수시로 공부거리를 만들고 찾아내 실증적으로 인도했다. 두 사람은 낙동강을 여러 차례 만나고 등지며 그렇게 답사를 계속했다. 그리고 멀리 북쪽 태백의 황지에서 발원하여 장장 1,200리를 달려온 영남의 젖줄 낙동강이 남해바다로 긴 머리채를 풀어 빠뜨리는 김해에 당도했다. 스승 태을은 김해를 '철의 바다'로 풀어서 일컬었다. 철의 바다, 상상력을 자극하는 이름이었다.

 낙동강이라는 이름은 가락국의 동쪽을 흐르는 강이라는 의미였다. 그들은 이 나라 제일의 대성바지인 김해 김씨의 시조 김수로왕과 허왕후의 유택이 있는 김해 구지봉으로 향했다.

 거북아 거북아
 머리를 내어라
 내밀지 않으면
 구워서 먹으리.

 구지봉에 당도한 태을이 구지가를 읊었다.
 "애야, 넌 여인국 얘기를 들은 적이 있느냐?"
 구지봉 고인돌에 걸터앉아서 태을이 물었다.
 "아뇨. 처음 듣습니다."
 "동해 어딘가에 있었다는 나라로 여인들만 살며 사내들을 붙잡아와 씨를 내리는 역할만 하게 하고 일을 다 보고 나면 죽여버렸단다."
 "동해면 울릉도인가요, 독도인가요?"
 "글쎄다. 왜국 어디일 수도 있고 태평양 섬일 수도 있겠지만 전설 같은 이야기니까 믿을 건 못 되지. 그런데 옛날 모계사회에는 얼마든지 이 땅에도 있었질 않았느냐?"
 "선생님, 왜 갑자기 여인국 말씀을 하세요?"
 "내가 풍수에 너무 빠져서 세상을 모두 음양으로만 보려고 해서 그런지는 몰라도 나는 이 구지가(龜旨歌)를 읊다보면 꼭 여인들이 씨내리 사내를 잡아다놓고 집단무희를 하면서 협박하는 장면이 떠오른다.

부족장들이 부르는 이 노랫소리를 듣고 하늘에서 여섯 개의 알이 내려왔고 거기서 나온 사람이 김수로왕이라고 하지. 이 난생설화에서 나는 모계사회의 씨내리 맞아들이기 의례를 본다."

득량으로서는 생소한 내용들이었다. 스승 태을에게 이런 문화적 안목까지 있는 데 놀랐다.

"넌 하도(河圖)·낙서(洛書)를 알지?"

"복희팔괘(伏羲八卦)와 문왕팔괘가 거기서 나왔다면서요. 동양철학의 원류지요."

"하도는 중국 황하(黃河)에서 나온 용마에서, 낙서는 황하로 흘러드는 섬서성 낙수(洛水)의 거북에서 유래했다고 하지. 저 낙동강이 낙수이고 이곳은 거북이 형상이다. 신구(神龜), 혹은 영구(靈龜)지. 옛날에는 바닷물이 바로 이 밑까지 들어왔을 게다. 이 구지봉은 김해 김씨 발복의 텃밭이다. 거북이는 낙수를 만나야 비로소 신성을 확보하는 것이지. 나는 이 방면에 연구가 깊지 못해서 그저 생각뿐이다만, 김수로왕과 함께 북방에서 내려온 선진 철기문명의 전령들은 현철(賢哲)을 모시고 다니며 터잡기를 했던 것으로 보인다. 이 지역은 김해평야, 철의 바다 들과 어족자원이 풍부한 남해를 끼고 있는 보고다. 하늘로 비견된 북방에서 이 먼 데까지 와서 토착세력을 정복하고 나라를 세울 때, 그 철기병들의 머리 속에는 이미 역(易)이나 풍수 개념이 있었다."

태을의 견해는 획기적이었다. 득량으로서는 처음 듣는 내용들이었지만 스승의 관점에 전적으로 동조할 수밖에 없었다. 스승이라서가 아니라 탁월해서였다.

이틀 뒤, 태을과 득량은 부산을 지척에 둔 어느 마을에서 묏자리 하나를 두고 그 고을 풍수와 열띤 논쟁을 벌여야 했다. 하관(下棺)이 임박한 시간이라서 논쟁은 더 불꽃을 튀겼다.

낙동강을 건너 지름길로 가느라 태을과 득량은 작은 구릉을 넘고 있었다. 그런데 그때 마침 천광(穿壙)을 하고 있었다. 풍수로 보이는 노인이 다섯 명의 산역꾼들에게 뭐라고 지시를 하고 있었다.

"선생님, 불임녀에게 옥동자를 바라는군요."

산역하는 곳 바로 아래를 지나다 득량이 두런댔다. 한데 그 말이 그만 풍수 노인의 귀에 들어가고 말았다.

"재수 없게 무슨 욕을 그리하는가?"

생긴 게 꼬장꼬장한 성격 같았다. 살이 없는 칼코에다가 입이 뾰쪽하니 항상 시비 가리기를 좋아할 것만 같은 노인이었다. 어느새 상학(相學)에도 진전을 보이고 있던 득량이었다.

"아니오. 저는 다만 너무 얼토당토 않아서 나서본 것뿐이오."

스승 태을의 눈치를 살피며 득량이 대꾸했다. 태을은 그저 구경이나 해야겠다는 듯이 뒷짐을 지고 나왔다. 어디 네놈 실력 한번 보자는 듯이.

"마빡에 피도 안 마른 놈이 명풍수를 놀리구 자빠졌네."

산역꾼 가운데 하나가 편들고 나왔다. 사태가 자못 심각해졌다. 꼭 아무것도 모르는 젊은것이 헛소리한 꼴이 되고 만 것이다.

"어르신, 그럼 한 가지 묻겠습니다. 지금 그 자리는 왜 택하셨소이까?"

득량이 네모나게 파여지고 있는 천광 앞에까지 다가가서 공손히 물었다. 태을은 조용히 뒷자리를 지키고 서 있었다.

"혓! 아침나절부터 이제 겨우 젓국내 나는 것하고 산서타령을 해야겠군."

풍수 노인은 입을 옴찔거리더니 이내 팔을 걷어붙였다.

"자네가 벌써 산서를 읽었다면 내 말을 이해할 수 있으렷다! 잘 들어라. 이곳은 오래 전에 내가 잡아놓은 명혈이지. 여기서는 잘 보이지 않지만 이 구릉 위를 올라보면 용이 오는 게 여간 길한 게 아니란 말씀이지. 목화토금수(木火土金水) 상생(相生)으로 박환(剝換, 산이 살기를 벗고 부드럽게 바뀜)해 들어왔다는 말씀이야. 살아있는 생룡이지. 이곳이 명당이 아니고 무엇일꼬!"

동네 풍수 노인은 길길이 뛰려 들었다. 그러나 이 풍수 노인은 내룡, 즉 산이 오는 것만을 중시하고 있을 뿐이었다. 산이 아무리 길한 구색을 갖추고서 박환했다 하더라도 물과의 법수, 곧 수법에 부합되지 못하면 큰복을 기약하기가 어려운 법이었다.

"호순신이《지리신법》에서 일렀지요. 산은 본래 그 성질이 정(靜)이니 음(陰)에 해당하고, 물은 그 성질이 동(動)이니 양(陽)이다. 음은 체(體)이고 양은 용(用)이기 때문에 길흉화복은 물에서 더 빠르게 나타난다. 산수를 인체에 비유하자면, 산은 몸과 같고 물은 혈맥과 같다. 사람이 나고 자라며 번창하고 말라붙는 건 첫째가 혈맥에 의존한다. 이 혈맥이 순조롭게 돌아야 건강하고 조화를 잃으면 병을 얻느니, 산수 또한 같아서 풍수에서 물을 중요시하는 것이라 했지요."

"헌데?"

득량의 유창한 달변에 한풀 꺾인 풍수 노인이 그래서 어쨌냐고 물어왔다.

"이 산이 왼쪽에서 오른쪽으로 돌아온 좌선룡이니 물은 혈 앞 오른쪽에서 왼쪽으로 감아 돈 우선룡이어야 서로 음양이 교구(交媾)한다는 것쯤은 알고 있겠지요? 또한 이처럼 낮은 산과 들이 평양(平洋)한 곳에서는 득수(得水)가 먼저라는 것도 알고 계시죠?"

"허흠! 그걸 모르고서야 어찌 …. 물이 제대로 돌아오지 않던고?"

"물론이지요. 그러면 이 자리에서 청룡, 백호를 보십시오. 청룡에게 먹여줄 백호의 음수, 백호에게 먹여줄 청룡의 양수가 과연 제대로 물리고 있다고 보십니까?"

"워낙 명당이 넓어서 그것까지야 …."

"넓다고 물의 오고 감, 모이고 흩어짐을 모를까요? 더구나 물을 대신하는 이 길을 보세요. 나에게 등을 돌리고 활등 모양으로 나 있지요. 물로 치면 《인자수지(人子須知)》에서 이른 반도수(反挑水)가 되지요. 좋은 일이 생길 리 만무합니다. 이 자리는 손이 끊기는 절손지지요."

"산서 좀 읽은 풍월이오만 너무 나부대누만. 절손지지라는 건 너무 심하네."

노인이 내심 놀라고 있음이 눈빛을 통해 드러났다. 하지만 눌리고 싶지 않아서 반격을 시도했다. 그러나 득량의 차분하고 근거 있는 논조 앞에서는 속수무책이었다.

"《설심부(雪心賦)》에, 사람이 후사가 끊기는 건 수파천심(水破天心)으로 인한다는 말씀이 있지요. 천심은 혈 앞 명당의 한중심이니, 중심에서 사방으로 흩어지는 물이 수파천심! 바로 이 자리가 그렇소."

득량이 손을 뻗어 가리키며 자세히 일렀다. 풍수 노인이 장승처럼 굳었다. 낌새가 수상하다고 판단한 산역꾼들이 노인의 닫힌 입을 쳐다보며 분부가 떨어지기를 기다리고 있었다.

"우린 그만 가자, 저 능선만 넘으면 동래니라."

그때 옆에 말없이 서 있던 태을이 득량을 재촉했다. 이런 자리에서는 어서 물러나 주는 게 상책이었다. 풍수 노인이 득량의 말을 따를지 어떨지는 상관할 바가 아니었다. 주인의 복불복에 맡길 수밖에 없다.

다만 산역꾼들 앞에서 풍수 노인에게 면박을 주지 않을 필요가 있었다. 동업자끼리는 공개적으로 흉허물을 들추지 않는 게 최소한의 예의였다. 따로 만나서 일러주면 몰라도, 공개 재혈하는 자리도 아닌데 대중 앞에서 망신 줄 필요가 없었다. 그랬다가는 원한을 샀다. 동네 풍수 노인 입장에서는 껄끄러운 상대가 눈앞에서 사라져주는 것보다 시원한 건 없었다. 나머지는 노인의 심성에 달린 문제였다.

태을은 득량을 칭찬하지 않았다. 그런 정도는 자신이 꼬박 2년 동안 붙잡고 가리킨 공에 비하면 너무도 당연한 수준이었다. 태을의 욕심은 그보다 훨씬 높은 경지였다.

'이놈이 그 경지에까지 잘 갈 수 있을꼬.'

태을은 득량의 앞날이 걱정이었다. 눈이 열리지 않으면, 신묘한 이치와 통하지 않으면 산서 좀 읽은 잔재주만으로는 어림도 없었다. 그따윈 웬만하면 거의 다 구사할 수 있는 잡술이었다.

동래정씨의 시조묘

"부산 하면 역시 동래정씨의 관향이다. 너희 집안의 뿌리가 이곳이지."

태을이 득량에게 동래정씨의 연원을 알려줬다. 동래정씨는 조선의 3대 문벌 가운데 하나였다. 전주 이씨와 안동 김씨 못지않은 집안으로 이곳 동래에 그 시조묘가 있었다.

두 사람은 화지산(華池山)에 올랐다. 중시조 정문도(鄭文道)의 묘를 보기 위해서였다. 이 묘는 예천군 지보면 지보리에 있는 조선 초기의 문신 정사(鄭賜)의 묘와 더불어 정씨 문중의 양대 명묘 중 하나다. 정문도가 시조로서 봉제사를 받는 건 그 윗대의 묘가 전하지 않기 때문이었다. 본래 동래정씨는 신라 때로부터 연원을 둔다. 신라 6촌 가운데 하나인 진지촌(珍支村)의 촌장 지백호(智伯虎, 신라 좌명공신)의 원손(遠孫)이나, 그 혈연적 계보를 가려낼 문헌이 없다. 고려 때 안일호장(安逸戶長)을 지냈던 정문도가 실질적 시조인 셈이다.

정문도는 이곳 동래에서 호족으로 살았다. 전하는 말에 따르면 이분은 본래 읍에 속했던 아전이었다 한다. 당시 개경에서 파견된 현령을 모시는 게 그의 일이었다.

현령은 틈만 나면 동래 일대의 산을 보고 다녔다. 정문도는 별 생각 없이 현령을 따랐다. 현령이 주로 가는 곳은 현의 서쪽에 위치한 화지산이었다. 그는 화지산을 둘러보다가 내려와서는 언제나 한자리에 앉아서 사방을 바라보고는 고개만 끄덕이다가 되돌아오곤 했다. 나중에야 정문도는 그 자리가 명당자리라는 걸 눈치 채게 되었다.

그후 현령은 내직으로 영전되어 개경으로 돌아갔다. 정문도는 그 자리에 지표를 해놓고는 늙어서 죽게 되자, 아들 정목(鄭穆)에게 유언을 남겨 그 자리에 자신을 묻게 했다.

정목은 정성을 다해 부친의 시신을 장사했다. 그런데 다음날 묘지에 가보니 봉분이 파헤쳐져 있었다. 한두 차례도 아니고 세 차례씩이나 봉분이 파헤쳐지다니 어느 놈의 장난인지 반드시 잡고야 말겠다는 생각이 들었다.

정목은 묘지 주변에 숨어서 봉분을 파헤치는 놈을 붙잡기로 했다. 아니나 다를까, 한밤중이 되니 한떼의 사람들이 나타났다. 자세히 보니 그건 사람이 아니라 도깨비들이었다.

"이 자리가 어떤 자린데 감히 금관(金棺)도 안 한 놈이 자꾸 들어오지?"

"파헤쳐 버리자!"

도깨비들이 다투어 봉분을 파헤쳐 버렸다.

정목은 그제야 이 자리가 아무나 차지할 수 없는 대지대혈임을 알았다. 정목은 부친의 시신이 담긴 관을 황금색 보리짚단으로 싸서 되묻었다. 금관을 할 수 없는 처지였기 때문에 보리짚단으로 도깨비들을 속여넘기기로 한 것이다. 관을 묻고 다시 무덤을 지켜보았다. 그 다음부터는 아무런 탈이 없었다. 영남지방에서 손꼽히는 이 길지는 그렇게 해서 동래정씨 집안 차지가 되었던 것이다.

《신증 동국여지승람》 인물조에는 "정문도는 읍에 속한 아전이었는데, 세 아들이 모두 과거에 급제하였고 묘는 현의 서쪽 7리에 있다"라고 기록돼 있다. 한낱 아전 벼슬이 고작이었던 인물을 비중 있게 다루고 있음은 워낙 유명한 묏자리여서였다. 후손들은 오직 선생의 명묘터를 유지하기 위해 선산인 화지산 전체를 공원으로 조성했다. 정씨 문중의 조상 숭모정신이 얼마나 대단한가를 짐작케 한다.

"전순(氈脣) 앞 명당에 이처럼 모인 물을 뭐라고 하지?"

왕릉만큼이나 넓은 묘역에 들어서며 태을이 물었다.

"진응수(眞應水)라고 한다지요?"

"그렇지. 혈이 맺힌 대지의 증거이고 큰 부자가 날 터다. 묘는 자좌오향으로 남향판인데 두툼한 입수도두가 힘찬 기운을 혈로 뿜어 보내고 있음을 알 수 있다. 소쿠리 속같이 오목하게 들어간 형상의 혈장 중앙에 묘를 썼질 않느냐? 와혈이다. 와혈은 하늘을 향해 입을 벌린 모양이라 하여 개구혈(開口穴), 손바닥을 젖혀놓은 모양과 같다하여 장심혈(掌心穴)이라고도 한다. 볼록한 음룡(陰龍)으로 입수하여 오목한 태양혈(太陽穴)을 맺었지. 그 앞의 노거수인 배롱나무가 일품이로구나. 천 년의 세월을 넘보며 묘역을 지켜냈지. 백일홍이라고도 하는 배롱나무는 묘 앞에 심어도 좋은 꽃나무인데 여기는 조금 가까워서 아쉽다."

득량은 두사충의 묘에서 본 배롱나무를 떠올렸다. 물론 이보다는 작은 것이었다. 두 사람은 묘 앞에서 두 번 절을 올렸다. 득량은 조상 묘지만 처음 참배하는 순간이었다. 중시조 묘가 이처럼 명묘이다 보니 후손들이 그렇게 명당에 집착하는가 싶기도 했다. 조부 정 참판의 생전 모습이 스쳐지나갔다. 조부는 이 자리도 여러 차례 찾아왔었다고 들었다.

내룡맥을 따라 주산인 화지산까지 올라가 보았다. 생기발랄하게 좌우로 틀고 기복하며 내려오는 살아 있는 용이었다.

"잘 보거라. 이 묘의 형국을 두 가지로 본다. 하나는 야(也)자 형이고 다른 하나는 금두(金斗) 형이다."

야자형국에서는 첫 번째 획, ㄱ은 청룡이 되며, 두 번째 획, ㅣ이 내룡맥으로 혈처가 이 획에 맺고, 세 번째 획 ㄴ이 백호이자 안산이 된다. 과연 그렇게 볼 수 있는 자리였다.

금두형국에서는 혈장이 곡식을 되는 말처럼 움푹 파여야 하고, 안산이나 조산이 곡식을 소복이 쌓아둔 형상이어야 한다. 와혈이니 당연히 말의 모양이고, 금성체인 안산이나 문필봉인 조산 봉래산이 분명 곡식 쌓아둔 것처럼 보인다. 금두형국이라 해도 무방한 자리였다.

"나는 이곳을 야자형국으로 본다. 문자형 길지 가운데 하나인 이 야자형국은 천자문의 맨 끝 글자일 뿐만 아니라 모든 문장의 종결을 의미하지. 문장으로는 끝내주므로 문사들을 배출하는 거야."

"재밌네요. 선생님, 저는 풍수가 알면 알수록 더 재밌고 오묘하다는 생각을 합니다. 그림이 있고 이야기가 있고 꿈이 있어요."

"허허허, 명당집 자손은 다르군. 문자형 길지 가운데 으뜸은 해와 달, 곧 일(日)자와 월(月)자가 합쳐진 용(用)자형이다. 해와 달은 온 땅을 비추고 만물을 화육하는 엄청난 힘을 지니고 있지. 그 둘이 음〔月〕과 양〔日〕으로 완전 교합했으니 용이야말로 풍수의 문자형국론에서는 가장 길한 거다."

"일과 월이 합쳐진 글자는 명(明) 이잖습니까?"

명석한 득량이 가만히 듣고만 있지는 않았다. 그러나 그것은 하나만 알고 둘은 모르는 얘기였다.

"그것은 외형적으로만 옆에 붙어있을 뿐, 완전 결합한 모양이 아니다. 살을 섞고 한몸이 된 글자는 용(用)자다. 용은 완전 결합형 글자가 아니고 뭐냐?"

"절묘합니다. 선생님, 저희 중시조공 자리는 야자가 완연하군요."

"야자형은 어디가 혈처이더냐?"

"중심획 끝부위입니다."

"그렇지. 청룡은 수려하면서 머리를 번쩍 들어 날아오르는 듯한 형상이오, 백호는 겹겹이 둘러싸여 있다. 안산은 백호 줄기가 되며 조산은 문필봉이고, 손사방(巽巳方, 동남쪽)에는 선관(仙官)이 예를 갖추고 서 있으며, 주위의 크고 작은 나성(羅星)이 모두 길격을 갖추고 서 있다. 수구(水口) 또한 동남쪽으로 감추어 흘렀다."

태을이 줄줄 감정했다.

이 자리를 쓰고 정씨 가문은 대대로 벼슬에 나아갔다. 아들 정목이 과거에 급제하여 좌복시(左僕射, 정 2품, 지금의 경제부총리)를 지냈고, 손자는 예부상서(禮部尙書)를, 증손 정서(鄭敍)는 인종(仁宗)의 동서로서 벼슬이 내시랑중(內侍郞中)까지 올랐다. 정서는 유명한 십구체 향가형의 〈정과정곡〉(鄭瓜亭曲)을 지은 이였다.

정서는 예종 때 참소로 동래에 장류(杖流, 곤장을 맞고 유배감) 되었다. 그는 문장과 묵화에 뛰어난 문인이었다. 임금은 그런 그를 곧 소환한다고 말했었지만 오랜 세월이 지나도 부르지 않았으므로 토고개 조금 못 미친 곳에 정자를 짓고 참외를 심고는 거문고를 뜯으면서 군주를 연모하는 노래를 지어 불렀다. 참외정자를 뜻하는 과정(瓜亭)은 그의 호였다.

정문도의 후손들은 대를 이어갈수록 번창해 나갔다. 그리하여 조선조 500년에 걸쳐 정승이 열일곱, 대제학 둘, 문과 급제가 자그마치 198명을 낸 명문거족이 되었다.

정조 때 영의정을 지낸 정홍순(鄭弘淳)은 국가재정을 맡는 사람의 마음가짐을 단적으로 시사한다. 그는 나랏돈을 단 한 푼도 축낸 일이 없는 관리였다. 국고라면 눈먼 돈으로 여기고 축부터 내고 보는 관리들과는 품격이 달랐다.

한 번은 집수리를 하면서 품삯 때문에 인부와 다퉜다.

"아버님, 정승 자리에 계신 분이 인부와 품삯을 가지고 다투시면 체모를 잃지 않겠는지요?"

정홍순의 아들이 무안한 나머지 말씀을 올렸다. 그러자 정홍순이 정색을 하고 말했다.

"정승으로 일국의 재정을 집행하는 내가 품삯을 과히 주면, 나라의 예가 되어 백성들이 어려움을 당하는 법이다. 이는 바른 재정가가 취할 일이 못 되느니라."

아들은 자신의 좁은 소견이 못내 부끄러웠다.

한 번은 대장간에 가서 깨진 엽전을 땜질했다. 엽전 한 푼을 땜질하는 수공비가 두 푼이나 되었다.

"두 푼을 들여 한 푼을 건지면 손해가 아닌지요?"

대장장이가 땜질을 하기 전에 여쭸다. 말은 그렇게 했지만 속으로는 정승의 대가리가 닭대가리라고 은근히 조롱하지 않을 수 없었다. 세상에 어떤 바보도 이런 짓은 안 할 것이 뻔했다.

"엽전을 제조해 내는 일이 보통 어려운 일이더냐?"

"물론입죠."

"하다면, 나는 한 푼을 잃더라도 나라에는 한 푼이 이익 되는 것이니 그야말로 공익이 아니더냐?"

대장장이는 얼굴이 붉어졌다. 그는 머리를 조아리며 엽전을 땜질해 주었다. 한 나라를 생각하는 대인은 소소한 이익에 눈이 멀지 않는다는 말이 실감났다.

이렇듯 훌륭한 인물들이 정씨 가문에서 속출했다. 이 정문도 시조 묘의 발복이 아닐 수 없었다. 정득량으로서는 자랑스러운 가문의 미담들이었다.

"왜 이런 명당을 현령이 쓰지 않았을까요?"

득량은 그것이 무척 궁금했다. 현령이 쓰지 않았기에 정씨들 차지가 되었고 발복했다. 득량 자신이 정문도의 후손이 아닌가.

"저 내청룡 너머 황령산 정상에 괴시암이라는 역적(逆賊) 바위가 있었다고 한다. 그런데 묘마다 주인이 정해져 있다고 정씨들이 쓰고 난 직후, 뇌성벽력이 치더니 그 바람에 괴시암이 부서져버린 거야. 지금은 그 이름을 천파암(天破巖)으로 지어 염승하고 있단다."

"과연 물각유주로군요."

"그건 전설 같은 얘기고 진짜 이유는 따로 있다."

"그게 뭐지요?"

"주인봉(主人峰, 명당국 내에서 가장 높은 봉우리)이 저렇게 가까우니 개경사람이 어찌 쓰겠느냐. 적어도 30리 상거(相距)는 돼야 타지방 사람이 쓸 수 있는 법이니라. 저 주인봉을 포태법(胞胎法)으로 보면 병방(病方)에 서 있다. 곧 이 고을사람이 쓰는 향리용지(鄕里用地)인 것이다. 지리에 밝은 현령이 그걸 알았기 때문에 자신은 못 쓰고 슬그머니 정문도에게 일러주고 떠났던 게지. 이래서 명당에는 다 주인이 있다는 말이 나왔느니."

"아까 금관을 해야만 들어올 수 있다는 말씀을 하셨는데 그렇다면 이 자리가 군왕지지입니까?"

득량이 물었다. 그러면서 천하대명당을 찾던 조부를 떠올렸다. 정도령을 꿈꿨던 양반이었으니 천하대명당은 곧 군왕지지이기도 했다. 흔히 금혈(禁穴)이라고도 했다.

"군왕지지는 아니다. 일월봉(日月峯)이 없고 천을 태을도 북신도 없다. 허나 장상지지에 백자 천손할 대지임에는 틀림없지."

득량은 무안 승달산이 자꾸 보고 싶어졌다. 그곳은 동방 최대의 대명당이라는데 어떻게 생겼을까. 장례식 때 참관했었지만 그때는 풍수를 전혀 모르던 때여서 애벌로 봐 넘겼다. 그저 시원하게 보였던 것만 기억났다. 조부는 왜 그 자리에 집착했고 스승은 왜 이장을 하게 했던 걸까. 그러나 지금은 정 반대쪽에 와 있었다.

부산의 빼어난 주택지는 일본인들 차지였다. 헐벗은 여타 지역과 달리 그들이 사는 곳은 아름드리 소나무며 정원수들을 가꿔놓고 조선인들을 종으로 부리며 살고 있었다. 서럽게 피었던 울안 목련이 지고 4월도 다 가고 있었다.

득량은 전화국에 들러서 전주 집에 전화를 넣었다. 어머니가 받고서 얼른 돌아오라고 채근했다. 혼례식 날이 보름 앞인데 미리 와서 준비해야 할 것 아니냐고 했다. 득량은 곧 돌아갈 거라고 안심시켰다. 그는 서울 하지인의 학교에 전화를 할까 몇 번 망설이다가 그만두었다. 이제 두 사람은 서로 다른 길 위에 서 있었다. 갈림길에서 자꾸 상대를 그리워하거나 상기시키는 것은 잔인한 일이었다.

"자당께서 성화시지?"

태을이 알 만하다며 미소 지었다.

"남자가 할 게 뭐 있습니까? 아직 보름이나 남았어요."

"몇 군데만 더 보고 돌아가자. 오늘은 우리 온천이나 할거나?"

"좋지요, 선생님. 우선 싱싱한 회부터 좀 먹어요."

스승과 제자는 선찰대본산 범어사를 찾아가기 전에 바닷가로 향했다. 시간을 아끼기 위해 자동차를 잡아타고 이동했다.

새로운 풍수를 개척하리라

이틀 뒤, 태을과 득량은 언양을 지나 신라 천 년의 수도 경주에 다다랐다. 태백에서 발원한 낙동강 줄기 동쪽으로 낙동정맥이 남으로 치달려 부산 몰운대에서 바다로 빠진다. 그 전에 인내산에서 동남방으로 한 지맥이 나와 선도산을 짓고, 단석산에서 나온 지맥은 벽도산과 망산을 짓는다. 백운산 지맥은 거꾸로 달려와 한 가닥은 금오산을, 다른 한 가닥은 토함산과 남산을 만들어 경주를 사방에서 감싼다.

경주는 행주형(行舟形)이다. 배가 떠가는 모양의 행주형 터는 많은 재화를 실을 수 있어서 좋은 땅으로 알려졌다. 그러나 재물이 넘치면 배가 가라앉을 염려도 있는 땅이다.

경주의 유적을 찾아 나선 두 사람은 먼저 인왕리의 반월성(半月城)에 들렀다. 이곳 반월성에는 신라 4대 왕이 된 석탈해(昔脫解)의 풍수적 술수와 기지가 전한다.

왕이 되기 전, 바다를 건너온 동자 석탈해는 두 노비를 이끌고 토함산(土含山)에 올랐다. 그곳에서 머물며 경주성 안의 살 만한 곳을 살폈다. 꼬박 이레 동안 고생한 보람이 있어서 초승달 형국의 집터를 발견했다. 초승달은 만월을 향해 점점 커지는 기운을 머금고 있어서 길하다고 본다. 이 집터는 당대에 왕이 되려는 석탈해의 야망을 채워줄 명당이었다. 이 집터를 놓치면 평생 후회할 것 같았다. 당장 내려와 보니 이미 호공(瓠公)의 집이 들어서 있었다. 애석한 일이었다. 그렇다고 포기할 수는 없었다. 탈해는 계책을 쓰기로 했다. 집으로 숨어든 그는 호공 몰래 숫돌과 숯을 묻었다.

이튿날 아침 탈해는 당당히 대문을 두드렸다.

"뉘시오?"

호공이 나와 물었다.

"이곳은 우리 할아버지대에 살던 집이오. 잠시 떠나 살던 새에 당신이 들어왔으니 그만 나가주시오."

처음 보는 동자 하나가 들어서 엉뚱한 헛소리를 하니 호공은 기가 막혔다.

"고얀지고. 댓바람부터 어른을 놀리면 쓰겠느냐!"

호공은 동자를 꾸지람하며 문을 닫으려 했다.

"여보시오, 호공! 당신이야말로 도둑심보를 버리시고 어서 나가주시오!"

동자가 위엄을 갖추며 외쳤다.

어이없게도 두 사람의 다툼은 결판이 나지 않았다. 호공으로서는 아닌 밤중에 홍두깨가 아닐 수 없었기에 도무지 물러설 수 없었고, 동자 탈해의 입장에서는 어떻게 하든지 집터를 뺏으려고 마음먹었기 때문에 물러설 수 없었다. 결국 관(官)에 고해서 시비를 가릴 수밖에 없었다.

"그 집은 오래 전부터 호공이 살아온 집이거늘 무슨 근거로 너희 집이라 하느냐?"

관리가 물었다.

"근거가 있습니다."

탈해가 자신 있게 말했다.

"우리 집은 본래 대장장이인데 얼마간 이웃 고을에 살고 있는 사이에 호공이 차지해서 살고 있는 것입니다."

"그걸 무엇으로 증명하느냐?"

"대장간이었으니 분명 뭐가 나와도 나올 것입니다. 청컨대 땅을 파 조사해 봄이 옳을 것입니다."

"호공의 생각은 어떻느냐?"

"파본들 뭐가 나오겠습니까? 열 번이라도 파보시오."

호공은 가소롭다는 표정을 금치 못했다. 그러나 관에서 나와 함께 집 주변을 파보니 과연 숫돌과 숯이 나왔다. 호공은 사색이 되었다. 꼼짝없이 당하고 마는 순간이었다.

"공짜로 물러달라는 것도 아니요. 다른 곳에 가서 그만한 집을 살 수 있도록 집값을 내겠소. 그러니 양보하시오."

"탈해가 들어가 살도록 해라."

그리하여 탈해는 그 집에 들었다.

이때는 신라 2대 남해왕(南解王)이 다스리던 때였다. 남해왕은 그 말을 전해 듣고 탈해가 여간 지혜로운 사람이 아니라는 걸 알고는 큰

어디서 살 것인가 215

공주를 주어서 부마로 삼았다. 3대 노례왕(弩禮王)이 죽자, 탈해가 왕위에 올랐다. 초승달 형국의 집을 빼앗아 산 공덕이었다.

"탈해가 남의 집을 빼앗아 왕이 되기는 했습니다만 그것은 정도가 아니지 않습니까? 목적을 위해서라면 빼앗기조차 서슴지 않는 건 풍수의 폐단이 아닐 수 없습니다."

득량이 의협심 있는 젊은이답게 말했다.

"탈해가 차지할 만한 집이니 그리 되었느니. 억지로 도모할 수 없는 게 인간사 아니더냐."

태을의 말은 운명론에 기울어 있었다. 그렇게 치자면 세상 모든 일이 될 대로 되어도 괜찮다는 말이었다. 어떤 결과도 다 그럴 만해서 그렇게 된 것이겠기 때문이다. 운명론의 한계였다. 인연법도 마찬가지였다. 결과만을 놓고 인연이었느니 아니었느니 하는 건 편의주의였다.

득량은 풍수에서의 바로 이런 맹점을 자신이 풀어야 한다고 생각했다. 스승 태을에게 이것까지 기대할 수는 없었다. 운명론이나 인연법에 의존하는 그런 원시적 사유를 벗어나서 아무라도 과학적 접근으로 터를 잡고 복을 받는 그런 풍수를 개척해야 한다. 그렇지 않고서는 백년 천 년이 가도 진보가 전혀 없는 전설따라 삼천 리일 뿐이었다.

이런 일은 전에도 있었다. 외적이 침입해 들어와서 나라가 어려움에 처했는데, 자기들만 십승지에 숨어 살거나 명당을 찾아 쓰는 것으로 자신의 안위나 가문의 영화만을 좇아서 되겠느냐고 물었을 때였다. 스승 태을은 말했다. 만인을 이롭게 하는 도는 이상일 뿐이라고. 그렇더라도 최소한 자기 일신만을 이롭게 하는 데서는 벗어나야 않겠는가. 풍수가 거기에 머무는 한 그것은 도가 아니었다. 한낱 잡술일 뿐이었다.

 득량은 다짐했다. 스승으로부터 풍수의 면모를 전수받으면 반드시 그 문제를 풀어보겠다고. 스승의 말마따나 어리석은 망상일지라도 꼭 만인을 위한 풍수의 길을 닦아보겠다고.

 새벽부터 종일토록 답사를 다녔지만 워낙 유적지가 많아서 어마지두하기만 했다. 그들은 선덕여왕이 숨어 있는 백제군을 잡아냈다는 신평리 여근곡과 연이어 있는 첨성대와 반월성, 왕릉들을 보고 요석궁 터에 자리잡은 유명한 최 부잣집을 둘러봤다. 이곳 계림숲 앞에 살던 요석공주는 문천(蚊川)에 빠진 원효의 옷을 말려주다가 사랑에 빠지고 설총(薛聰)을 낳는다. 바로 그 자리에 문천 건너 남산을 안산으로 하여 12대 만석꾼, 9대 진사를 배출한 최 부잣집이 들어섰다.
 최 부잣집은 오랫동안 부를 지켜온 집답게 여타 졸부들과는 다른 가훈과 경영철학이 있었다. 진사 이상을 하지 마라, 만석 이상을 모으지 마라, 과객을 후하게 접대하라, 흉년에 논을 사지 마라, 근동 100리 안에 굶어 죽는 사람이 없게 하라는 것 등이었다.
 특히 이 집의 사랑방은 전국에서 찾아온 식객들로 넘쳐났는데 공교롭게도 몇 년 전부터는 사정이 여의치 못했다. 집주인 최준이 김구 선생에게 독립자금을 대던 백산상회를 안희제와 함께 세우고 운영하다가 130만 원이라는 무지막지한 빚을 져버렸다. 민족기업에 대한 일본 경찰들의 집요한 조사와 탄압이 원인이었다. 급기야 몇 년 전인 1927년에 문을 닫고 말았다. 곳간에서 인심난다고 빚을 탕감하기 전까지는 과객을 대접하기 어려울 터였다.
 "집안이 어수선할 테니 묵어가겠다는 말을 못하겠구나. 우리 불편하더라도 주막에서 묵자."

두 사람은 최 부잣집을 둘러보고는 교촌 주막에서 묵었다.

저녁상을 물린 후 노곤한 몸을 뉘고 잠을 청하는데 뒷집에서 소란이 일었다. 바가지 깨지는 듯한 아낙의 목청이 담을 넘었다.

"못 살아, 내가 못 살아!"

자세히 들으니 사내의 혀 꼬부라진 음성이 간간이 들렸다. 술주정뱅이인 모양이었다. 사내의 술주정은 밤새 시들 줄을 몰랐다. 잠잠하다 싶어 잠을 청하면 또다시 살림 부서지는 소리가 날아왔다. 아예 그 짓으로 밤을 샐 모양이었다.

"오늘밤은 주막을 잘못 들었구나."

태을이 몸을 돌아 뉘며 혀를 찼다.

"초행길로 지나가는 나그네가 주막집 뒷집 주정뱅이까지 눈치 채고 가릴 수야 없지요."

정갈하지 못한 이불을 푹 뒤집어쓰며 득량이 말했다. 득량은 이내 코고는 소리를 냈다. 계속되는 다리품에 지쳐 있었던 것이다. 웬만하면 골지 않는 코를 오늘은 심하게 골았다. 태을로서는 뒷집 주정뱅이보다 더 시끄러운 놈을 한방에 들인 셈이었다.

이튿날 아침, 조반을 든 두 사람은 다시 구경을 나섰다. 태을은 부러 뒷집을 둘러보았다. 사람 관상 보듯 가상(家相)을 보는 것이었다.

"그렇군."

"뭐가 짚이는 데가 있습니까?"

조용히 고개를 끄덕이더니 뒷짐을 지고 앞서 걷기 시작하는 태을에게 득량이 물었다.

"대문을 봤더냐?"

"예, 봤습니다."

"방향이 어디로 났더냐?"

"북쪽이더군요. 남향집 주막과 맞닿아 있으니 대문을 북쪽으로 낼 수밖에 없었겠지요."

"그래서이니라. 게다가 대지모양이 흉하다. 이따 저녁때 돌아와서 들어가 보자."

"이 주막에서 하룻밤을 더 주무시려고요?"

"공부거리다."

태을은 황룡사가 있었던 절터로 득량을 데리고 갔다.

"전에 이곳에 있었던 황룡사 구층탑은 자장법사가 국태민안(國泰民安)을 위해 쌓은 일종의 풍수탑이다."

주춧돌만 남은 황룡사 터에 다다라 태을이 말했다. 태을이 이 황룡사 터로 득량을 데리고 온 데는 나름의 생각이 있었다. 득량의 내심을 헤아렸기 때문이었다. 뿐더러 마이산의 탑들이 그러하듯 이 황룡사 구층탑도 개인의 복을 비는 목적에서가 아니라 한 나라의 태평함을 빌 목적으로 쌓았다는 걸 말해 주고자 함이었다. 이 땅의 유서 깊은 탑들은 거개가 다 그랬다. 땅의 허한 곳을 비보하고 나라의 재앙을 진압하기 위해서 쌓은 것들이었다. 단순히 불자들이 공덕을 비는 장소만은 아니었다.

"이 탑을 쌓고 삼국통일의 위업을 달성했으니 영험이 없었다고 할 수 없지. 층마다 겨냥하는 나라가 다 있었느니라. 구한이라 해서, 제1층은 일본(日本), 제2층은 중화(中華), 제3층은 오월(吳越), 제4층은 탁라(托羅, 제주), 제5층은 응유(鷹遊), 제6층은 말갈(靺鞨), 제7층은 단국(丹國), 제8층은 여적(女狄, 여진), 제9층은 예맥(穢貊)의 조회를 받고 싶은 이상과 염원이 담겨 있지."

탑은 저마다 염원을 담고 있다. 마음 안에 담겨 있던 염원은 돌이 된다. 때로는 나무나 벽돌이 되기도 한다. 염원은 차곡차곡 정성스럽게 쌓여 층을 이룬다. 그리하여 하늘에 점점 가까워져 간다. 아니, 탑 아래서 보면 아무리 낮은 탑이라도 하늘의 가슴팍을 파고 들어간 형상이 된다. 뾰족한 탑 꼭대기에는 해가 영글고 달이 영글고 밤에는 별도 영근다. 비바람도 먼저 맞고 천둥소리도 먼저 듣는다. 그렇게 하늘의 뜻이 탑으로 전달된다. 탑에는 애초 탑을 쌓은 사람들의 마음이 알알이 박혀 있다. 결국 하늘과 사람의 마음이 교감하는 셈이다.

탑을 쌓는 모든 사람은 고독하다. 결핍과 외로움에 몸을 떨어본 사람은 탑을 돌면서 혹은 바라보면서 기도하고 눈물 흘릴 줄 안다. 염원이 이루어졌건 미처 이뤄지지 않았건 탑은 서 있는 것만으로 충분한 감동이다.

탑은 그래서 보호돼야 마땅하다. 일부러 공든 탑을 헐어내려는 사람은 없다. 그러나 세월과 때로 무심한 하늘과 남의 것을 약탈하려는 도적 무리들은 그런 탑을 부수기도 한다. 황룡사 구층탑은 다섯 번 벼락 맞고 다섯 번 중건했으나 나중에 몽골군에 의해 불타 없어졌다. 오랑캐를 방어하려고 쌓은 탑이 오랑캐의 손에 소실된 셈이다.

"탑 하나를 쌓아서 주변의 오랑캐들을 한꺼번에 다스리려 했으니 다소 황당하네요."

"그럼 탑 대신 무기를 만들었어야 한다는 얘기냐?"

종교나 풍수가 문화임을 절감하게 하는 사제간의 대화였다. 탑 대신 무기를 만들었다면 오늘날 무엇이 남았겠는가. 어차피 탑이 무너졌다지만 탑의 전설은 영원성을 획득하여 역사가 되었다. 무기를 만들어 전쟁을 했다면 어떻게 되었을까. 승자로 남았다면 모르겠으되, 패배자가 되었다면 깨끗이 멸망했을 것이다. 후예들은 노예가 되었거나 씨가 말라버렸을지도 모른다.

"현실적 효용성이 항상 옳은 건 아니다. 인생 자체가 공수래공수거 아니냐? 자기 모양과 특성을 지니면서 오래 살아가는 것, 그것이 미덕일 수 있지. 나이 들어봐라. 내 말이 무슨 말인지 깨닫는 때가 반드시 오리니."

두 사람은 토함산에 올라 앞이 트인 곳에 서서 경주 일대를 조망했다. 그 옛날에도 숯으로 밥을 지어먹고 기와집들이 즐비했다는 고도(古都)였지만 지금은 오히려 쇠락해 있었다. 천년왕도가 무색할 지경이었다. 태을은 동쪽 멀리 시선을 널었다. 그곳에 동해가 있었다.

"경주가 이렇게 쇠락한 건 왕건 때문이다."

토함산을 내려오며 태을이 생소한 논조를 꺼냈다.

"견훤 때문이라면 몰라도 좀 이상하게 들립니다."

득량이 이의를 달았다. 신라 마지막 왕 경순왕 때, 견훤은 이곳 경주에 쳐들어와 온갖 횡포를 다 부렸다. 득량은 그래서 민심이 사납게 되었고 왕건이 이를 이용하여 대신 원수를 갚아주겠노라고 신라 백성들을 위로해서 민심을 얻었다고 알고 있었다. 그런데 스승은 정반대되는 의견을 펴는 것이다.

"이따 가보면 알 게야."

태을은 산을 내려갔다. 그는 득량을 데리고 밤숲새미로 갔다. 밤숲 안에 있는 우물 앞에 선 태을이 천 년 역사를 들춰서 얘기를 꺼냈다. 물론 풍수에 얽힌 얘기였다.

경순왕을 만나러 온 왕건은 경주의 지형을 살펴보고는 깜짝 놀라고 만다. 경주의 지세는 분명 배가 떠가는 행주형이었다. 삼국통일 후, 시나브로 기울어 온 신라였지만 언젠가는 다시 크게 일어서고 말 지세였다. 그렇다면 큰일이었다. 아직 기세등등한 견훤도 못 이겨내는 판이었다. 게다가 이 신라마저 힘을 회복한다면 자신의 꿈은 무산되고 말 것이 뻔했다.

왕건은 본시 풍수를 중시하는 위인이었다. 그 자신이 풍수에 힘입어 태어난 인물이었다. 부친 왕륭은 옥룡자 도선국사의 말을 그대로 따라서 아들 왕건을 낳았던 것이다. 그걸 모를 리 없는 왕건이었다. 때문에 왕건은 늘 법승이자 명지관인 보양법사(寶壤法師)를 데리고 다니며 그에게 묘책을 묻곤 했다.

"저 교촌에 있는 병풍을 둘러친 듯한 도두랑산의 혈을 끊어야 합니다. 저 산은 이 경주의 돛대에 해당하지요. 돛대를 자르면 배는 움직일 수 없는 법입니다. 그런 다음 곳곳에 깊은 우물을 파십시오. 배 바닥에 구멍이 뚫리면 마침내 가라앉고 말 것입니다."

"옳거니, 당장 따르겠소이다."

자고로 정치인들은 목적을 위해서는 수단과 방법을 가리지 않는다. 입만 열면 새 세상을 열겠네, 백성을 위하네 하지만 철저히 제 이익을 노릴 뿐이다. 통일왕국을 세우려는 야심가 왕건은 부하들을 시켜서 도두랑산의 혈을 끊고 곳곳에 우물을 팠다. 이 밤숲새미도 그때 판 우물이었다.

"과연 누가 신라를 망하게 했더냐?"

태을의 물음에 득량은 답변할 수가 없었다. 역사에는 경순왕이 왕건의 너그러움에 감읍한 나머지 귀순했다고 기록돼 있었다. 이런 풍수적 계책이 있었던 건 까맣게 모르고 있었다. 만일 이게 사실이라면 경주는 왕건의 술책에 의해 지금껏 쇠락의 길을 걷고 있는 셈이었다.

무력은 한때를 굴복시킬 뿐이었다. 힘이 모자라면 당했다가 나중에 힘을 증강하면 다시 일어설 수가 있는 것이다. 그러나 풍수의 술책은 단 한번으로 수백 년, 수천 년을 내리 짓누르는 것이니 훨씬 잔혹한 일이 아니겠는가. 그러나 사람들은 그걸 알지 못한다.

 일본인들이 이 땅을 풍수 침략하는 까닭도 거기에 있었다. 식민지를 영구화시키려는 의도에서였다. 조선의 맥을 잠재움으로써 언제까지나 복종만 하게 하려는 술책이었다. 지금 이 순간도 이 땅의 무수한 혈맥은 잘려지고 피를 흘리고 있을 것이었다. 득량은 그걸 생각하면 참으로 분노가 치솟았다.

 무안 승달산은 탈 없이 혈자리를 보존하고 있는 걸까. 조부가 묻혔다가 도로 토해 나왔지만 천하대명당 호승예불형 일대의 산은 아직 득량네 소유였다. 스승 태을은 좀처럼 언급을 피하고 계시지만 분명 그곳에 비밀스런 사연이 남아 있다. 그게 무얼까. 무엇이 있어서 발복이 안 된 것이며 조부의 자리가 아니라는 것인가. 세계인의 추앙을 받는 인물이 출현한다는 대지가 아닌가.

 득량은 집요하게 그 생각을 하고 있었다. 지금이라도 당장 그곳으로 달려가고 싶었지만 스승 태을이 없는 상태에서는 아직 까막눈이었다. 애써서 참아내며 때를 기다리는 수밖에 없었다. 머잖아 그곳을 답사할 기회가 생길 것이었다. 그때까지 기다려야 했다.

 남산에 올랐다가 양동마을을 방문했다. 여주 이씨와 월성 손씨의 집성촌으로 양반들의 주거양식이 잘 보존된 마을이었다. 두 집안은 걸출한 인물들을 많이 배출했는데 조선 초의 성리학자 회재(晦齋) 이언적(李彦迪, 1491~1553)과 우재(愚齋) 손중돈(孫仲暾, 1463~1529)이 양가의 대표적 인물이다.

 "이 마을은 며칠 있다 보게될 안동 하회마을과 좀 대조적이다. 하회가 물돌이동인 데 반해 이 양동마을은 산을 의지하고 있는 터지. 저 설창산에서 내려온 맥을 잘 봐라. 꼭 물(勿) 자 형국이지?"

"정말 그렇게 보이네요."

손중돈이 살았던 관가정(觀稼亭)과 손씨 종가 서백당(書百堂), 이언적이 경상감사를 지낼 적에 중종 임금이 지어줬다는 향단(香壇)을 둘러보았다. 서백당에는 큰 인물 셋이 태어난다는 풍수예언이 전해온다. 이미 우재와 외손 회재가 났으니 다른 인물 하나가 남은 셈이다. 양반들의 집성촌에는 으레 있는 인물 풍수전설이었다. 이런 염원을 가지고 후학을 길러낸다면 언젠가 반드시 출현하는 것이다. 인물 환경론이다.

"향단은 전에 너희 중시조 묘에서 말한 용(用)자 형으로 지었다. 몸체가 달월(月)자이고 여기에 한일(一)자형 행랑채와 칸막이를 둠으로써 풍수적으로 가장 길하다는 용자 형국을 만들었다. 아까 보았던 산등성이 관가정은 ㅁ자형이다. 너 그간 틈틈이 《양택삼요》나 《민택삼요》를 봤지? 어느 집이 그런 형태로 돼 있더냐?"

"전혀 다릅니다."

"좀더 시간을 두고 연구해 봐라. 문왕팔괘와 시운계산법을 그렇게 써서 무슨 효험을 보는지 의문이다. 역리는 그렇게 상수적으로만 써서는 곤란하다. 〈계사전〉에 이른 대로 신무방이역무체(神无方而易无體)다."

신은 머무는 방소가 없고 역에는 고정된 체가 없다는 뜻이었다. 막힘이 있으면 신이 아니고 정해진 틀이 있으면 역이 아니었다. 때에 맞게 변하면서도 변치 않는 도리를 지켜가는 게 역리였다.

두 사람은 형산강을 건너 다시 주막으로 돌아왔다. 돌아오는 길에 태을은 시장에 들러서 간단한 제수거리를 샀다. 내일 쓰게 될 과일과 향 따위였다.

여장을 푼 태을이 주인 아주머니를 불렀다. 그녀는 거머무트름한 얼굴을 한 뚱보였다. 빼앗긴 산하건 사람들이건 헐벗고 야윈 세월이어서 뚱보는 매우 인상적이었다.

"옆집 말씀이오. 밤새 술주정이어서 잠을 통 못 이뤘소."
"말도 마세요. 염병하게 허구한 날 그 모양이다 아입니꺼?"
주모가 이맛살을 찌푸렸다. 이골이 났다는 행색이었다.
"내가 그 주정뱅이 버릇을 고쳐줄 테니 술 한 상 내겠소?"
태을이 빙그레 웃으며 말하자 뚱보 안주인이 태을의 위아래를 훑어내렸다. 제아무리 신통한 재주꾼이라도 교촌에서 첫째가는 주태백(酒太白)을 무슨 수로 고쳐놓는단 말인가. 괜히 풍치는 수작이라고 여기는 눈치였다.
"아, 못 고치면 술을 안 내면 그만 아니오?"
"그야 그렇소만…."
안주인은 태을의 위아래를 연방 훑어내렸다. 행색으로 봐서는 흰소리할 사람이 아니었다.
"허허허, 어려울 것도 없소이다. 우리가 떠난 다음에라도 뒷집 안주인을 불러서 단단히 이르시오. 옹색하더라도 대문을 서쪽으로 내라고 말이오. 뒷집은 남쪽과 서쪽이 넓고 북쪽과 동쪽이 좁은 뒤틀린 터더군요. 대문이 있는 앞쪽이 넓어야지 좁으면 일이 풀리지 않는 거요. 그러니 노상 홧술이나 마시고 마누라나 쥐어 패대는 것이지요. 그런 가상(家相)에 하필이면 대문을 북쪽으로 냈으니 주정뱅이가 날 밖에."
"그깟 대문을 바꿔 낸다고 뭐가 달라지겠소?"
안주인은 곧이듣지 않았다. 그녀는 피로한 것인지 양손으로 마른 세수를 하며 두런댔다. 시큰둥한 반응이었다. 그러자 태을이 다시 입을 열었다.

"두어 달 전 심하게 앓아누운 적이 있구려."

안주인의 눈이 휘둥그레졌다.

"용해라, 우리 집에 처음 온 분이 어찌 그걸 아시오?"

"허허허, 몸에 그렇게 씌어 있소이다."

"두 달 전, 위아래로 피를 쏟아 죽을 뻔했다 아입니까?"

안주인은 당장 술상을 봐가지고 왔다. 그러면서 묻지도 않은 사주를 대며 호들갑을 떨었다.

"허허허, 더는 모르오. 병은 의원 찾아가서 물어야지."

태을은 그쯤에서 입을 다물었다. 여간해서 나서는 태을이 아니었다. 이 경우에는 밤잠을 설치게 만든 주정뱅이 때문에 부득이 아는 소리를 한 것이다. 안주인이 태을의 말을 믿어줬더라면 굳이 이런 재주를 꺼내 보일 필요도 없었다. 곧이듣지 않기 때문에 맛보기로 한 말이었다. 안주인은 끈질기게 매달리더니 도사 같은 태을이 그저 웃고만 있자, 아쉽지만 포기한 듯 대문짝만한 엉덩이를 문턱에서 빼냈다. 그렇거니 저녁상이 전날보다 푸짐한 건 태을의 말에 따르겠다는 속뜻을 나타냄이기도 했다.

"처음 보는 안주인의 병력을 어떻게 알아맞히셨습니까?"

저녁상을 물리고 나서 득량이 조용히 물었다. 태을이 빙그레 웃으며 입을 열었다.

"여자의 손톱을 보고 알았다."

"예?"

득량이 깜짝 놀랐다. 가까이 모신 지 2년째였지만 아직까지도 스승 태을에게는 신비한 데가 많았다. 대개 아무리 제갈량 같은 사람이라도 가까이서 자주 보면 범상해 보이기 마련인데 태을은 언제나 새뜻했다. 그것은 무궁한 경륜과 다채로운 지혜 때문이었다.

"애야, 세상은 온갖 상징들로 이뤄져 있다. 세상은 너무 복잡하고 시간은 유구하다. 설령 귀신이라 해도 다 볼 수 없고 시종을 한 번에 알 수 없지. 대신 특정 부위나 찰나의 시간 속에 전체를 축소해 놓은 상징이 들어 있다. 그걸 읽어내면 부분으로 전체를 파악할 수 있는 거다. 상일연육(嘗一臠肉) 지일확지미(知一鑊之味)로다."

"네?"

태을은 또 특유의 표정으로 제3의 인물이 하는 것처럼 말했다.

"저민 고기 한 점만 맛보면 가마솥 가득한 고기의 맛을 알 수 있다는 뜻이나. 다 먹어봐야 안다면 어디 지혜로운 자라고 할 수 있겠느냐? 인생이 뭐냐고 물으니, 다 살고 땅 속에 묻혀봐야 알 것 같다고 말하는 것과 뭐가 다르냐?"

"정말 그렇습니다."

"사람의 얼굴을 보면 그 사람의 건강상태, 성격, 앓고 있는 병 따위를 두루 알 수 있다. 병의 여부는 손톱이 더 정확하지. 손톱이 붉고 단정하면 건강한 것이며, 노랗거나 푸르스름하고 거칠거나 부서지면 질병을 앓고 있는 것이다. 나이테처럼 옆주름이 있어도 그렇다. 명풍수가 흙의 색깔을 보고 명당 여부를 가려내는 것과 다를 바 없지."

"그렇더라도 언제 병을 앓았는가는 어떻게?"

"간단하다. 아까 그 여자의 손톱 중간쯤에 주름이 잡혀 있었느니라. 큰 병을 앓게 되면 손톱 뿌리에 흔적이 남는 수가 있다. 맨 아래 부위의 손톱이 다 자라 끝으로 밀려나는 데는 대개 넉 달가량이 필요하다. 그 여자는 중간쯤에 옆주름이 있었으니 두 달 전쯤에 중병을 앓았다는 게 나오는 게지."

득량은 고개를 끄덕였다. 하면서도 스승 태을의 바닥을 드러낼 줄 모르는 박식함에 경탄하지 않을 수 없었다. 한방에도 조예가 깊어서 웬만한 병은 스스로 다스리는 태을이었다. 필요할 때, 침을 꺼내 쓸 줄 아는 것도 득량의 눈에는 신기하게만 보였다. 언제 침술까지 익혔는지 웬만한 의원 못지않았다. 풍수는 땅의 혈자리만 보는 게 아니라 인체의 경락도 잘 짚었다.

동해를 지키는 용, 문무왕

새벽밥을 청해 먹은 두 사람은 다시 길을 떠났다. 아직 동트기 전이어서 길모퉁이에 웅크리고 있던 어둠이 발길에 차여 휘뚝휘뚝 넘어졌다. 이제 허락된 시간이 거의 없었다. 며칠 안으로 전주에 돌아가야 득량의 혼례식을 준비할 수가 있었다.

동쪽으로 잡은 길이었다. 노루목을 넘어 동해바닷가 감포로 가는 길은 험준하기만 했다. 산협을 끼고 나 있는 고갯길이라서 더 그랬다. 가도가도 집 한 채 보이지 않았다. 고갯길을 넘고도 한참을 가서야 동해가 보였다. 안개 속에 보이는 곳은 조그만 포구였다.

봉길리 수제마을은 동해의 푸른 물과 접해 있었다. 검은 자갈밭과 백사장이 펼쳐져 있는 어촌이었다. 조갯살처럼 박혀 있는 초가들이 그 옛날 신화와도 같은 역사의 한 장을 보듬고 있는 듯했다. 마을 앞바다에 손을 뻗으면 닿을 것 같은, 댕바우〔大王巖〕라고 불리는 바위섬이 보였다. 천연의 암초로 이뤄진 섬이었다. 이곳이 바로 신라 30대 문무왕이 모셔진 해중릉(海中陵)이었다.

"배 한 척 빌릴 수 있겠소?"

태을이 어부로 보이는 덥수룩한 사내에게 물었다. 한낮인데도 해풍이 불어 파도가 높았다.

"배는 와 필요한교?"

못 보던 타지 사람들이 와서 배를 빌리려 하자, 사내가 말미잘 같은 촉수를 뻗쳤다. 낚시꾼 행색이 아니었기 때문에 더 수상했다.

"저 바위에 잠깐 갔다 오면 되오."

태을이 손으로 대왕암을 가리켰다. 대왕암 위로 갈매기들이 노닐었다.

"댕바위는 뭐라코 갈라캅니꺼?"

덥수룩한 사내는 할 일 없는 사람들 다 본다는 눈치였다. 그가 이 바위에 어떤 역사가 서려 있는가를 알 까닭이 없었다. 아직 세인들에게 알려지지 않은 문무왕의 해중릉이었다. 전해 내려오는 설화가 있긴 했지만 그걸 증명할 아무런 것도 발견되지 않은 때였다.

"달리 그러는 게 아니오. 풍광이 수려하니 바위에 올라 바람이나 쐬었으면 싶어서 그럴 뿐이오."

"참 한가한 양반들 아입니껴."

"사례하리다."

"누가 돈 못 받을까봐 그라것습니껴?"

그러면서도 사내는 망설이지 않고 배를 갖다 댔다. 노를 젓자 나룻배가 서서히 움직이기 시작했다. 댕바우가 다가오고 있었다. 태을과 득량에게 이 댕바우는 천 리길을 걸어와 드디어 보게 되는 귀중한 그 무엇이었지만 토박이 사내에게는 성가신 암초에 지나지 않을 뿐이었다.

댕바우는 바다 위의 연꽃과도 같았다. 그것은 지금 막 피어나는 바위 꽃송이였다. 천 년도 훨씬 넘은 역사가 피어나는 셈이었다.

삼국통일의 위업을 달성한 문무왕은 늘 근심걱정이 떠나지 않았다. 그는 개인적으로 매우 불행한 사람이었다. 어지러운 시대를 만나 평생을 전쟁 속에서 살았던 것이다. 서쪽으로 백제를 정벌하고 북쪽으로 막강한 고구려를 쳤으며 저항하는 무리들을 제거하느라 다리 뻗고 쉴 날이 없었다. 당나라 원정군을 몰아내는 일도 여간 힘겨웠던 게 아니었다. 그러나 여전히 기승을 부리는 왜구들의 침략은 피를 말리게 했다.

"나는 죽어 나라를 지키는 큰 용이 될까 하오."

평소 가까이 지내는 지의법사(智義法師)에게 왕은 진지하게 말하곤 했다.

"용이 제아무리 영물이라 하나 어찌 대왕과 같겠사옵니까? 그런 말씀을 하시면 소승이 불편합니다."

"아니오. 나는 내세에 용으로 태어날 것이오. 그래서 우리 신라를 지킬 것이오."

"용은 짐승입니다. 사람이 짐승으로 태어남은 나쁜 과보가 됩니다. 하거늘 어찌 자꾸 용이 된다 하십니까?"

지의법사가 눈을 감았다. 그러면서도 법사는 왕의 나라사랑하는 마음에 경의를 표하지 않을 수 없었다. 오죽하면 그런 응보를 바라시리.

"과인은 세상의 영화에 미련이 없소. 오직 바라는 바가 있다면 그것은 이 나라를 평온케 하는 것이오. 내가 죽어서 용이 되는 건 절대로 나쁜 과보라고 보지 않소. 지금껏 지은 공덕이 너무도 박약하여 더 나쁜 과보를 받지나 않았으면 하오."

"당치도 않은 말씀이옵니다. 대왕께서는 온 나라 백성들의 존경을 한몸에 받고 계십니다. 우선 선대의 왕들이 그토록 열망했던 삼국통일의 대업을 이룩하셨을 뿐만 아니라, 전쟁에서 죽은 자와 공을 세운 자에게 두루 추상(追賞)하시어 내외의 관직을 내리셨고, 칼과 창은 녹여서 쟁기를 만드셨습니다. 또한 백성들이 편안한 삶을 살도록 부세를 가볍게 하였고 요역을 덜어주었나이다. 죄를 지은 사람이 없어 옥에는 풀이 무성하고 창고에는 곡식들이 그득그득하옵니다. 요순시대가 부럽지 않은 태평성대가 있다면 바로 대왕께서 다스리시는 동안이었사옵니다."

"왜구가 쳐들어와 노략질을 일삼는 한 태평성대는 머오. 지의법사!"
"예, 대왕마마."
"부처님의 원력을 입고자 하오."
"망극하옵니다."
"서라벌의 관문인 용당포 언덕에 절을 지었으면 하오. 특별히 고안하여 법당까지 동해바닷물이 드나들게 하면 짐은 용이 되어 부처님과 교통할 것이오."

용당리 감은사(感恩寺)는 그렇게 해서 지어졌다. 바로 해변과 맞닿은 감은사 문턱 밑에는 용이 드나들 만큼의 큰 구멍을 뚫었다. 그러나 문무왕은 몸에 병을 얻어서 끝내 완공을 보지 못하고 죽게 되었다. 그때가 681년 7월 초하루였다.

"나를 화장하고 그 뼈를 감은사 앞바다 큰 바위에 장사지내라. 그러면 내가 용이 되어 동해를 지키리라."

그 유언은 그대로 집행되었다. 문무왕의 아들 신문왕(神文王)이 대왕암에서 얻었다는 대나무 피리는 부왕의 뜻을 기리는 상징물일 뿐이었다. 그것이 바로 만파식적(萬波息笛)이었다. 이 대나무 피리를 창고에 보관해 두었다가 불면 나라의 모든 어려움(萬波)이 그쳤다(息). 적병이 물러가고 병이 나았으며, 가뭄에는 비가 오고, 장마 지면 날이 개고, 태풍이 오면 바람이 멎고 물결이 가라앉았다. 만파식적은 바다의 용이 되고자 했던 문무왕의 숭고한 뜻을 담은 의례용 신물(神物)이 었다. 이렇듯 대왕암은 세계사에 유례없는 바다 속 무덤이다.

"두어 식경 뒤에 다시 와주시오. 그리고 오늘 밤 유숙할 집도 좀 알아봐 주시오."

나룻배가 바위턱에 닿자 태을이 사내에게 말했다. 사내의 손에는 얼마간의 돈이 쥐어져 있었다.

"이거 너무 많습니대이. 받을 수 없십니더."

사내는 태을이 쥐어준 돈을 뿌리치다가 못 이기는 척 주머니에 쑤셔넣었다.

두 사람이 시퍼런 물결이 출렁거리는 대왕암에 올라서자, 사내는 노를 저어 되돌아갔다. 태을이 사내를 돌려보냈다가 다시 오게 한 건 비밀을 꾀하고자 해서였다. 아직 세상에 알려지지 않은 해중릉이었다. 손에 꼽을 정도만이 알고 있는 형편이었다. 그것도 내로라하는 풍수들 몇몇이 고작이었다. 이 해중릉이 세상에 알려져서 좋을 것은 하나도 없었다. 더구나 지금은 일본인의 세상이었다. 그들이 무슨 짓을 할지 아무도 몰랐다. 특이 이 묘의 내막을 알면 일본인들이 폭약을 터뜨려서라도 없애려 할 것이었다.

태을은 담담한데, 득량은 섬뜩했다. 물 속에서 금시 괴물이라도 솟구쳐 올라올 것만 같았다. 용은 상상의 동물이지만 시퍼런 물 속에서 해룡이 튀어나오면? 웅장하고 뾰족뾰족한 바위가 해룡처럼 보였다.

두 사람은 조심조심 바윗돌을 붙잡고서 대왕암에 올랐다.

끼룩, 끼룩.

갈매기들이 머리 위를 선회했다.

대왕릉을 수호해온 바닷새들일까. 갈매기들은 이방인들을 경계하는 눈초리로 주위를 맴돌았다. 이윽고 두 사람은 물이 드나드는 통로가 훤히 보이는 자리에 섰다.

그것은 연꽃이었다. 네 개의 꽃잎을 벌리고서 피어오르는 바다 위의 연꽃이었다. 네 개의 거대한 꽃잎 사이, 十자로 파인 곳에 바닷물이 출렁거렸다. 그것은 동서남북으로 나 있는 바위의 문이었다. 연꽃의 문이었다. 파도가 문 두드리고 들어와 그 연꽃잎 속에서 꿈틀거렸다. 물에는 고기떼들이 유유히 노닐었다. 그야말로 천혜의 어항이었다. 돌의 어항이었다. 해초와 모래가 바닥을 뒤덮고 있었다.

"보아라. 저 석실(石室)과 관개석(棺蓋石)을!"

태을이 손가락으로 테두리를 그려보였다. 득량은 아무것도 보지 못했다. 그저 십자수로(十字水路)로 들락거리는 조수와 넓은 돌웅덩이만 보였다. 태을이 다시 손가락으로 직사각형을 그려 보였다.

"아, 저 거대한 자연석이 관개석입니까?"

득량이 비로소 외쳤다. 그는 보았다. 해묵은 해초 더미 사이에 가까스로 드러나는 거북등 같은 돌을, 네 평가량이나 되는 석실과 거대한 관개석을. 관개석은 길이가 두 질, 넓이가 한 질 반쯤 되었다.

태을은 벌써 제물을 진설하고 있었다. 그런 뒤 향을 피워 올렸다. 두 사람은 절을 올렸다. 옹색한 바위 위에서 엉거주춤 올리는 절이었지만 경건하기 이를 데 없는 의식이었다.

바람이 불었다. 동해의 용이 되어 나라를 침범하는 왜구들을 물리치겠노라던 대왕의 음성이 들리는 듯했다. 두 사람의 눈시울이 젖고 있었다. 대왕의 간절한 바람에 아랑곳없이 못난 후손들이 일본인들에게 나라를 빼앗긴 마당이어서 감회는 더 깊었다. 갈매기들의 울음소리도 처량하기만 했다.

태을은 뜬쇠를 꺼냈다. 그러고는 그것을 득량의 손에 넘겨주었다.

"좌향을 보거라."

바위가 험해 뜬쇠를 놓을 데가 마땅치 않았다. 바닷물이 출렁대는 관개석 위에 놓을 수도 없었다. 자리를 잡고 서서 손바닥 위에 올려놓았다.

"자좌오향 판입니다."

"그렇지? 이 바다 속에서도 방향을 제대로 잡아 썼던 것이다."

"그 시절에도 나침반이 있었습니까?"

"지금같이 복잡하지는 않았고 24방위 나침반이 있었지."

"산서에 수중에도 명당이 있다더니 정말 절묘합니다."

득량이 말하는 산서란 《수장경(水葬徑)》을 이름이었다. 바다 속에도 명당이 있는데 수장할 경우에는 먼저 마포(麻布)로 자루를 지어 밀초로 몇 겹을 두껍게 올린다. 이렇게 하면 마포가 물 속에서 천 년을 가도 상하지 않는다고 기록돼 있다. 주검을 마포자루에 넣고 마포 밑에 무거운 구리나 철, 돌 따위를 달아 파도에 밀리지 않고 영원히 그 자리에 있게 하여 발복하게 하는 것이다.

"옥룡자 도선국사께서 《현묘경(玄妙徑)》에서 이르기를, 직십자 횡십자수(直十字橫十字水)는 태극성(太極星)이니 그 안에는 선천운화지지(先天運化之地)가 있다 했다. 또 《청낭경(青囊徑)》에는 동서남북 사방의 물, 즉 자오묘유수(子午卯酉水)를 가청수(街聽水)라 하여 북쪽인 자를 기창(騎槍), 오를 홍문(紅門), 묘를 뇌공(雷公), 유를 관위(館偉)라 하여 신단(神壇)이나 사찰을 지으면 크게 일어나나 개인이 쓰면 크게 두렵다 했다. 이와 같은 자오묘유수 명당은 사왕지(四王地) 또는 사패지(四敗地)인고로 격에 맞으면 크게 왕성하고 격에 맞지 않으면 크게 망하는 법이다. 이 자리는 의당 문무왕이 들어올 만한 대지다."

태을은 격에 맞는 명당임을 역설했다.

바위 중앙을 파내어 석실을 조성한 다음 자연석으로 덮은 대왕암. 저녁 무렵이 되면서 파도가 점점 더 높아지고 있었다. 검푸른 파도는 바위 문으로 밀려왔다가 다시 큰 바다를 향해 빠져나갔다.

동해를 지켜내는 용은 지금 잠들어 있는 것인가. 1,200여 년 전, 대왕의 숭고한 뜻이 아직도 이 바위 속에 서려 있건만 어쩌자고 후손인 우리들은 일본인들에게 이 나라를 내어주고 말았던가.

두 사람의 눈시울이 젖었다. 나라 잃은 두 풍수의 가슴에 조수가 밀려들었다. 빼앗긴 땅에 지관이라니. 대성통곡을 하여 그 눈물이 바다를 이룬다더라도 끝내 토해내지 못할 울분이 뼛속에 사무쳤다.

"안 가실랍니껴?"

언제 되돌아왔는지 사내가 나루턱 위에서 외치고 있었다. 돌아서는 두 풍수의 머리 위로 시퍼렇게 멍든 하늘이 울상을 짓고 있었다. 금방 비라도 내릴 모양이었다.

두 사람은 대왕암에서 나와 이견대(利見臺)와 감은사 절터로 향했다. 이견대는 만파식적을 얻었다는 곳으로 《주역》 건괘☰의 효사 "이견대인(利見大人)"에서 따온 이름이었다. 대인을 만나봄이 이롭다는 뜻인데 이곳 이견대에서 만나는 대인은 동해용이 된 문무왕을 가리켰다. 하늘을 나는 용이 아니라 바닷물에 잠긴 용이었다. 감은사 터에는 이와 같은 《주역》의 유습이 더 있다. 흩어져 뒹구는 석재에 새겨진 태극문양과 여러 기하학 무늬들이었다. 일찍이 신라시대에도 태극문양을 활용하고 있었던 것이다.

난세를 건너는 법

사람은 어디에서 살아야 하는가.

좋은 땅을 찾아 그곳에서 살아야 하는 건 두말할 나위도 없다. 그러나 좋은 땅도 다 인연이 있어야 한다. 그 사람과 맞지 않으면 아무리 좋은 땅에서도 패가망신을 면치 못한다. 사람과 사람끼리도 궁합이 맞아야 하듯 땅과 사람도 서로 궁합이 맞아야 길하다. 땅이 좋다고 누구한테나 좋은 게 아닌 것이다.

사람마다 찾고자 하는 땅도 다르다. 어떤 사람은 명당을 찾아다니고 또 어떤 사람은 난리를 피할 만한 곳을 찾아다니며 또 어떤 사람은 숨어살 만한 곳을 찾아다닌다. 명당의 개념도 사람마다 다르다. 편안히 살 수 있는 터, 벼슬자리를 얻는 터, 귀인을 만나는 터가 있는가 하면 돈이 많이 들어오는 터도 있다.

일확천금을 손에 쥔 조영수는 대구 서씨 일을 마저 끝내고 진골목 안 기와집 잔금을 치렀다. 집안 학생들을 전학시켜서 공부하도록 만든 집이었다. 형님 조민수의 명의로 되었지만 정성으로 수리했다. 온돌 바닥을 긁어내고 황토와 참숯과 소금을 배합해서 다졌다. 습기를 없애고 맑은 기운이 나오게 하기 위함이었다.

"방바닥을 그렇게까지 다질 필요가 뭐 있느냐? 기름종이 깔고 나면 보이지도 않을 텐데."

조민수가 뭣하러 밤길 가는데 비단옷 꺼내 입느냐는 투로 말했다. 돈 장난 아니냐는 나무람이기도 했다.

"형님, 제가 총독부 사람들과 다니면서 배운 게 있어요. 우리 숯공

장 위에 있는 해인사 장경각 바닥이 이런 식으로 돼 있어요. 그래서 경판들이 그처럼 오래 갈 수 있는 겁니다. 우리 자식들 공부하는 집인데 몸에 좋다면 다 해줘야죠. 창문도 방향을 고쳐서 기가 원활히 순환하도록 할 겁니다. 유리창도 달아서 보온도 하고요."

조영수는 정원도 다시 꾸며서 멋진 집을 만들었다. 아이들이 와서 보고 너무 좋아했다. 야무진 찬모 하나를 구해서 밥해 주고 빨래해 주며 뒷배를 보살피도록 했다. 그리고 그 자신과 형 조민수가 자주 드나들면서 아이들 단속하면 완벽했다.

조영수는 떡 벌어진 새 집 한 채를 더 구할 생각이었다. 아이들의 장래를 생각해서도 그렇고 자신의 나중 활동을 생각해서 서울이 좋았다. 만일 서울에 산다면 꼭 북촌의 한옥을 고집할 마음은 없었다. 요즘은 양옥 건물도 많았다. 행인들이 많은 상가도 염두에 둘 필요가 있었다.

명당이 뭔가. 물이 많이 들어오는 곳이다. 이 나라에서 가장 큰 물은 역시 한강이다. 강이 뭔가. 조운(漕運)이 용이한 뱃길이며 상업지대다. 돈이 몰리는 곳이었다. 한강을 낀 서울에서도 사람들이 제일 많이 다니는 거리가 명당이다. 뭐니뭐니 해도 돈이 많이 흘러다니는 곳이 좋은 터다. 거기서 모은 돈으로 공기 좋고 조용한 터를 잡아 공부하고 출세하면 두 가지를 다 얻는 셈이다. 제아무리 명당이라고 해도 재물이 안 들어오는 시골구석에 처박혀서 시대에 뒤떨어진 공부를 해봐야 성공할 리 만무했다. 이것이 조영수의 깨친 의식이었다.

조영수는 부러 경상도 일대의 여러 명가들을 둘러보았다. 대구 옻골마을, 경주 양동마을, 청암정 정자로 유명한 봉화 닭실마을, 안동 김씨들의 본향 풍산 소산리, 안동 하회마을, 의성 김씨 종택이 있는 내앞마을 등은 물론이고 십승지라는 곳도 몇 군데 가보았다.

거기서 얻은 결론은 두 가지였다. 첫째는 본가에서 명당의 기운을 받고 수업하다가 때가 되면 대처로 나가 벼슬한다는 거였고, 둘째는 명당 밖에 소유한 토지를 빌려주고 도조(賭租)를 받아서 의식주를 해결한다는 거였다. 그렇지 않고서는 그 큰 기와집들을 유지할 수가 없었다. 결국 확실한 생존논리를 지닌 명가들은 빳빳하게 자존심을 지켜가면서 살아남았지만 순진하게 십승지를 찾아간 사람들은 흐지부지 한미한 집안으로 전락해 버렸다. 아무리 난세라도 목숨만 보존하려 들면 안 된다. 제도적 장치를 마련해 두고서 숨어야 하는 것이다.

조영수는 오히려 이런 난세가 더 좋았다. 솔개는 바람이 불어야 그 바람에 편승해서 공중에 높이 날며 사냥감을 노릴 수 있다. 총독부며 경찰서와 멀리한다고 누가 알아주는가. 후대에 고매한 민족주의자였다고 평가받는 것보다 당대에 노련하게 사는 것이 고수라고 생각했다. 아무리 일본인이라지만 관(官)을 등지거나 맞서면 좋을 게 없었다. 때로는 협조하고 때로는 이편에서 이용하면 그곳에 생존논리가 있었다. 도가 따로 있지 않았다. 꿩 잡는 게 매라고 그것이 난세를 사는 도였다.

조영수는 서울행 열차에 올라서 가문의 미래와 자신의 장래 모습을 그려보았다. 조선에서 손꼽는 부자가 되는 길 위를 지금 달리고 있었다. 꿈은 이루어진다. 긍정적인 사고를 하면서 일마다 최선을 다하다 보면 아버지의 수모와 유골이 흩뿌려진 조부의 한을 달랠 세월은 반드시 온다. 서울에 터를 잘 잡고 새끼들 교육에 힘쓰며 권세가들과 사귀면 기회는 계속해서 온다. 다른 사람은 몰라도 그에게는 사람을 홀려 놓는 기술이 있었다. 그 도구가 바로 풍수술과 세 치 혀의 화술이었다. 그것도 다 선대로부터 물려받은 재주와 비상한 머리가 있어야 가능했다.

명당에서 나는 사람, 사람이 만든 명당

출신으로나 유명세나 내공으로 상대가 되지 않는 조영수가 쇠똥구리처럼 몸을 굴려서 착착 성공가도를 달리고 있을 때, 진태을과 정득량은 기본기에 충실한 풍수공부를 위해 답사를 계속하고 있었다.

이중환이 《택리지(擇里志)》에서 양반과 선비가 살 만한 영남 4대 길지를 답사할 차례였다. 득량의 혼례일이 닥쳐와 시간이 없었으므로 봉화 닭실마을은 다음으로 미루고 도산과 내앞, 하회(河回)를 보기로 했다. 하회마을로 가기 전에 소산리를 들르기로 했고 맨 마지막에 예안지보의 음택 하나를 본 뒤, 전주로 돌아가기로 했다.

안동은 세도 높은 명문가 김씨 집안과 권씨 집안의 터앝으로 더 유명한 곳이었다. 나는 새도 떨어뜨린다는 세도가라는 말은 이 두 집안이 득세한 이래 생겨났다. 예의와 학문을 숭상하여 추로지향(鄒魯之鄕, 맹자와 공자의 고향)이라고 불리는 안동 일원이었다. 안동에는 묏자리보다 살아생전에 거처할 만한 터가 많은 곳이었다.

양택을 둘러보면서는 굳이 걸을 이유가 없었으므로 안동에서 차를 빌렸다. 경비가 하루에 쌀 반 가마값이나 되었지만 지금은 시간이 문제였다. 그리고 아직도 쓰고 남은 여비가 넉넉했다.

도산에서 한 군데를 꼽아보라면 역시 퇴계(退溪) 이황(李滉, 1501~1570)의 도산서원(陶山書院)이다. 퇴계는 조선 성리학의 태두로서 경(敬)의 철학자다. 그에게 경은 마음의 주재자이며 만사의 근본이요, 성학의 처음과 끝이다. 이(理)와 기(氣)에 대한 개념과 관계를 규정하는 일은 성리학자들의 주된 공부였는데 퇴계는 이를 기보다 우위에 두는 입장이었다.

성리학에서의 이기론은 풍수의 이기론과 전혀 다르다. 성리학에서는 이기론이 하나의 세계관이지만 풍수에서는 기의 세계관 내에서 추산을 따지는 법수를 이기론이라고 한다.

"퇴계 선생은 군자의 진덕수업을 일생 동안 실천하신 분이지. 생후 일곱 달 만에 부친을 여의고 홀어머니 박씨 부인 밑에서 성장했지만 천성이 어질고 독서를 좋아했다. 그는 관직에 거의 나가지 않고 향리에 물러나 생을 마칠 때까지 수양에 힘쓴 선비였는데, 잠시 풍기군수를 지낼 때 대장장이 배순(裵純)을 제자로 받아들인 건 유명한 일화다. 유심한 학문의 세계에서 기쁨을 얻고 일가를 이룬 선생의 열린 사고를 짐작할 수 있지."

뜰 앞에 매화나무가 무성했다. 도산매(陶山梅)라 불리는 매화로 꽃은 벌써 졌고 옛사람의 아름다운 사랑이야기만 집안에 여울진다. 단양 군수 시절에 정을 나눈 관기 두향(杜香)이 준 선물인데 퇴계는 방 안에 분재를 해두고 길렀다. 1세는 천수를 다했고 2세가 대를 이었는데 줄기가 네 자 가량이나 되게 무성했다. 이 또한 늙은 노매여서 언제 가실 줄 몰랐다.

"선생께서 기거하신 곳이 너무 소박합니다."

득량은 도산서당의 조촐함에 놀랐다. 동쪽에 마루 한 칸, 중앙에 방 한 칸, 서쪽에 불 때는 공간과 쪽방이 전부였다. 방 아랫목에는 좁고 기다란 공간이 있었는데 책이나 옷, 매화분재를 들여놓던 곳이었다.

"선생은 어렵게 성장하셨지만 섬세하고 따뜻한 마음을 지닌 도학자셨다. 선생이 읊은 〈도산월야영매(陶山月夜詠梅)〉를 음미해 보면 그분이 얼마나 다감한 성품이었나를 알 수 있지."

홀로 산창에 기대서니 밤기운 차가운데
매화가지 위로 둥근 달이 떠오르네
청하지 않아도 미풍이 불어와서
맑은 향기 저절로 온 뜰에 가득하네
(獨倚山窓夜色寒 梅梢月上正團團
不須更喚微風至 自由淸香滿院開)

"어떠냐. 주자의 학설을 정통으로 계승하고 역학에도 밝았던 철인에게 이런 시심이 고여 있었다."
"선생께서는 처복이 없었다고 들었습니다."
"그런 셈이지. 첫째 부인 허씨는 일찍 죽었고 재취로 들인 권씨는 반미치광이였는데 선생이 46세 때 죽었다. 48세 때 홀로된 선생이 단양군수로 내려가 거기서 18세 두향을 만나 아홉 달 동안 사랑을 나눴는데 두향은 선생이 70세에 임종할 때까지 지조를 지켰다고 한다. 선생이 풍기군수로 부임해 오면서 두향을 면천시켰지만 데려오지는 않았지. 봄바람처럼 온화하다가도 풀 먹인 안동포처럼 빳빳한 성품을 짐작할 수 있지. 외동딸이었던 허씨 부인이 1,700석 친정 재산을 남겼고, 짧게나마 요새 너희들 말로 로맨스를 즐겼으니 꼭 처복이 없었다고 할 수 있을까?"
태을이 좀 색다른 견해를 피력했다. 해로동혈(偕老同穴)이라고 부부는 검은머리가 파뿌리 될 때까지 함께 늙고 한자리에 묻히는 게 미덕이었다. 지지고 볶더라도 오래 살아야 하는 것이다.
"이렇게 비교해서 외람됩니다만, 율곡(栗谷 李珥, 1536~1584) 선생께서 세 명의 부인과 유지(柳枝)라는 관기를 거느린 것을 생각하면 고결하네요. 당시는 정실 말고도 측실이나 첩을 두는 게 관례였잖습니까?"

"음양은 천지만물의 근간이다. 군자의 인격을 평할 때 여자관계로 기준을 삼아서는 옳지 못하다. 율곡은 비 개인 뒤 뜨는 보름달처럼 쨍한 천재였다. 너 알고 있느냐? 세종대왕 같은 성군도 소현왕후 말고도 후궁이 다섯이었다."

태을은 퇴계의 고매한 임종 얘기로 화제를 돌렸다.

퇴계 선생이 감기몸살로 여러 날 앓았다. 칠순의 나이였고 좀처럼 일어날 것 같지가 않았다. 제자들은 시초(蓍草)로 괘를 뽑았다. 잘 치지 않던 주역점을 쳐본 것이다. 겸괘(謙卦) ䷎를 얻었고 구삼효(九三爻)가 동했다.

노겸(勞謙)이니 군자유종(君子有終)이요 길(吉)하니라.
힘쓰고도 겸손하니 군자는 유종의 미를 가지며 길하다.

제자들은 선생의 천명이 다했음을 알았다.
1570년 12월 8일 아침에 퇴계는 말했다.
"저 매화나무에 물을 줘라."

그날 저녁 선생은 앉아서 서거했다. 이에 앞서 12월 3일 자제들에게 다른 사람들로부터 빌려온 서적들을 돌려보냈고, 12월 4일 조카에게 명하여 유서를 쓰게 했다. 조정에서 내려주는 예장을 사양할 것, 비석을 세우지 말고 조그마한 돌 전면에 '퇴도만은진성이공지묘(退陶晩隱眞城李公之墓)'라고만 새기고, 그 후면에는 고향과 조상의 내력, 뜻함과 행적을 쓰도록 당부했다.

"얼마나 아름다운 죽음이냐. 해동 최고의 대학자가 이처럼 겸손하셨다. 겸손은 아무리 해도 지나침이 없다고 했다. 되잖은 날것들이 자기를 높이고 호화분묘를 꾸민다. 스스로 높아졌으니 다른 이들은 그저 야유나 할 수밖에."

득량은 퇴계 선생이 거처하던 서당을 나오며 머리를 숙였다.

"자, 이제 선생의 친필 편액이 있는 임청각(臨淸閣)으로 가볼거나?"

그들은 대기하고 있던 차를 타고 안동 법흥리로 달렸다.

영남산 남서쪽 자락이 기세 차게 뻗어내려 낙동강과 접하는 경사면에 99칸 임청각이 자리잡았다. 집주인 석주(石洲) 이상룡(李相龍, 1858~1932)은 1910년 나라가 일본에 넘어가자, 그해 12월 14일 집안 식구들과 안동의 여러 인사들을 규합하여 서간도로 망명했다. 김대락과 김동삼을 위시한 수많은 인사들이 뜻을 함께했다. 그들은 모두 퇴계의 학맥을 이은 영남의 명문가 출신들이었다. 꿋꿋한 자존심이 식민지 백성됨을 거부하게 한 것이다. 재산을 정리하여 만주에서 독립군 마을을 건설하기로 한 것이다. 그것이 그들이 꿈꾼 이상촌이었다. 잘 먹고 잘 사는 길은 무엇보다도 자유였다.

    삭풍은 칼보다 날카로워 나의 살을 에는데
    살은 깎여도 오히려 참을 수 있고
    창자는 끊어져도 차라리 슬프지 않다.
    옥토삼천리와 2천만 백성의 극락 같은 부모국이
    지금 누구의 차지가 되었는가.
    차라리 이 머리 잘릴지언정
    어찌 내 무릎을 꿇어 그들의 종이 될까보냐.
    집을 나선 지 한 달이 못 되어 압록강 물을 건넜으니
    누가 나의 길을 더디게 할까보냐
    나의 호연할 발걸음을

태을은 이상룡이 눈보라치는 한겨울에 압록강을 건너면서 읊은 처절한 시를 들려주었다.

"그분들은 지금도 만주에 계신다. 주인은 떠나 없고 불청객 나그네만 이렇게 찾아들어 풍수를 보자니 염치가 없구나. 넌 이 집을 어떻게 보느냐?"

태을의 물음에 득량이 간략하게 감정했다.

"우선룡에 좌선수로 음양이 교구하며 생기가 왕성하군요. 다만 명당이 급하고 내청룡이 포근하게 감싸지를 못했네요."

"잘 보았다. 그러나 명당임에는 틀림없다. 전에 말했듯 흠 없는 명당은 없으니까. 임청각 역시 가상이 용(用)자로 돼 있다. 안에 삼정승이 태어난다는 태실이 있는데 영실(靈室)이라고 한다. 석주 선생께서 저 정자에 앉아서 왜놈들에 대한 울분을 삭이느라 애썼던 모습이 떠오르는구나."

강을 건너 내앞마을로 향하면서도 마음이 무거웠다. 그곳 역시 만주로 망명한 의성 김씨의 집성촌이었다.

소가 누워있는 형상이 완연한 와우형(臥牛形) 산 밑에 터 잡은 의성 김씨 종갓집은 육부자 등과지처(六父子登科之處)로 유명하다. 소의 멍에와 꼴에 해당하는 사격들이 제대로 갖춰진 명당이었다. 김진(金璡)이 처음으로 집을 짓고 살았는데, 과연 터의 기운이 영험하여 학봉(鶴峯) 김성일(金誠一, 1538~1593)을 비롯한 아들 다섯이 모두 대과나 소과에 급제했고 자신도 사후에 이조판서에 추증되었다. 그래서 육부자 등과지처로 이름을 떨쳤다.

"이상용, 류인식, 김대락, 김동삼 등 안동의 유림들은 돈을 모아 이 마을에 협동학교(協東學校)를 세워 교육사업을 펼쳤지만 나라가 기울어가니 도리 없이 만주 망명길을 택한 것이다."

자신의 집 사랑채를 학교에 내놓았던 김대락(金大洛, 1845~1914)의 백하구려(白下舊廬) 앞에서 태을은 묵념했다. 득량도 따라서 고인의 명복을 빌었다.

풍산 소산(素山) 마을은 신구안동 김씨 관향이다. 신안동 김씨의 대종가인 양소당(養素堂), 구안동 김씨의 종가인 삼소제(三素齋), 병자호란 때 김상헌이 청나라를 멀리한다는 뜻으로 이름 지은 청원루(淸遠樓) 등의 고택이 즐비하다. 세도가 안동 김씨들이 출세해 나간 터인 것이다. 소산은 그야말로 소가 누운 형국이라는 뜻인데 한자로 표기하다가 소박하다는 뜻으로 변했다. 태을과 득량은 학조대사가 잡았다는 창평부수형의 묘까지 둘러보고 서둘러서 하회마을로 달렸다.

물돌이동이라고 불리는 하회는 풍산 류씨들의 관향이었다. 태백산에서 남쪽으로 달려온 산맥이 학가산을 솟구치고 풍산에서 넓은 들판으로 평양하게 잦아들다가 낙동강을 만나면서 다시 솟구친 화산(花山)은 하회동의 주산이었다. 낙동강이 감돌면서 수태극을 이루고 그 강물을 따라 마을 앞의 산들도 휘어져 산태극을 이룬다. 산태극 수태극의 길지인 셈이다. 이곳의 국세는 한눈으로 볼 수 있을 만큼 작고 아담하며 평화롭다.
"워낙 유명한 연화부수형(蓮花浮水形) 마을이다."
부용대에 올라서 태을이 말했다.
물 위에 떠 있는 연꽃 모양이라는 얘기였다. 동쪽에서 흘러온 낙동강이 이 연꽃마을을 둥그렇게 감싸고 있었다. 가옥들은 강을 따라 자연스럽게 여러 방향으로 세워졌다.
"이런 곳은 어디에 집을 지어야 하는지 아느냐?"

"연꽃은 물 위에 떠 있는 꽃이므로 수위와 같은 위치라야 합니다."

"옳은 말이다. 본래 이곳은 류씨의 터가 아니었느니라. 허씨가 먼저 들어왔고 그 뒤 안씨가 들어왔지만 모두 망해서 나갔느니라."

"어째서입니까?"

"너무 높게 집터를 잡았던 게지. 입향조(入鄕祖) 류종혜(柳從惠) 가 그 비결을 알고 높지도 않고 낮지도 않게 집터를 잡았지. 겸암(謙庵) 유운룡(柳雲龍)과 서애(西崖) 유성룡(柳成龍)이 살았던 겸암정사나 옥연정사는 꼭 수면에 떠있는 위치다. 마을 앞의 소나무숲은 비보다. 왜인고?"

태을이 강 건너 눈앞에 들어선 송림을 가리켰다. 만송정(萬松亭)이 라는 이름의 숲이었다.

"물이 빠져나가는 것이 집에서 보이지 않아야 하기 때문에 인공적으로 소나무숲을 가꿔 수구(水口)를 가린 것입니다."

득량이 풍수의 득파를 따져 답했다.

"또 있다."

태을이 득량의 답변을 더 기다렸다.

"이제야 알겠습니다. 저 송림은 바람을 막는 방패입니다."

"그렇지. 노송림이 잘 가꿔져 인공의 흔적이 없다."

태을은 이곳 출신으로 겸암을 큰 인물로 쳤다. 겸암 류운룡은 퇴계 문하에서 천문과 경학을 깨쳤다. 그의 아우 류성룡 역시 퇴계의 문인으로 선조 때 영의정을 지낸 인물이었고 임진란을 기록한 《징비록》을 남긴 위인이었다. 이 두 형제의 출세로 하회마을은 풍산 류씨의 본향으로 이름을 떨치게 되었다.

"세상에 알려지기로는 아우 서애가 더 유명해서 사람들이 그를 더 높게 친다만 큰 인물은 역시 형인 겸암 선생이시다. 뛰어난 도학자로

서 세속의 영화를 멀리할 줄 아셨지."

태을은 겸암 선생의 탄생에 얽힌 이야기를 풀어놓았다. 그것은 전설에 가까운 이야기였다. 이 땅 어디나 쌔고 쌘 풍수전설이었다.

겸암의 어머니가 어릴 적에 토담 밑에서 소꿉장난을 하고 있었다. 또래 아이들에게 하는 말이 신통했다. 때마침 지나가던 중이 어린 소녀를 보고 읊조렸다.

"아따, 고 계집 장차 큰 인물을 낳을 상이로다. 꼭 10년만 말 안 하면 되련만…."

중은 표연히 사라졌다.

동녀가 그 말을 들었다. 어린 것이 신통한 구석이 있었던지 그날부터 벙어리 행세를 했다. 집에서는 야단이 났다. 그렇게 또랑또랑하던 딸이 갑자기 벙어리가 되었으니 걱정이 아닐 수 없었다. 그러나 딸은 잘 커갔고 출가할 때가 되어서는 그 얼굴이 예사롭지가 않았다. 누구나 큰 인물을 낳을 만한 관상이라고 말했다.

겸암과 서애의 아버지 될 사람이 하회마을에 살았다. 그가 바로 중종 35년 식년문과에 급제한 류중영이었다. 중영이 아직 벼슬에 나아가기 전의 일이었다. 나이가 차서 혼기가 된 아들 중영에게 그의 아버지가 말했다.

"얘야, 너희 6대조 되시는 종자, 혜자 쓰는 분이 풍산 상리에서 이곳으로 이사온 까닭은 대인을 낳을 터라 해서였느니라."

"알고 있사옵니다, 아버님."

"네가 장가들 때가 되었는데 적당한 혼처가 있느니. 큰 인물을 낳을 처자가 있는데 이 색시가 말을 못한다는구나."

아버지는 벙어리에게 장가들라는 말을 하고 있었다. 중영은 머뭇거렸다. 자신이 벙어리와 살아야 하리라고는 몽상조차 못한 일이었다. 그러나 집안에 내려오는 그 인물론 때문에 거절할 수 없었다.

"아들 하나만 잘 낳는다면 그깟 벙어리면 또 어떻겠사옵니까. 소자, 아버님의 뜻을 받들겠사옵니다."

그리하여 벙어리 처자와 혼인하게 된 중영, 혼인날 보니 처자는 너무 아까운 인물이었다.

어쩌다가 저런 색시가 벙어리가 되었을꼬.

신혼 초야를 치르면서 중영은 그게 못내 안타까웠다. 꿈같은 첫날 밤이 지나고 새벽이 왔다. 닭이 홰를 치자 신부가 일어났다.

"서방님, 저를 맞아주셔서 고맙습니다. 서방님과 저는 장차 큰 인물을 낳게 될 것이옵니다."

어찌된 노릇인가. 벙어리 색시가 갑자기 말을 하는 것이었다.

"아니, 부인?"

"놀라지 마옵소서. 실은⋯."

신부가 10년 전 토담 밑에서 있었던 일을 꺼냈다.

"오늘이 꼭 10년을 넘기는 날이옵니다."

"부인, 정말 장하시오. 옛날에 무학대사 어머니가 그랬다더니 부인은 과연 큰 인물을 낳고 말 것이오."

두 사람은 굳게 손을 잡았다.

며느리가 말문을 열었다는 말을 듣고 류중영은 춤을 덩실덩실 췄다. 집안에 큰 인물이 날 명백한 조짐이었다. 이처럼 상서로운 일이 어디 또 있으랴.

곧 태기가 있어서 경사가 계속되었다. 달이 차서 해산하게 되었다. 유다른 진통 끝에 아들을 떡 낳았으니 그가 곧 겸암이었다.

겸암은 이인(異人)이었다. 신화 같은 이야기지만 그는 땅에 떨어지자마자 어머니의 상을 보았다. 어머니는 더 이상 자식을 안 둘 상이었다. 자신을 낳는 것마저 그토록 힘겨워 했던 어머니였다. 그런데 자신 혼자만으로는 가문을 빛낼 수가 없다는 걸 잘 알고 있었다. 어차피 자신은 세상의 명예나 부귀영화에 관심이 없는 사람이었다. 지금 집안에는 장차 큰 벼슬에 오를 사람이 필요했다. 당연히 동생을 봐야 한다고 생각했다. 그래서 겸암은 울지 않았다. 그리하여 낳자마자 벙어리 행세를 하기 시작한 것이다.

"허허, 내가 인물을 낳자고 10년 벙어리 행세를 했건만 고작 벙어리 아들을 낳았구나. 에라, 하나 더 낳으련다."

겸암의 어머니는 정성을 다해서 아들 하나를 더 두었다. 그제야 겸암이 말문을 열었다. 그 어머니에 그 아들이었다.

이처럼 믿어지지 않을 풍수전설이 생겨난 건 겸암 선생을 신격화한 옛사람들의 인물숭배사상 때문이었다. 어미 뱃속에서 나오자마자 어미의 관상을 봤다는 건 좀 지나친 데가 있었다.

여하튼 그 겸암의 아우 류성룡은 크게 출세한 당대의 인물이었다. 두 형제는 유년시절부터 총명하여 앞길이 훤했다. 퇴계의 문하에 들어가 공부하니 깨치고 나아감이 출중했다. 그러나 겸암은 세상의 명리에는 관심이 없었다. 심오한 철학의 숲에서 도의 길을 찾는 것에만 몰입했다. 성격은 소탈했고 식견도 탁월했다. 아우는 형의 이런 성품을 이어받아 조정에 나가 이름을 떨쳤다.

"본래 큰 인물은 그 삶이 허허롭다. 그래서 묻혀 살기를 좋아하느니. 화담(花潭)이 그러했고 퇴계가 그러했느니라. 곧 알게 될 북창 선생 또한 그러했느니."

스승 태을은 당신 자신이 야인답게 출세보다 자유로운 삶을 더 높게

어디서 살 것인가 249

쳤다.

"조정에 나아가면 일국을 다스릴 수 있는데 왜 묻혀 사는지요?"

득량이 물었다.

"어차피 세상을 다스려본다 한들 한 시절이 아니더냐. 또, 세상이 그 인물을 모르고 그보다 훨씬 모자란 사람을 불러내기도 하는 법이다. 넌 아직 모른다만 큰 인물은 당대에 쓰이지 못하는 예가 흔하다. 어차피 공명을 다투는 세상에서는 일인자보다는 이인자나 삼인자가 더 노회한 머리를 굴려서 높은 위치에 오르게 마련이니라."

당신이 그렇다는 것인가? 득량은 스승의 말에서 그의 모습을 보았다.

태을은 회중시계를 꺼내 보더니 서둘러 자동차로 돌아갔다. 낙동강을 따라 내려가 풍천을 거쳐 예천군 지보면 지보리 익장(益庄) 마을 정사(鄭賜, 1400~1453)의 묘로 향했다. 동래정씨 문중에서 부산의 정문도 묘와 더불어 양대 발복처로 일컬어지는 명묘였다.

득량의 선대 할아버지 가운데 한 분이었지만 득량은 생각지도 못한 곳이었다. 스승 태을은 왜 이번 답사코스의 마지막을 이 묘로 한 것일까. 이제 혼례일이 불과 일주일 앞으로 닥쳐와 있었다. 오늘밤이나 내일 새벽에라도 당장 집에 돌아가야 한다.

묘 앞 전순부위에 물풀들이 무성했다. 물이 계속 솟아나오고 있는 것이다.

"용의 기세가 강하면 용의 생기를 보호하기 위해서 용맥 좌우에서 따라오는 수기(水氣) 또한 강해야 쓴다. 혈을 맺기 전, 입수도두 뒤에서 양옆으로 갈라져서 혈장을 감싸고 그 기운이 남아 지상으로 분출하니 대지라는 근거가 된다. 진응수가 되는 것이지. 전에 일렀듯 물은 생기를 운반하는 매개자다. 다만 혈장을 감싸야 할뿐 침범하면 못 쓴다. 가봐라. 혈장은 단단하여 물이 들지 못한다."

둘은 술과 과일, 육포도 없이 참배했다.

"오목한 태양혈 계좌정형(癸坐丁向) 와혈이로군요."

"그래. 아까 하회의 화산을 일으킨 검무산에서 뻗어온 맥이 연화산과 나부산을 만들고 낙동강을 만나 기세가 그치니 어찌 대명당이 없겠느냐. 연화산에서 나온 한 가지가 이곳의 주산이 되는 옥녀봉이다."

"그런데 여기 입수도두 양옆에 묵은 묘 두 기는 뭐죠? 말 무덤인가요? 말 무덤은 대개 아래에 있는데요?"

득량이 신기해하며 물었다. 사실은 자기조상 묘이니 태을이 묻고 자기가 답변해줘야 옳았다. 요새 젊은 사람들이 조상에 관해 뭐 아는 게 있어야지, 염치가 없었다.

"내가 절묘한 것을 일러주마. 지리가 뭐라 했지? 음양 짝짓기라 했지? 저 광활한 내명당 마을 들판을 지나 낙동강 너머 의성고을의 준수한 봉우리들을 봐라. 잘생긴 대장부의 기상이 완연한 비봉산이다. 이곳이 옥녀봉이고 움푹 들어간 와혈이니 서로 음양이 맞질 않느냐? 옥녀가 두 유방을 드러내고 강 건너 낭군을 유혹하니 어찌 지기가 충만하지 않을쏘냐? 후손 발복이 이래서니라."

기가 막힌 얘기였다.

"그렇다면 비보네요. 너무 노골적이지만요."

"저 비봉산이 여기를 거들떠보지를 않고 저 아래 나부산 음곡(陰谷)에 정신이 팔려있지. 그래서 점잖은 옥녀가 체면불구하고 가슴을 까보인 것이야. 하늘을 봐야 별을 딸 게 아니냐?"

"좀 이상합니다."

득량이 의문을 제기했다.

"뭐가 말이냐?"

"와혈은 태양혈입니다. 남성이지요. 그런데 어떻게 옥녀가 돼서 낭군의 사랑을 기다립니까? 용은 돌출된 것이 음이고 오목한 것이 양이잖습니까?"

"예리하구나! 잘 봤어. 분명 풍수적으로는 네 말이 맞다. 그러나 민간에서는 겉모양을 더 중시한다. 옥녀봉의 이 와혈을 여성의 옥문(玉門)으로 보고 강 건너 저 비봉산을 남성으로 여기는 거지. 그러니까 민간의 형국론과 풍수의 이기론이 혼합된 형태랄까? 자, 그럼 저 아래로 해서 강을 건너가 보자. 비봉산 밑에서 여기 옥녀봉과 저 아래 나부산 음곡을 보면 모두 이해가 될 테니까 말이다."

과연 비봉산은 옥녀봉 쪽이 아니라 나부산을 향해 온 관심을 쏟고 있었고 나부산 밑은 영락없는 음곡이었다. 나부산(羅浮山)이라는 이름도 벌거벗은 나부(裸婦)에서 왔고, 지보라는 지명도 살짝 뒤바꿔 놓은 것이 분명했다. 점잖은 양반고을에서 속된 이름들을 그대로 두지 않았던 것이다.

"이름과 상관없이 세상은 온통 음양의 조화속이다. 봐라. 이 민들레를."

태을은 길섶 민들레를 가리켰다. 기다란 꽃대궁에 하얀 풀씨들을 머리에 이고 있었다.

"…노란 꽃을 피울 때는 낮게 깔려 있다가 꽃 지고 홀씨가 하얗게 여물면 바람에 멀리 날려보내려고 꽃대궁을 위로 길게 밀어 올린다. 종족번식이야말로 생명의 최고 가치다."

"정말 꽃대궁이 길게 올라왔네요. 꽃 필 때는 이렇게 길지가 않았는데. 전 이제야 그 사실을 알았어요!"

득량이 깜짝 놀라서 외쳤다. 자연은 늘 그렇고 그런 것 같지만 관찰

해보면 새롭고 놀라운 것들로 꽉 차 있었다.

"자, 이제 너도 세상에서 가장 중한 음양합궁을 위해 본가로 가야겠지? 옥녀가 낭군을 학수고대하고 있겠구나. 허허허."

두 사람은 자동차로 대전까지 달려서 하행선 열차에 올랐다. 대강만을 맛본 석 달 동안의 영남 풍수답사가 하루 낮밤의 일처럼 여겨졌다.

《풍수》제4권〈춤추는 용〉으로 계속

박경리 대표장편소설

김약국의 딸들

본능의 숲에서 교배한 필연은 비애의 씨앗을 뿌리고 통영의 밤바다 바람 속에서는 다섯 딸들의 숙명적 사랑과 배신, 죽음, 원초적 몸부림이 넘실댄다. 삼베처럼 질긴 한의 씨줄과 설움의 날줄은 비극의 천으로 약국집 다섯 딸들을 옭아매는데…

신국판 / 값 9,500원

파시

낯선 땅에 버려진 채 사악한 인간들의 먹이가 될 수밖에 없는 수옥, 광녀인 모친을 둔 명화의 근원적인 절망과 그러한 명화를 사랑하는 응주의 고뇌, 몰락한 지주의 딸로 꿈을 잃고 타락의 길로 들어선 학자… 6·25의 상흔으로 얼룩진 이들의 상처와 절망!

신국판 / 값 12,000원

시장과 전장

결혼의 굴레에서 뛰쳐나와 전쟁의 소용돌이 속에 휘말린 위기의 여인 지영. 어느 빨치산을 향해 맹목적인 사랑을 바치는 백치 같은 여자 이가화. 소박한 시장의 행복을 꿈꾸는, 그러나 추악한 전장에 의해 철저히 짓밟히는 여인들…

신국판 / 값 12,000원

가을에 온 여인

숲 속의 푸른 저택에 살고 있는 신비스런 미모의 여인. 그녀의 절대 고독과 끝없이 위장된 삶이 엮어내는 검은 그림자. 자의식의 울에 갇힌 이 여인은 과거의 그림자로 자신의 마음을 한없이 몰아간다.

신국판 / 값 9,000원

표류도

전쟁통에 남편을 잃고 다방 마담으로 살아가는 인텔리 여성 강현회. 신문사 논설위원 이상현과 불륜의 사랑에 빠져 허우적대던 그녀는 마침내 우발적인 살인을 저지르고 마는데… 그녀는 죄를 범하는 천사인가? 인생이란 저마다 서로 떨어진 채 떠내려가는 외로운 섬인가?

신국판 / 값 7,500원

 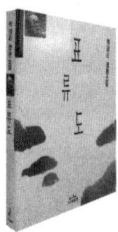 

우리들의 시간   박경리 시집

"구름 떠도는 하늘과 같이 있지만 없고, 없는 것 같은데 있는 우리들 영혼, 시작에서 끝나는 우리들의 삶은 대체 무엇일까. 끝도 가도 없이, 수도 없이, 층층으로, 파상처럼 밀려오는 모순의 바다, 막대기 하나 거머잡고 자맥질한다. 막대기 하나만큼의 확신과 그 막대기의 왜소하고 미세함에서 오는 막막함…"

46판 / 값 7,500원

나남출판

www.nanam.net   TEL: (031)955-4600   FAX: (031)955-4555

김종록 장편소설

내 안의 우주목

글·그림 김종록

누구에겐가 한 그루의 나무이고 싶다!

사람이 나무와 오랜 세월을 함께하면 어느새 그 사람은 나무를 닮고,
나무 또한 그 사람을 닮아갈 수 있다는 참별이 가족의 전설 같은 이야기를 세상에 전한다.

천 년의 나무와 인연 맺은 참별이 가족 3대의
아름답고 따뜻한 이야기가 감동적인 전설로 살아온다.

4×6판 양장(올컬러) 값 8,500원

* 우주목(宇宙木)은 생명의 나무, 세계수 또는 신단수라고도 한다. 우주의 기원과 구조, 생명의 원천을 상징하며 세계의 중심축으로,
〈내 안의 우주목〉에서는 주목과 마가목은 물론 주인공 참별이를 의미한다. 이는 사람 또한 저마다 우주의 중심축이며 나무라는 뜻
을 내포한다.

NANAM 나남출판
www.nanam.net
Tel: 031) 955-4600